Le Livre de Poche Jeunesse

La grande nouvelle

MEG CABOT

La grande nouvelle

Journal d'une Princesse
Tome 1

Traduit de l'anglais (États-Unis)
par Josette Chicheportiche

L'édition originale de cet ouvrage
a paru en langue anglaise chez Harpercollins Juvenile Books,
sous le titre :
PRINCESS DIARIES

« *Quoi qu'il arrive, dit-elle, il y a une chose qui ne peut pas changer. Si je suis une princesse en haillons, je puis toujours être une princesse dans mon âme. Ce serait bien facile d'être une princesse, si j'étais habillée de draps d'or ; mais c'est un bien plus grand triomphe que d'en être une tout le temps, quand personne ne le sait.* »

Petite Princesse, Frances Hodgson Burnett.

Mardi 23 septembre

Parfois, j'ai l'impression que je passe ma vie à mentir.

Ma mère est persuadée que je n'ose pas lui dire le fond de ma pensée. Je lui ai répondu : « Mais non, maman, tu te trompes. Tout va super bien. Du moment que tu es heureuse, je suis heureuse. »

Elle dit que je ne suis pas sincère avec moi-même.

Du coup, elle m'a offert ce cahier. Elle veut que je note ce que je ressens puisque, apparemment, je n'arrive pas à lui parler de mes sentiments.

Elle veut que je note ce que je ressens ? Très bien.

COMMENT PEUT-ELLE ME FAIRE UN COUP PAREIL ?

Comme si je ne passais pas *déjà* pour une mutante. Je suis pratiquement la plus grande mutante de toute l'école. Soyons réaliste : je mesure 1,72 m, je suis plate comme une limande et c'est ma première année au lycée. Comment est-ce que je pourrais être *plus* mutante que ça ?

Si on l'apprend à l'école, je suis fichue. Littéralement fichue.

Mon Dieu, si Vous existez vraiment, faites que ça ne se sache pas !

Il y a quatre millions d'habitants à Manhattan, d'accord ? Ce qui fait en gros deux millions d'hommes. Alors pourquoi, sur DEUX MILLIONS D'HOMMES, il faut qu'elle sorte avec Mr. Gianini ? Elle ne pourrait pas sortir avec un type que je ne connais pas ? Elle ne pourrait pas sortir avec un type qu'elle aurait rencontré chez *D'Agostinos* ou n'importe où ailleurs ? Oh, non !

Il faut qu'elle sorte avec mon prof de maths.

Merci, maman. Merci beaucoup.

Mercredi 24 septembre, pendant l'étude dirigée

Lilly trouve que Mr. Gianini est cool.

C'est sûr qu'il est cool quand on s'appelle Lilly Moscovitz et qu'on est bonne en maths, comme Lilly Moscovitz. Mais il est moins cool quand on est nulle en maths, comme moi.

Et il est nettement moins cool quand il vous oblige à rester à l'école TOUS LES SOIRS pendant une heure pour faire des exercices sur la distributivité, au lieu de vous laisser sortir avec vos copains. Et il n'est pas cool non plus quand il convoque votre mère pour lui parler de vos difficultés en maths, et qu'ensuite IL L'INVITE À DÎNER.

Et il n'est pas cool du tout quand il fourre sa langue dans la bouche de votre mère.

Cela dit, je ne les ai pas vus le faire. Ils ne sont même pas encore sortis ensemble. Et ça m'étonnerait que ma mère accepte qu'un mec lui fourre sa langue dans la bouche dès le premier rendez-vous.

Enfin, j'espère.

J'ai vu Josh Richter mettre sa langue dans la bouche de Lana Weinberger la semaine dernière. J'étais aux premières loges puisqu'ils se tenaient contre le casier de Josh, et que le casier de Josh se trouve juste à côté du mien. Berk ! ça me dégoûte.

En même temps, je ne dirais pas non si Josh Richter m'embrassait comme ça. L'autre jour, j'étais avec Lilly dans une parfumerie (on était allées acheter un tube de rétinol pour la mère de Lilly) quand j'ai vu Josh faire la queue à la caisse. Lui aussi m'a vue. Il m'a souri (enfin, je crois) et m'a dit : « Salut. »

Il avait acheté un flacon de *Drakkar noir*, une eau de Cologne pour hommes. La vendeuse m'en a donné un échantillon. Du coup, je peux sentir Josh à tout moment, quand je suis seule chez moi.

Lilly dit que Josh a dû souffrir d'une erreur de connexion dans les neurones, à cause de la chaleur ou de je ne sais quoi. Elle dit que, sans doute, il a cru m'avoir déjà vue quelque part, mais que, sans les murs en ciment du lycée Albert-Einstein derrière moi, il était incapable de me remettre. Sinon, pourquoi le garçon le plus célèbre du bahut m'aurait dit bonjour à moi, Mia Thermopolis, une élève de seconde ?

Je suis sûre que ce n'était pas à cause de la chaleur. La vérité, c'est que Josh est différent quand il n'est pas avec Lana et ses copains. Il est du genre à s'en fiche qu'une fille n'ait pas de poitrine ou chausse du 42. Il est du genre à voir au-delà de tout ça, à lire dans l'âme d'une fille. Je le sais, parce que, quand je l'ai regardé dans les yeux, l'autre jour à la parfumerie, j'ai vu l'être sensible qui cherchait à s'exprimer au fond de lui.

Lilly dit que j'ai trop d'imagination, et un besoin pathologique de dramatiser dans la vie. La preuve, c'est que je sois autant bouleversée par ma mère et Mr. G.

« Si ça te dérange autant, dis-le-lui. Dis à ta mère que tu ne veux pas qu'elle sorte avec lui, m'a déclaré Lilly. Je ne te comprends pas, Mia. Tu n'arrêtes pas de cacher tes sentiments. Pourquoi tu ne t'affirmes pas, pour une fois ? Tes sentiments ont de la valeur, tu sais. »

C'est ça, comme si j'allais faire de la peine à ma mère. Elle est tellement heureuse à la perspective de ce rendez-vous que j'en ai envie de vomir. Elle n'arrête pas de *faire la cuisine*. Je ne plaisante pas. Elle a fait des pâtes hier soir pour la première fois depuis des mois. J'étais déjà en train de consulter le menu de *Allô, Suzie !*, la Chinoise qui vend des plats à emporter, quand elle m'a dit : « Pas de nouilles sautées, ce soir, chérie. Je vais faire des pâtes. »

Des pâtes ! Ma mère a fait des *pâtes* !

Elle a même respecté mon choix d'être végétarienne et n'a pas rajouté de viande à la sauce.

On aura tout vu...

À FAIRE :

1. Acheter une nouvelle litière pour le chat.

2. Finir la feuille d'exos pour Mr. G.

3. Cesser de tout raconter à Lilly.

4. Aller chez *Arc-en-ciel* et prendre des crayons de papier n° B, un passe-partout et des cadres (pour maman).

5. Dossier sur l'Islande pour le cours d'histoire-géo (5 pages, double interligne).

6. Arrêter de penser à Josh Richter.

7. Passer au pressing.

8. Loyer du mois d'octobre (vérifier que maman a déposé le chèque de papa à la banque !!!).

9. M'affirmer davantage.

10. Me mesurer la poitrine.

Jeudi 25 septembre

Aujourd'hui, j'ai passé le cours de maths à me demander comment Mr. Gianini va s'y prendre demain soir pour mettre sa langue dans la bouche de ma mère. Je ne l'ai pas quitté des yeux. À un moment, il m'a posé une question super facile (ma parole, il garde toutes les questions faciles pour moi, comme s'il avait peur que je me sente exclue) et je ne l'ai même pas entendu. « Quoi ? » j'ai répondu.

Lana Weinberger a alors fait son bruit caractéristique en se penchant vers moi. Ses cheveux blonds ont balayé ma table, et j'ai été anéantie par son parfum, comme une énorme vague qui se serait abattue sur moi. Lana a ensuite lâché de sa petite voix méchante : « Mutante. »

Sauf qu'elle a insisté sur la première syllabe, et ça a donné quelque chose comme : « Muuuuu-tante. »

Comment se fait-il que des êtres sympathiques comme la princesse Diana meurent dans des accidents de voiture, et pas des vipères comme Lana ? Je ne comprends pas ce que Josh Richter lui trouve. D'accord, elle est belle. Mais qu'est-ce qu'elle peut être *mauvaise* ! Comment fait-il pour ne pas le voir ?

En même temps, peut-être qu'elle est gentille avec Josh. Moi, je serais gentille avec lui. C'est le garçon le plus mignon de tout le lycée. Les autres garçons ont l'air complètement ridicule dans leur uniforme (pantalon gris, chemise blanche et pull noir à manches longues ou veste). Pas Josh. Lui, on dirait un mannequin. Sérieux.

Enfin. Aujourd'hui, j'ai remarqué que Mr. Gianini

avait de grosses narines, mais alors super grosses. Comment peut-on avoir envie de sortir avec un type qui a de grosses narines ? J'ai posé la question à Lilly à la cantine et elle m'a répondu : « Je n'ai jamais fait attention à ses narines jusqu'à présent. Tu vas manger ta boulette, ou non ? »

Lilly dit qu'il faut que j'arrête d'être obsédée. Elle dit que je suis angoissée parce que, depuis un mois seulement qu'on est au lycée, j'ai déjà eu une mauvaise note, et que je transpose mon angoisse sur Mr. Gianini et ma mère. Il paraît que c'est un cas de « déplacement ».

Ça craint, quand les parents de votre meilleure amie sont psychiatres !

Après les cours, les Moscovitz ont cherché à me psychanalyser. Lilly et moi, on était en train de jouer au Boogle, et toutes les cinq minutes, ils venaient nous voir et nous disaient : « Vous avez soif, les filles ? Il y a un documentaire très intéressant à la télé sur les calmars : ça vous intéresse, les filles ? À propos, Mia, qu'est-ce que tu éprouves à l'idée que ta mère envisage de sortir avec ton prof de maths ? »

J'ai répondu : « Rien. »

Pourquoi est-ce que je n'arrive pas à dire ce que je pense ?

Si les parents de Lilly croisent ma mère au supermarché et que je leur dise la vérité, à tous les coups ils lui raconteront. Non, je n'ai pas envie que ma mère sache que ça me fait bizarre qu'elle sorte avec Mr. G., pas quand elle a l'air aussi heureuse.

Mais le plus affreux de tout ça, c'est que Michael, le grand frère de Lilly, a tout entendu. Il s'est mis à rire comme un tordu, et pourtant il n'y a rien de drôle.

« Ta *mère* sort avec Frank Gianini ? Ha ! Ha ! Ha ! »

Génial. Maintenant, le frère de Lilly est au courant.

J'ai dû le supplier de ne rien dire. Il est en étude dirigée avec Lilly et moi. L'étude dirigée, c'est vraiment du flan, si vous voulez mon avis. Mrs. Hill, la surveillante, se fiche pas mal de savoir si on travaille ou pas, tant qu'on ne fait pas de bruit. Elle déteste sortir de la salle des profs, qui se trouve juste de l'autre côté du couloir, pour nous dire de nous taire.

Pendant l'étude dirigée, Michael est censé avancer sur son magazine en ligne, *Le Cerveau*. Moi, finir mes exos de maths.

De toute façon, Mrs. Hill ne vérifie jamais notre travail. Tant mieux, dans un sens, puisque, généralement, on passe tous notre temps à chercher un moyen d'enfermer le nouveau dans le placard, un Russe soi-disant génial en musique, pour ne plus l'entendre jouer Stravinski sur son stupide violon.

Mais ce n'est pas parce que, Michael et moi, on fait bloc contre Boris Pelkowski et son violon, qu'il va se taire à propos de ma mère et de Mr. G.

Michael n'arrête pas de me dire : « Qu'est-ce que

tu vas bien pouvoir faire pour moi, hein, Thermopolis ? Qu'est-ce que tu vas bien pouvoir faire pour moi ? »

Je ne peux rien faire pour Michael Moscovitz. Je ne peux même pas lui proposer de faire ses devoirs. Michael est en terminale (comme Josh Richter). Il n'a eu que des A pendant toute sa vie (comme Josh Richter) et il ira probablement dans l'une des plus grandes universités du pays l'année prochaine (encore comme Josh Richter).

Qu'est-ce que, moi, je pourrais faire pour quelqu'un comme lui ?

Je ne dis pas que Michael est parfait. Il ne fait pas partie du club d'aviron, à l'inverse de Josh Richter. Il n'est même pas au club de philo. Michael ne croit pas aux sports de groupe, à la religion de groupe, ou à n'importe quoi qui se ferait en groupe, d'ailleurs. Il passe la plupart de son temps enfermé dans sa chambre. J'ai interrogé une fois Lilly sur ce qu'il pouvait bien traficoter, et elle m'a répondu que ses parents et elle appliquaient avec Michael la règle de « on-ne-demande-rien, on-ne-dit-rien ».

Je parie qu'il fabrique une bombe. Peut-être qu'il fera exploser le lycée Albert-Einstein, histoire de rigoler un coup.

De temps en temps, Michael sort de sa chambre et lâche un ou deux commentaires sarcastiques. Ça lui arrive parfois de sortir sans chemise. S'il ne croit pas aux sports de groupe, j'ai quand même remarqué qu'il avait un très beau torse, avec des abdos super bien développés.

Je n'en ai jamais parlé à Lilly.

Michael doit sans doute en avoir assez que je lui propose mes services, pour sortir Pavlov, son berger écossais, par exemple, ou rapporter les bouteilles consignées de sa mère (c'est son job, une fois par semaine). Sinon, pourquoi m'aurait-il dit au bout d'un moment, d'un air agacé : « Laisse tomber, Thermopolis, O.K. », et serait-il est retourné dans sa chambre ?

J'ai demandé à Lilly pourquoi il était en colère. Elle m'a répondu : « C'est parce qu'il t'a harcelée sexuellement et que tu ne t'en es pas rendu compte. »

Mince alors ! Et si un jour Josh Richter me harcelait sexuellement (j'adorerais) et que je ne m'en rende pas compte ? Qu'est-ce que je peux être bête, parfois !

Enfin. Lilly m'a dit de ne pas m'inquiéter : Michael ne racontera rien à ses copains d'école sur ma mère et Mr. G., parce que Michael n'a pas de copains. Ensuite, elle a voulu savoir pourquoi ça m'embêtait autant que Mr. Gianini ait de grosses narines, puisque ce n'était pas moi, mais ma mère, qui devait les regarder.

Je lui ai répondu : « Excuse-moi, mais je suis obligée de les regarder de 10 h 00 à 11 h 00 et de 14 h 30 à 15 h 30 TOUS LES JOURS, sauf le samedi, le dimanche, les jours fériés et les vacances. C'est-à-dire... à condition que j'aie la moyenne et que je ne me retrouve pas à suivre des cours de rattrapage cet été. »

Et s'ils se marient, je devrai les regarder TOUS LES JOURS, SEPT JOURS SUR SEPT, VACANCES COMPRISES.

Ensemble : collection d'objets ; éléments ou membres appartenant à un ensemble.
A = {Sunnydale, Buffy, Willow}
La proposition détermine chaque élément.
A = {*x*/*x* = Angel, le vampire solitaire}

Vendredi 26 septembre

LISTE DES GARÇONS LES PLUS SEXY SELON LILLY MOSCOVITZ (rédigée pendant le cours d'histoire-géo, avec commentaires de Mia Thermopolis) :

1. *Josh Richter* (D'accord – 1,80 m de pur sex-appeal. Cheveux blonds, qui retombent souvent sur ses yeux bleus, et un sourire délicieux et rêveur. Seul défaut : il sort avec Lana Weinberger. Quelle faute de goût !)

2. *Boris Pelkowski* (Pas du tout d'accord. Ce n'est pas parce qu'il a joué du violon à Carnegie Hall à douze ans qu'il est sexy. En plus, il rentre son sweat-shirt dans son pantalon, au lieu de le laisser dehors, comme tout le monde.)

3. *Pierce Brosnan, le meilleur James Bond* (Pas d'accord – je préfère Timothy Dalton.)

4. *Daniel Day Lewis* dans « Le Dernier des Mohicans » (D'accord – « Reste en vie, Daniel, s'il te plaît ! »)

5. *Le prince William d'Angleterre* (Berk.)

6. *Leonardo* dans « Titanic » (Tu dates, ma pauvre ! Permets-moi de te rappeler que le film est sorti en 1998.)

7. *Mr. Wheeton, le prof de gym* (Sexy, mais pris. Je l'ai vu ouvrir la porte de la salle des profs à Mlle Klein.)

8. *Le type de la pub pour jeans à Times Square* (Totalement d'accord. QUI est ce garçon ? Pourquoi il ne joue pas dans un feuilleton télé ?)

9. *Le petit ami du Dr. Quinn* (Qu'est-ce qu'il est devenu ? Pour être sexy, il était sexy !)

10. *Le violoniste Joshua Bell* (Totalement d'accord. Ce serait génial de sortir avec un musicien – tant que ce n'est pas Boris Pelkowski.)

Plus tard, vendredi

J'étais en train de me mesurer la poitrine et je ne pensais plus du tout à ma mère qui se trouvait au même moment avec mon prof de maths, quand mon père a appelé. Je ne sais pas pourquoi, mais je lui ai menti, et j'ai dit que maman était à son atelier. Je ne me comprends pas. Papa sait bien pourtant que maman a des petits copains, mais je n'ai pas pu lui parler de Mr. Gianini.

Cet après-midi, au cours de soutien avec Mr. Gianini, alors que je faisais des exercices sur la distributivité (« Quels que soient les nombres réels x, y, z, on a $x(y + z) = xy + xz.$ » Quand est-ce que je vais me servir de cette règle dans la vie ? QUAND ???), Mr. Gianini m'a brusquement demandé : « Au fait, Mia, j'espère que ça ne te gêne pas que, ta mère et moi, nous nous voyions en amis ? »

Pendant une seconde, j'ai cru qu'il avait dit « EN AMANTS » et non « en amis ». J'ai aussitôt piqué un fard. Je devais être rouge comme une tomate. J'ai répondu : « Oh, non, Mr. Gianini. Ça ne me gêne pas du tout. »

Il m'a dit alors : « Parce que, si ça te gêne, on peut en parler. »

Il a dû deviner que je lui mentais. J'étais quand même vraiment rouge. Mais j'ai répété : « Franchement, ça ne me gêne pas. Enfin, un PEU, mais pas tant que ça. Après tout, c'est juste un rendez-vous, non ? Pourquoi je m'en ferais pour un petit rendez-vous de rien du tout ? »

À ce moment-là, Mr. Gianini a dit : « Écoute, Mia, je ne sais pas si ce sera juste un petit rendez-vous de rien du tout. J'apprécie beaucoup ta mère. »

Je ne sais pas ce qui m'a pris, tout à coup, mais je me suis entendue dire : « J'espère bien que vous l'appréciez. Parce que si vous la faites pleurer, je vous casse la gueule. »

Je n'en reviens pas que j'aie pu dire ça à un prof ! Je suis devenue encore plus rouge après, que c'en était pas croyable ! Pourquoi faut-il que la seule fois où j'arrive à dire ce que je pense, c'est pour me mettre dans le pétrin ?

Mais bon, je dois quand même avouer que ça me fait quelque chose, toute cette histoire. Les parents de Lilly ont peut-être raison, finalement.

Mr. Gianini, lui, a pris la chose très calmement. Il a souri de son drôle de petit sourire, et il a dit : « Je n'ai pas l'intention de faire pleurer ta mère, mais si ça arrive, tu auras le droit de me casser la gueule. »

Le problème était réglé ; enfin, plus ou moins.

Papa avait l'air bizarre au téléphone. Cela dit, il a toujours l'air bizarre. Je déteste quand il m'appelle de l'autre côté de l'Atlantique. J'ai l'impression d'entendre le bruit de la mer et ça me rend nerveuse, comme si les poissons m'espionnaient. En plus, papa n'avait rien à me dire. Il voulait parler à maman. Quelqu'un a dû mourir, sans doute, et il veut que maman me l'annonce doucement.

Peut-être que c'est Grand-Mère. Chic...

Ma poitrine n'a pas poussé d'un centimètre depuis l'été dernier. Ma mère m'a raconté n'importe quoi. Je ne me suis pas brusquement développée à quatorze ans, comme ça a été le cas pour elle. Je ne me développerai probablement jamais, du moins en ce qui concerne la poitrine. Je ne me développe qu'en HAU-TEUR, et pas en LARGEUR. Je suis la plus grande de ma classe.

Résultat : si je trouve quelqu'un pour m'accompagner au bal de l'école, le mois prochain (je croise les doigts), je ne pourrai pas porter de robe-bustier parce que je n'aurai rien au niveau de la poitrine pour la faire tenir.

Samedi 27 septembre

Je dormais quand ma mère est rentrée hier soir (j'ai veillé le plus longtemps possible, parce que je voulais savoir comment s'était passé son rendez-vous, mais me mesurer la poitrine a dû m'épuiser). Du coup, je n'ai pas pu l'interroger avant ce matin, quand je me suis levée pour donner à manger à Fat Louie. Maman était déjà debout – ce qui est curieux. Normalement, elle se lève après moi. Pourtant, c'est *moi*, l'ado, c'est *moi* qui suis censée dormir tout le temps.

Bref, elle était là, dans la cuisine, à fredonner gaiement et à faire des pancakes. J'ai failli avoir une attaque quand je l'ai vue aux fourneaux si tôt le matin, sans parler du fait qu'elle préparait quelque chose de végétarien.

Évidemment, elle a passé une excellente soirée. Ils sont allés dîner chez *Monte* (Pas mal, Mr. G. !), puis ils se sont promenés dans West Village et ont fini par atterrir dans un bar où ils sont restés en terrasse, à parler jusqu'à deux heures du matin. J'ai essayé de savoir s'ils s'étaient embrassés, et si oui, avec la langue ou pas, mais ma mère s'est contentée de sourire d'un air gêné.

J'ai compris. Je trouve ça dégueu.

Ils ressortent ensemble cette semaine.

Ça ne me fait rien, je l'ai déjà dit, du moment qu'elle est heureuse.

Aujourd'hui, Lilly filme une parodie du *Projet Blair Witch* pour son émission de télé *Lilly ne mâche pas ses mots*. *Le Projet Blair Witch* raconte l'histoire de trois étudiants qui partent dans une forêt à la recherche de la *witch*, la « sorcière » du village de Blair, et qui disparaissent à la fin. Tout ce qu'on retrouve, c'est leur cassette vidéo. Seulement, au lieu de s'appeler *Le Projet Blair Witch,* la version de Lilly s'appelle *Le Projet Green Witch*. Lilly a l'intention de filmer les touristes à Washington Square Park qui viennent nous demander comment se rendre à « Green Witch » Village. (En fait, c'est Greenwich Village – on ne prononce pas le *w* dans *Greenwich*, mais les étrangers se trompent tout le temps.)

Bref, pour son film, Lilly veut qu'on s'enfuie en hurlant de terreur dès qu'un touriste nous demande comment aller à « Green Witch » Village. À la fin, tout ce qu'on retrouvera de nous, ce sera nos cartes de métro. Lilly dit qu'une fois son émission diffusée, plus personne ne pensera aux cartes de métro de la même façon.

Je lui ai dit que c'était dommage qu'on n'ait pas de vraie sorcière. J'avais pensé à Lana Weinberger pour le rôle, mais Lilly préfère éviter les stéréotypes. En plus, on aurait à supporter Lana toute la journée, et personne n'a envie de ça. De toute façon, Lana refusera, c'est sûr. Faut pas oublier qu'à ses yeux, on est les parias de l'école. Elle aurait trop peur de ternir sa réputation en se montrant avec nous.

Cela dit, elle est tellement vaniteuse qu'elle pourrait accepter, juste pour passer à la télé, même sur une chaîne qui n'émet que de temps en temps.

Samedi soir

Après avoir filmé à Washington Square Park, on a vu l'Aveugle de Bleecker Street. Il s'était choisi une nouvelle victime, une innocente touriste allemande qui ne se doutait pas que le gentil aveugle à qui elle donnait le bras pour traverser la rue allait la peloter dès qu'il serait arrivé de l'autre côté, puis affirmerait qu'il ne l'avait pas fait exprès.

C'est bien ma veine : le seul type qui m'a pelotée (même s'il n'y a pas grand-chose à peloter) était AVEUGLE.

Lilly dit qu'elle va dénoncer l'Aveugle aux flics. Ça leur fera une belle jambe. Ils ont des choses bien plus importantes à régler. Arrêter les criminels, par exemple.

À FAIRE :
1. Acheter une nouvelle litière pour le chat.
2. Vérifier que maman a posté le chèque du loyer.
3. Cesser de mentir.
4. Faire un plan pour le devoir d'anglais.
5. Passer au pressing.
6. Cesser de penser à Josh Richter.

Dimanche 28 septembre

Papa a rappelé aujourd'hui, mais cette fois maman était vraiment à son atelier ; par conséquent, j'étais moins embêtée de lui avoir menti hier et de ne pas lui avoir parlé de Mr. Gianini. Comme il avait de nouveau l'air bizarre, j'ai fini par lui demander : « Papa, est-ce que Grand-Mère est morte ? » Ma question l'a surpris et il a répondu : « Bien sûr que non, Mia. Pourquoi dis-tu ça ? »

Je lui ai expliqué que c'était parce qu'il avait l'air bizarre, mais il a refusé de l'admettre. Il répétait : « Je n'ai pas l'air bizarre du tout » – ce qui est faux, parce qu'il avait VRAIMENT l'air bizarre. Au bout d'un moment, j'ai renoncé, et je lui ai parlé de l'Islande. On est en train de travailler sur l'Islande en histoire-géo. L'Islande a le taux le plus élevé d'alphabétisation au monde. C'est normal, il n'y a rien d'autre à faire que lire. Il y a aussi des sources d'eau chaude naturelle où les gens vont se baigner. L'Opéra s'est produit une fois en Islande. Toutes les représentations affichaient complet. 98 % de la population a assisté aux spectacles. Les gens connaissaient le livret par cœur, et ils chantaient toute la journée.

J'aimerais bien vivre en Islande. Ils ont l'air de s'amuser dans ce pays. Bien plus qu'à Manhattan, en tout cas, où les gens vous crachent parfois dessus sans raison.

Mais papa ne semblait pas du tout impressionné par l'Islande. Sûr qu'à côté, tous les autres pays paraissent nuls. Le pays où vit mon père est assez petit. À mon avis, si l'Opéra s'y produisait, 80 % de la population irait. Il y a quand même de quoi être fier.

Je lui ai rapporté cette information parce qu'il fait de la politique. Je me suis dit aussi que ça pourrait peut-être lui donner des idées pour améliorer le niveau de vie de Genovia. C'est là où il habite. Mais le niveau de vie de Genovia n'a pas besoin d'être amélioré. La première ressource de Genovia, c'est le tourisme. Je le sais parce que j'ai dû faire une recherche sur tous les pays d'Europe, quand j'étais en primaire, et Genovia y figurait en tête de liste avec Disneyland pour ce qui est des bénéfices du tourisme. C'est sans doute pour cette raison que les habitants de Genovia ne paient pas d'impôts : le gouvernement a suffisamment d'argent. Ça s'appelle une « principauté ».

J'ai suggéré à mon père de passer l'été prochain en Islande au lieu d'aller à Miragnac, où Grand-Mère a un château. On ne pourrait pas emmener Grand-Mère, bien sûr. Elle ne supporterait pas. Elle déteste les endroits qui ne servent pas de bons Sidecar à n'importe quelle heure du jour ou de la nuit. C'est son cocktail préféré.

Tout ce que papa m'a répondu, c'est : « On verra ça plus tard », et il a raccroché.

Je comprends maman quand elle parle de lui.

On appelle « valeur absolue » d'un nombre réel x le nombre réel égal à x si x est positif ou nul et égal à $-x$ si x est négatif ou nul.

Lundi 29 septembre, pendant l'étude dirigée

Aujourd'hui, j'ai bien observé Mr. Gianini pour savoir si lui aussi avait passé une agréable soirée. Il semblait de très bonne humeur. Pendant qu'on faisait des équations du second degré (et la distributivité, alors ? – moi qui commençais tout juste à comprendre, voilà qu'on passe à AUTRE CHOSE : pas étonnant que je sois nulle), il nous a demandé si l'un d'entre nous s'était présenté pour jouer dans *My Fair*

Lady, la comédie musicale que monte le lycée cette année.

Un petit peu après, il a ajouté, sur le ton qu'il prend quand il est tout excité : « Vous savez qui ferait une excellente Eliza Doolittle ? Mia, à mon avis. »

J'ai cru mourir. Je sais bien que Mr. Gianini cherchait à être sympa – après tout, il sort avec ma mère –, mais là, il en faisait un peu TROP : d'abord, les auditions sont finies, et même si je m'étais présentée (ce qui aurait été peu probable, parce que je suis coincée tous les après-midi à cause de mon cours de soutien en maths. Hé ho, Mr. Gianini, vous avez oublié ?), JAMAIS je n'aurais obtenu de rôle, sans parler du PREMIER RÔLE. Je suis incapable de chanter. J'arrive à peine à parler.

Même Lana Weinberger, qui avait toujours le rôle principal dans tous les spectacles en primaire, ne l'a pas eu. Ils l'ont confié à une fille de terminale. Lana joue une servante, une spectatrice au champ de courses, à Ascot, et une prostituée qui parle avec l'accent cockney. Lilly, elle, est régisseuse. Son travail consiste à allumer les lumières au début de l'entracte et à les éteindre à la fin.

J'étais tellement sidérée par ce qu'avait dit Mr. Gianini que je suis restée bouche bée, à rougir comme une écrevisse. C'est peut-être pour ça qu'à midi, quand, Lilly et moi, on est passées devant mon casier avant d'aller déjeuner, Lana, qui attendait Josh, m'a dit : « Bonjour, *Amelia* », de sa petite voix désagréable. À part Grand-Mère, plus personne ne m'appelle Amelia, depuis qu'à la maternelle, j'ai interdit qu'on le fasse.

Et quand je me suis penchée pour prendre mon porte-monnaie dans mon sac, Lana en a profité pour jeter un coup d'œil sous mon chemisier, et elle s'est exclamée : « Oh, comme ils sont mignons ! Mais je vois que les soutiens-gorge sont toujours inutiles. Et si tu essayais les sparadraps ? »

Je lui aurais bondi dessus et je l'aurais frappée – enfin, peut-être pas (d'ailleurs, les Moscovitz disent que je ne supporte pas les conflits) –, si Josh Richter n'était pas arrivé À CE MOMENT-LÀ. Je savais qu'il avait tout entendu, pourtant il s'est contenté de dire à Lilly : « Je peux passer ? », parce qu'elle l'empêchait d'accéder à son casier.

Je m'apprêtais à filer au réfectoire et à oublier l'incident – franchement, il ne manquait plus qu'on signale mon absence de poitrine *devant* Josh Richter ! –, mais Lilly ne l'entendait pas de cette oreille. Elle est devenue toute rouge et elle a dit à Lana : « Tu sais ce qui serait sympa, Weinberger ? C'est que tu ailles crever dans ton coin. »

Personne ne parle jamais comme ça à Lana Weinberger. Personne. À moins d'avoir envie de voir son nom écrit sur les murs du vestiaire des filles. Ce qui n'est pas si terrible – après tout, les garçons ne mettent jamais les pieds dans le vestiaire des filles –, mais en ce qui me concerne, je ne préfère pas.

Lilly, elle s'en fiche. Pourtant, elle n'est pas très grande, elle est plutôt ronde, et elle ressemble à un carlin, mais elle n'en a rien à faire de son physique. Il y a des types qui viennent tout le temps la voir au studio d'enregistrement pour lui dire qu'elle est laide comme un pou. Ensuite, ils lui demandent de soulever son chemisier (Lilly *a* de la poitrine ; elle met déjà du 95 C). Elle les regarde, et elle éclate de rire.

Lilly n'a peur de rien.

Aussi, lorsque Lana Weinberger a foncé sur elle parce qu'elle avait osé lui dire d'aller crever dans son coin, Lilly a plissé les yeux et a lâché : « Tu veux te battre ? »

Tout ça risquait de mal se terminer – Lilly a vu tous les épisodes de *Xena, la princesse guerrière*, et elle est capable de cogner comme une brute –, si Josh Richter n'avait pas brusquement refermé la porte de son casier en lançant d'un air furieux : « Je me casse ! » Lana a aussitôt laissé tomber et elle lui a couru après en criant : « Josh, attends-moi ! Attends-moi, Josh ! »

On s'est regardées, Lilly et moi. On n'y croyait pas. Je n'y crois toujours pas. Qui sont ces *gens*, et pourquoi est-ce que je dois être enfermée avec eux tous les jours ?

DEVOIRS :
Maths : problèmes n° 1 à 12, p. 79.
Anglais : faire le plan.

Histoire-géo : questions fin du chapitre IV.

Français : employer le verbe *avoir* dans des phrases négatives, lire les leçons 1 à 3.

B = {x/x est un nombre entier}

D = {2,3, 4}

4ED

5ED

E = {x/x est un nombre entier > 4 mais < 258}

Mardi 30 septembre

Il vient de se passer quelque chose de très étrange. Quand je suis rentrée de l'école, ma mère était là (normalement, en semaine, elle travaille à son atelier toute la journée). Elle faisait une drôle de tête et m'a dit : « Il faut que je te parle. »

Comme elle ne fredonnait pas, et qu'elle n'avait rien préparé à manger, j'en ai conclu que c'était grave.

Je priais pour que Grand-Mère soit morte, mais je savais que ce devait être beaucoup plus grave, et j'ai eu peur qu'il soit arrivé quelque chose à Fat Louie. La dernière fois qu'il a avalé une chaussette, le véto nous a fait payer 1 000 dollars pour la retirer de son intestin grêle. Après, il a marché bizarrement pendant presque un mois.

Fat Louie, pas le véto.

En fait, il ne s'agissait pas de mon chat, mais de mon père. S'il nous a appelées aussi souvent ces derniers temps, c'était pour nous annoncer qu'il ne pourrait plus avoir d'enfants, à cause de son cancer.

Le cancer, ça fait peur. Heureusement, celui de mon père se soigne assez facilement. On lui a enlevé la partie cancéreuse, ensuite il a eu une chimio pendant un an, et jusqu'à présent le cancer n'est pas revenu.

Sauf que la partie qu'on lui a enlevée, c'est...

Je n'arrive même pas à l'écrire.

Les testicules.

BERK !

En fait, quand on vous enlève les testicules et que vous faites une chimio ensuite, il y a de fortes chances pour que vous deveniez stérile. Et c'est ça que mon père vient d'apprendre.

Maman m'a dit qu'il était très déprimé et qu'il fallait qu'on soit gentilles avec lui en ce moment, parce que les hommes ont des besoins, et l'un d'eux, c'est de se sentir omnipotent face à la procréation.

Ce que je ne comprends pas, c'est pourquoi il en fait toute une histoire. Depuis quand il veut d'autres enfants ? Il m'a déjà ! D'accord, je ne le vois que pendant les grandes vacances et à Noël, mais ça doit lui suffire, non ? De toute façon, il a assez à faire avec Genovia. Ce n'est pas évident de diriger tout un pays, même s'il ne fait que 1,5 km de long. Son autre grande occupation, à part moi, ce sont ses petites amies. Il y en a toujours une nouvelle qui lui tourne autour. Il les amène avec lui quand on va chez Grand-

Mère, à Miragnac, l'été. Elles sont là à baver d'admiration devant les piscines, les écuries, la cascade, les vingt-sept chambres, la salle de bal, les vignobles, la ferme et la piste d'atterrissage.

Il les jette une semaine après.

Je ne savais pas qu'il voulait se marier et avoir d'autres enfants.

Il n'a quand même jamais épousé ma mère. Maman dit que c'est parce qu'à l'époque, elle réprouvait les mœurs bourgeoises d'une société qui n'acceptait pas que les femmes soient les égales des hommes, et qui refusait d'admettre ses droits en tant qu'être humain.

Moi, j'ai toujours pensé que mon père ne l'avait jamais demandée en mariage.

Enfin. Maman m'a dit qu'il arrivait demain pour me parler de tout cela. Je ne comprends pas *pourquoi*. Quel rapport avec moi, d'abord ? Mais quand j'ai dit à ma mère : « Pourquoi papa se donne-t-il la peine de prendre l'avion pour m'annoncer qu'il ne peut pas avoir d'autres enfants ? », elle a fait une drôle de tête, puis elle a commencé à me répondre et, finalement, elle a changé d'avis, et a dit : « Tu demanderas à ton père. »

C'est mauvais signe. Ma mère dit : « Tu demanderas à ton père » uniquement quand je lui pose une question à laquelle elle ne veut pas répondre. Par exemple, pourquoi il y a des gens qui tuent parfois leurs bébés, ou pourquoi les Américains mangent autant de viande rouge et lisent moins que les habitants d'Islande ?

Note personnelle : regarder dans le dictionnaire *procréation, omnipotent* et *mœurs*.
Loi distributive :
$$5x + 5y - 5$$
$$5 (x + y - 1)$$

Qu'est-ce qu'elle distribue ??? À TROUVER AVANT L'INTERRO.

Mercredi 1er octobre

Mon père est ici. Enfin, pas ici, à la maison. Il a pris une chambre au *Plaza*, comme d'habitude. Je dois le voir demain, après qu'il se sera « reposé ». Mon père se repose beaucoup, depuis son cancer. Il a arrêté le polo, aussi. Mais à mon avis, c'est parce qu'un cheval lui a marché dessus, un jour.

Je déteste le *Plaza*. La dernière fois que mon père y est descendu, le portier n'a pas voulu me laisser entrer sous prétexte que j'étais en short. Il paraît que la propriétaire était là, et qu'elle n'aime pas voir des gens en short dans le hall de son prestigieux hôtel. J'ai dû faire appeler mon père au téléphone pour lui demander de me descendre un pantalon, mais il m'a répondu de lui passer la réception, et après, ils se sont tous mis à s'excuser. Ils m'ont même offert un énorme panier rempli de fruits et de chocolats. Cool. Comme je ne voulais pas les fruits, je les ai donnés à un S.D.F. quand j'ai pris le métro pour rentrer dans Greenwich Village. Apparemment, le S.D.F. ne voulait pas les fruits non plus, parce qu'il les a jetés dans le caniveau. Il a juste gardé le panier pour s'en faire un chapeau.

J'ai raconté à Lilly ce que mon père nous avait dit, sur le fait qu'il ne pouvait plus avoir d'enfants, et elle m'a expliqué que c'était très révélateur. Cela signifie que mon père n'a toujours pas résolu ses conflits avec ses parents. Je lui ai répondu : « Tu m'étonnes. Sa mère est *super* chiante. »

Lilly m'a dit qu'elle ne pouvait faire aucun commentaire sur la véracité de cette affirmation puisqu'elle n'a jamais rencontré ma grand-mère. Ça fait des années que je veux inviter Lilly à Miragnac, mais Grand-Mère refuse. Elle dit que les jeunes lui donnent mal à la tête.

D'après Lilly, mon père a peur de voir sa jeunesse s'envoler – ce qui équivaut souvent pour les hommes à une perte de leur virilité. Je trouve que les profs devraient vraiment faire sauter une classe à Lilly, mais Lilly ne veut pas. Elle préfère rester en seconde. Comme ça, elle a trois ans devant elle pour observer la condition de l'adolescent dans l'Amérique de l'après-guerre froide.

À COMMENCER DÈS AUJOURD'HUI :

1. Être gentille avec tous les gens que je rencontre, que je les aime ou pas.

2. Dire vraiment ce que je ressens.

3. Ne plus oublier mon livre de maths.

4. Garder ce que je pense pour moi.

5. Ne plus écrire de règles de maths dans mon journal.

(La puissance 3 de x s'appelle « le cube de x »...

Les nombres négatifs n'ont pas de racine carrée.)

Pendant l'étude dirigée

Je n'en peux plus, Lilly ! Quand est-ce que Mrs. Hill va retourner dans la salle des profs ?

Jamais peut-être. J'ai entendu dire qu'ils nettoyaient la moquette aujourd'hui. Qu'est-ce qu'il peut être MIGNON.

Qui ?

BORIS !

Ça ne va pas ? Il est moche comme tout. Regarde son pull. POURQUOI il fait ça ?

Qu'est-ce que tu peux être bornée !

Je ne suis PAS bornée. Mais quelqu'un devrait lui dire qu'en Amérique on ne rentre pas son pull dans son pantalon.

Peut-être qu'on le fait en Russie.

Justement, on n'est pas en Russie. Et puis, il pourrait apprendre un autre morceau ! Si j'entends encore une fois son *Requiem* pour la mort de je ne sais pas quel roi...

En fait, tu es jalouse, parce que Boris est un génie en musique et que, toi, tu es nulle en maths.

Une minute, Lilly ! Ce n'est pas parce que je suis nulle en maths que je suis bête.

O.K. O.K. Qu'est-ce que tu as aujourd'hui ?

RIEN !!!

Déclivité : la déclivité d'une droite *m*, c'est $m = y2 - y1/x2 - x1$

Trouver l'équation d'une droite dont la déclivité est égale à 2.

Trouver l'angle de déclivité des narines de Mr. G.

Jeudi 2 octobre, dans les toilettes pour dames de l'hôtel Plaza

Bien.

Je comprends maintenant pourquoi mon père est dans tous ses états à l'idée de ne plus pouvoir avoir d'enfants.

PARCE QU'IL EST PRINCE !!!

Mince alors ! Pendant combien de temps mes parents pensaient-ils me le cacher ?

Tout bien réfléchi, ils y sont arrivés pendant assez longtemps. Je suis QUAND MÊME allée à Genovia. Miragnac, où je passe tous les étés, et pratiquement tous les Noël, est le nom du château que ma grand-mère possède en France. Il se trouve à la frontière, juste à côté de Genovia, qui est coincé entre la France et l'Italie. Je vais à Miragnac depuis que je suis toute petite. Mais jamais avec ma mère. Seulement avec mon père. Ma mère et mon père n'ont jamais vécu ensemble. À l'inverse de tas d'enfants qui rêvent de voir leurs parents se remettre ensemble après qu'ils ont divorcé, moi, je suis très heureuse comme ça. Mes parents se sont séparés avant ma naissance, mais ils sont restés amis. Sauf quand mon père est de mauvaise humeur, ou que ma mère fait n'importe quoi – ce qui lui arrive parfois. Je suis sûre que ce serait l'enfer s'ils vivaient ensemble.

Bref, Genovia, c'est là où ma grand-mère m'emmène pour m'acheter des habits à la fin de l'été, quand elle ne supporte plus de me voir en salopette. Mais jamais personne n'a fait la moindre allusion au fait que mon père était PRINCE.

Maintenant que j'y pense, pour ma recherche sur Genovia, il y a deux ans, j'ai recopié le nom de la famille royale : Renaldo. Eh bien, pas un seul instant, je n'ai fait le rapprochement avec le nom de mon père. Il s'appelle Philippe Renaldo. Mais le nom du prince de Genovia que j'ai trouvé dans l'encyclopédie, c'est Arthur Christoff Philippe Renaldo.

Quant à sa photo, elle ne devait pas dater d'hier. Mon père a commencé à perdre ses cheveux avant ma naissance (par conséquent, même s'il a eu une chimio, ça ne se voit pas, puisqu'il est complètement chauve maintenant). La photo du prince de Genovia montrait un homme avec BEAUCOUP de cheveux, des rouflaquettes et une moustache, aussi.

Je comprends pourquoi ma mère a eu le béguin pour mon père, quand elle était étudiante. Il ressemblait un peu à Alec Baldwin.

Mais PRINCE ? De tout un PAYS ? Je savais qu'il faisait de la politique, et bien sûr qu'il était riche – il n'y a pas beaucoup d'élèves dans mon école qui ont une maison de vacances en France. À Martha's Vineyard peut-être, *en France*, certainement pas – mais j'étais loin d'imaginer qu'il était PRINCE !

Du coup, s'il est prince, je me demande bien pourquoi je dois faire des maths.

C'est vrai, quoi.

Finalement, ce n'était peut-être une si bonne idée que mon père choisisse le salon de thé du *Plaza* pour m'annoncer qu'il était prince. Premièrement, j'ai presque dû rejouer la scène du short : le portier ne voulait pas me laisser entrer. Tout ce qu'il trouvait à me dire, c'était : « Nous n'acceptons pas les mineurs non accompagnés d'un adulte » – ce qui va totalement à l'encontre de *Maman, j'ai raté l'avion*, pas vrai ?

Moi, je lui répondais : « Mais j'ai rendez-vous avec mon père... » Et lui recommençait avec son « Nous n'acceptons pas les mineurs non accompagnés d'un adulte ».

Ce n'est pas juste ! Je n'étais même pas en short. J'avais mon uniforme d'école, c'est-à-dire une jupe plissée, des chaussettes, bref, tout l'attirail. D'accord, je portais mes Doc Martens, mais tout de même !

Bref, après avoir répété pendant au moins une demi-heure : « Mais mon père... mais mon père... mais mon père », le directeur est arrivé et m'a demandé : « Qui est *votre* père, au juste, jeune fille ? »

Dès que je lui ai dit son nom, ils m'ont laissée entrer. Maintenant, je comprends. Ils m'ont laissée entrer parce qu'ILS savaient que mon père est prince. Mais sa propre fille, non !

Papa m'attendait à une table. Prendre le thé au *Plaza*, c'est toute une histoire. Il faut *voir* les touristes allemands se photographier en train de manger leurs scones au chocolat. J'aimais bien quand j'étais petite, mais comme mon père pense qu'à quatorze ans, on est encore un enfant, on continue de se retrouver là quand il vient à New York. Oh, on va ailleurs, aussi. Par exemple, on va toujours voir *La Belle et la Bête*, dans un théâtre de Broadway. C'est ma comédie musicale préférée. Lilly dit que Walt Disney est misogyne, mais je m'en fiche. J'ai vu le spectacle sept fois.

Mon père aussi. Le moment qu'il adore, c'est quand les fourchettes se mettent à danser.

Bref, on était en train de boire notre thé quand mon père a commencé à m'expliquer très sérieusement qu'il était le prince de Genovia. À ce moment-là, une chose affreuse s'est passée.

J'ai eu le hoquet.

Ça m'arrive seulement quand je bois chaud et que je mange du pain ensuite. Je ne sais pas pourquoi. Jamais cela ne s'était produit au *Plaza* auparavant, mais pile au moment où mon père m'a dit : « Mia, je veux que tu saches la vérité. Je pense que tu es suffisamment grande, à présent. Étant donné, par ailleurs, que je ne pourrai pas avoir d'autres enfants, ce que je vais t'annoncer va complètement changer ta vie. Il est juste par conséquent que tu sois au courant : je suis le prince de Genovia », moi, j'ai eu le hoquet. *Hip.*

J'ai réussi à dire : « C'est vrai ? », et mon père a poursuivi : « Ta mère a toujours pensé qu'il n'y avait aucune raison pour que tu le saches, et j'étais d'accord avec elle. J'ai eu... une enfance... *qui laisse à désirer...* »

Ça, je veux bien le croire. La vie avec Grand-Mère ne devait pas être drôle tous les jours. *Hip.*

Ensuite, il a dit : « Comme ta mère, je pensais qu'un palais n'était pas le meilleur endroit pour élever un enfant. » Puis il s'est mis à marmonner pour lui-même. Il fait tout le temps ça, surtout quand je lui rappelle que je suis végétarienne, ou quand maman est l'objet de la conversation. « Bien sûr, à l'époque, je ne savais pas que ta mère avait l'intention de t'élever dans *un loft d'artiste,* ni de te faire mener *une vie de bohème,* dans *Greenwich Village,* mais je dois admettre que cela ne t'a pas beaucoup perturbée, apparemment. Je pense même que grandir à New York t'a permis d'avoir un regard sceptique des plus salutaires sur l'humanité, en général... »

J'ai lâché un nouveau *hip,* et il a continué : « Personnellement, je ne l'ai acquis qu'à l'Université. À mon avis, cela explique en partie pourquoi j'ai tant de difficultés à établir des relations interpersonnelles avec les femmes... »

Hip.

« Ce que j'essaie de te dire, c'est que ta mère et moi pensions te préserver en te cachant la vérité. Il est vrai que nous n'avions jamais envisagé qu'un jour tu devrais me succéder sur le trône. Je n'avais que vingt-cinq ans, quand tu es née. J'étais persuadé que je rencontrerais une autre femme, que je l'épouserais et que j'aurais d'autres enfants. Malheureusement, ce n'est plus possible. Aussi, cela signifie, Mia, que tu es l'héritière du trône de Genovia. »

J'ai de nouveau eu le hoquet. Cela commençait à devenir gênant, parce que ce n'étaient pas de petits hoquets. Non. Ils étaient énormes, et agitaient mon corps de soubresauts qui me soulevaient de ma chaise, comme si j'étais une grenouille de 1,72 m. Et ils étaient bruyants, aussi. *Très* bruyants. Les touristes allemands n'arrêtaient pas de me regarder en pouffant. Je savais que ce que mon père me disait était très important, mais je ne pouvais pas m'empêcher de hoqueter. J'ai essayé de retenir ma respiration et de compter jusqu'à trente – mais j'ai à peine eu le temps d'arriver à dix. J'ai ensuite mis un sucre sur ma langue et je l'ai laissé fondre. Zéro. J'ai alors essayé de me faire peur en pensant à ma mère et à Mr. Gianini s'embrassant avec la langue. Même *ça* n'a pas marché.

Au bout d'un moment, mon père a fini par dire : « Mia ? Tu m'écoutes ? Est-ce que tu as entendu ce que je viens de dire ? »

J'ai répondu : « Je peux aller aux toilettes, papa, s'il te plaît ? »

Il a fait la grimace, comme s'il avait brusquement mal au ventre, puis il est retombé en arrière dans son siège d'un air abattu et a dit : « Vas-y », tout en me donnant cinq dollars pour la dame-pipi. Je me suis empressée de les mettre dans ma poche. Cinq dollars pour la dame-pipi ! Quand je n'ai que dix dollars d'argent de poche par semaine !

Je ne sais pas si vous êtes déjà allé dans les toilettes pour dames du *Plaza*, mais ce sont certainement les plus belles de tout Manhattan. Les murs sont roses, et il y a des miroirs et des petits canapés partout, au cas où on se regarderait et qu'on défaillerait tellement on n'en revient pas de sa beauté. Bref, j'ai poussé la porte avec fracas en hoquetant comme une malade, et toutes les femmes qui se repomponnaient m'ont foudroyée du regard. Sûr qu'en me voyant débarquer elles ont dû déraper avec leur rouge à lèvres.

Je me suis enfermée dans une cabine. En plus des W.-C., les cabines sont toutes dotées d'un lavabo, d'un énorme miroir, d'une coiffeuse et d'un tabouret, avec plein de franges à pompons. Je me suis assise sur le tabouret et j'ai essayé de me concentrer sur mon hoquet pour qu'il s'arrête. Mais ce sont les paroles de mon père qui me sont venues à l'esprit : « Je suis le prince de Genovia. »

Je comprends mieux des tas de choses maintenant. Par exemple, quand je prends l'avion pour aller en France. Si j'embarque comme tous les autres passagers, dès que l'avion se pose, on vient me chercher pour que je descende avant tout le monde et ensuite, on m'escorte jusqu'à une limousine qui me conduit à Miragnac.

J'ai toujours pensé que cela faisait partie des privilèges accordés aux gens qui, comme mon père, prennent souvent l'avion.

Mais c'est tout simplement parce qu'il est prince.

Autre chose. Chaque fois que Grand-Mère m'emmène faire des courses à Genovia, elle choisit toujours d'y aller avant l'ouverture officielle des boutiques, ou après. Elle appelle pour s'assurer qu'on nous laissera entrer, et jamais personne ne lui dit non.

À Manhattan, si ma mère essayait de faire ça, les vendeuses éclateraient de rire.

Et quand je suis à Miragnac, on ne va jamais au restaurant. On mange toujours à la maison. Cela nous arrive de temps en temps d'aller à Mirabeau, le château voisin, qui appartient à une famille d'Anglais détestables. Leurs enfants sont prétentieux, et ils s'insultent à longueur de journée. L'une des filles, Nicole, est plus ou moins mon amie. Un jour, elle m'a raconté qu'elle avait roulé une pelle à un garçon, et je ne savais pas ce que cela voulait dire. J'avais huit ans, à l'époque – ce qui n'est pas une excuse, parce qu'elle aussi avait huit ans. Je pensais qu'il s'agissait d'une pelle normale, comme celles qu'on vend avec les seaux et les râteaux. Le soir, j'en ai parlé au dîner devant ses parents, et depuis, Nicole ne veut plus m'adresser la parole.

Je me demande si les Anglais de Mirabeau savent que mon père est le prince de Genovia. Je parie que oui. Mince ! Ils ont dû me prendre pour une retardée mentale !

Peu de gens ont entendu parler de Genovia. En tout cas, quand on a dû faire notre recherche en primaire sur les pays d'Europe, personne dans ma classe n'en avait entendu parler. Ma mère dit qu'elle n'en avait pas entendu parler non plus, avant de rencontrer mon père. Il n'y a jamais eu de grands personnages, de grands inventeurs, de grands écrivains ou de grandes stars de cinéma. Beaucoup d'habitants de

Genovia, comme mon grand-père, se sont battus contre les nazis pendant la Seconde Guerre mondiale, mais à part ça, ils n'ont pas fait grand-chose.

En revanche, ceux qui connaissent Genovia adorent y aller, parce que c'est très beau. Le soleil brille pratiquement toute l'année, il y a les Alpes aux sommets enneigés d'un côté et la Méditerranée d'un bleu limpide de l'autre. C'est très vallonné, avec des collines parfois aussi escarpées qu'à San Francisco, et couvertes pour la plupart d'oliviers. La principale exportation de Genovia, c'est l'huile d'olive. Je me souviens de l'avoir mis dans ma recherche. C'est une huile très chère. D'ailleurs, ma mère ne s'en sert que pour la vinaigrette.

Il y a un palais, aussi. Il est connu, parce qu'on y a tourné un film sur les Trois Mousquetaires. Je ne l'ai jamais visité, mais je suis passée devant des tas de fois, avec Grand-Mère. Il a des tourelles, des contreforts et tout le bataclan.

C'est drôle que Grand-Mère ne m'ait jamais dit qu'elle y avait vécu.

Mon hoquet est passé. Je ferais mieux d'aller retrouver mon père.

Je vais donner un dollar à la dame-pipi, même si je n'ai pas fait pipi.

Je peux me le permettre. Mon père est prince !

Jeudi, plus tard, dans le pavillon des pingouins du zoo de Central Park

Je suis tellement en colère que j'ai du mal à écrire, sans compter qu'on n'arrête pas de me bousculer et qu'on n'y voit rien, ici. Il faut que je note exactement ce qui vient de se passer. Sinon, demain matin, au réveil, je risque de penser que j'ai fait un cauchemar.

Ce n'est pas un cauchemar. Tout ça est RÉEL.

Je n'en parlerai à personne, même pas à Lilly. Elle ne COMPRENDRAIT pas. PERSONNE ne peut comprendre. Parce que je ne connais personne qui s'est déjà retrouvé dans cette situation. Je ne connais personne qui s'est couché un soir en étant quelqu'un et qui s'est réveillé en étant le lendemain matin, quelqu'un d'autre.

Lorsque je suis retournée au salon de thé du *Plaza*, des touristes japonais avaient remplacé les touristes allemands. Nette amélioration : les Japonais sont beaucoup moins bruyants. Mon père était au téléphone. Je me suis assise. J'ai tout de suite deviné que c'était ma mère à l'autre bout du fil. Mon père avait l'expression qu'il a toujours quand il lui parle. Il disait : « Oui, je le lui ai annoncé. Non, elle ne semble pas bouleversée. » Il m'a regardée et m'a demandé si j'étais bouleversée.

J'ai répondu non, parce que je ne l'étais pas. À ce moment-là, en tout cas.

Il a alors repris sa conversation avec ma mère et a

dit : « Elle affirme que non. » Il l'a écoutée parler pendant une minute, puis m'a regardée de nouveau et m'a demandé : « Est-ce que tu veux que ta mère vienne ? »

J'ai secoué la tête et j'ai répondu : « Non. Elle doit finir la toile sur les médias pour la Kelly Tate Gallery. Il faut qu'elle la livre mardi. »

Mon père a répété mes paroles au téléphone. J'ai entendu ma mère ronchonner. Elle ronchonne tout le temps quand je lui rappelle qu'elle a un tableau à terminer. Elle aime bien travailler selon l'inspiration. Comme c'est mon père qui paie la plupart de nos factures, ce n'est généralement pas un problème, mais si vous voulez mon avis, ce n'est pas un comportement très responsable pour un adulte, même artiste.

Mon père a fini par éteindre son portable et il s'est enquis de mon état.

J'en ai conclu qu'il avait dû, après tout, remarquer mon hoquet. J'ai répliqué : « Ça va mieux, merci. »

Il s'est alors penché vers moi et m'a demandé : « Est-ce que tu as vraiment compris le sens de mes paroles, Mia ? »

J'ai hoché la tête, et j'ai dit : « Tu es le prince de Genovia. »

Mon père a acquiescé. Il a répondu : « Oui... », mais je sentais qu'il y avait autre chose. Comme je ne savais pas quoi dire, j'ai improvisé : « Grand-Père était le prince de Genovia avant toi ? »

Mon père a redit : « Oui... », et moi, j'ai conti-

nué sur ma lancée : « Donc, Grand-Mère est…
Qu'est-ce qu'elle est, au fait ?

— La princesse douairière », a répondu mon père.

J'ai grimacé. Ouah ! Ça explique beaucoup de
choses sur Grand-Mère.

Pour le coup, je suis restée muette. Mon père continuait de m'observer avec des yeux pleins d'espoir. Au
bout d'un moment, après lui avoir souri d'un air innocent sans que cela m'avance à grand-chose, je me suis
penchée en avant et j'ai dit : « Qu'est-ce qui se
passe ? »

Il a paru déçu et a murmuré : « Mia, tu n'as pas
compris ? »

Ma tête reposait sur la table. Ça ne se fait pas trop,
au *Plaza*, mais comme la propriétaire de l'hôtel n'était
pas dans les parages, elle ne pouvait pas me voir. J'ai
répondu : « Non… Qu'est-ce que je devais comprendre ? »

Mon père m'a dit alors : « Tu n'es plus Mia Thermopolis, chérie. »

Comme mes parents n'étaient pas mariés à ma naissance, et que ma mère ne croit pas à ce qu'elle appelle
« le culte du patriarcat », je porte son nom à elle, et
non celui de mon père.

Je me suis redressée et j'ai dit, en clignant les yeux
plusieurs fois : « Comment ça, je ne suis plus Mia
Thermopolis ? Qui je suis alors ? »

Et il a déclaré, d'une voix triste : « Tu es Amelia

Mignonette Thermopolis Renaldo, princesse de Genovia. »

D'accord.

QUOI ? MOI ? UNE PRINCESSE ?

Certainement pas. Je ne suis tellement pas une princesse que, lorsque mon père a commencé à m'expliquer que si, j'en étais une, je me suis mise à pleurer. Je me voyais dans l'énorme miroir doré, en face de moi, et j'avais le visage tout bouffi, comme en gym, quand on s'entraîne à esquiver le ballon et que je le prends en pleine figure. Je me suis regardée et j'ai pensé : « Est-ce là le visage d'une princesse ? »

Il faudrait que vous me voyiez. Personne n'a moins l'air d'une princesse que moi. C'est vrai, quoi. Je n'ai pas de beaux cheveux ; ils ne sont ni bouclés, ni raides, mais forment plutôt un triangle. Du coup, je suis obligée de les faire couper court si je ne veux pas ressembler à un panneau de la circulation. Et ils ne sont ni blonds ni noirs, mais entre les deux, une espèce de marron clair ou châtain délavé. Pas mal, hein ? J'ai aussi une grosse bouche, pas de poitrine et des pieds qui font penser à des skis. Lilly dit que la seule chose de jolie, chez moi, ce sont mes yeux gris. Sauf qu'à ce moment-là ils étaient tout rouges parce que je pleurais.

Et une princesse ne pleure pas, n'est-ce pas ?

Mon père s'est alors mis à me tapoter la main gentiment. D'accord, je l'aime bien, mais franchement, il ne comprend rien. Il n'arrêtait pas de répéter qu'il était désolé, mais que ce n'était pas si terrible que cela, qu'il était sûr que je serais heureuse avec lui dans le palais de Genovia, et que je pourrais revenir à New York pour voir mes amies aussi souvent que je le voudrais.

Ça a fait tilt, à ce moment-là, dans ma tête.

Non seulement je suis princesse, mais en plus il faut que je DÉMÉNAGE ???

J'ai aussitôt arrêté de pleurer. Et je me suis mise en colère. Une colère noire. Je me mets rarement en colère, parce qu'il paraît que je n'aime pas les conflits, mais quand ça m'arrive, attention.

J'ai regardé mon père droit dans les yeux, et j'ai hurlé de toutes mes forces : « Je N'irai PAS à Genovia ! » J'ai vraiment dû crier très fort parce que les Japonais se sont retournés et m'ont dévisagée en chuchotant.

Mon père a eu l'air choqué. La dernière fois que je me suis emportée contre lui, c'était il y a des années, quand, avec Grand-Mère, ils ont voulu me faire manger du foie gras. Je m'en fiche que ce soit un mets délicat en France ; je ne mangerai jamais rien qui a eu des pattes et qui a fait « coin coin ».

Mon père a pris alors son ton soyons-raisonnable-maintenant et a dit : « Mais, Mia, je croyais que tu avais compris... »

Je ne l'ai pas laissé finir et j'ai crié : « Tout ce que j'ai compris, c'est que vous m'avez *menti* toute ma vie ! Pourquoi je devrais aller vivre avec *toi* ? »

J'admets que ce que je venais de dire semblait tout droit sorti de *La Vie à cinq*, et je suis désolée d'ajouter que ce qui a suivi n'en était pas loin non plus. Je me suis levée d'un bond, j'ai renversé au passage le gros fauteuil doré sur lequel j'étais assise, et je suis partie en courant.

Je crois que mon père a essayé de me rattraper, mais je peux courir très vite quand je le veux. Mr. Wheeton aimerait bien que je m'inscrive au club d'athlétisme. C'est ça ! Comme si j'allais me mettre à courir sans raison. Je ne vois pas l'intérêt. En tout cas, ce n'est pas un numéro sur mon tee-shirt qui me donnera envie de le faire.

En attendant, j'ai dévalé la rue en courant, je suis passée devant les calèches qui attendaient bêtement les touristes, je suis passée ensuite devant les statues dorées, j'ai traversé plusieurs carrefours et je suis arrivée à Central Park. La nuit commençait à tomber, il faisait froid, je n'étais pas très rassurée, mais j'ai décidé de ne pas m'arrêter à ça. Personne n'allait s'en prendre à quelqu'un qui mesure 1,72 m, avec des rangers aux pieds et un sac à dos couvert d'autocollants sur lesquels on peut lire : SOUTENEZ GREENPEACE et LES ANIMAUX AUSSI ONT LE DROIT DE VIVRE. Surtout, si en plus cette personne est végétarienne.

Au bout d'un moment, j'en ai eu assez de courir, et je me suis demandé où aller, puisque je ne tenais pas particulièrement à rentrer chez moi. Je ne pouvais pas aller chez Lilly non plus. Elle est opposée à

toute forme de gouvernement qui n'est pas repré-
senté par le peuple, que ce soit directement ou par le
biais de personnes élues. D'après Lilly, lorsque
quelqu'un accède au pouvoir souverain par voie héré-
ditaire, les principes de l'égalité sociale et du respect
de l'individu au sein d'une communauté sont irrévo-
cablement perdus. C'est pourquoi, aujourd'hui, le
pouvoir absolu est passé des monarques aux assem-
blées constitutionnelles, et les représentants des
familles royales, comme la reine d'Angleterre, par
exemple, sont devenus de simples symboles de l'unité
nationale.

Enfin, c'est ce qu'a dit Lilly, l'autre jour, dans son
exposé en histoire.

Je suis assez d'accord avec elle, surtout en ce qui
concerne le prince Charles – il n'a vraiment pas été
sympa avec Diana –, mais mon père est différent.
D'accord, il joue au polo, mais jamais il n'envisage-
rait de soumettre son peuple à un impôt sans lui
demander d'abord son avis.

De toute façon, je suis sûre que, pour Lilly, ça ne
changerait rien de savoir que les habitants de Genovia ne paient pas d'impôts.

À tous les coups, mon père avait dû appeler ma
mère. C'est même certainement la première chose
qu'il avait faite. Et maintenant, elle devait être folle
d'inquiétude. Je déteste être une source d'inquiétude
pour ma mère. C'est vrai, ça lui arrive parfois d'être
irresponsable, mais seulement pour les factures ou les

courses. Jamais elle n'est irresponsable avec *moi*. J'ai des amis dont les parents oublient tout le temps de leur donner de l'argent pour acheter leurs cartes de métro. J'en connais même qui disent à leurs parents qu'ils vont chez un copain, et à la place, ils s'achètent une bouteille d'alcool et vont traîner dans les rues. Eh bien, jamais leurs parents ne l'ont su, parce qu'ils ne se sont pas donné la peine d'appeler les parents du copain pour vérifier que leur enfant était bien arrivé.

Ma mère n'est pas comme ça. Elle vérifie TOU-JOURS.

Bref, ce n'était pas très sympa de ma part de m'être enfuie, sachant qu'elle devait se faire un sang d'encre. Ce que pouvait penser mon père, en revanche, je m'en fichais un peu. À vrai dire, je le détestais pour l'instant. Mais j'avais besoin d'être seule. Ce n'est pas évident de découvrir du jour au lendemain qu'on est princesse. On met du temps à s'y habituer. Je suis sûre que des tas de filles adoreraient. Pas moi. D'abord, je n'ai jamais aimé les trucs de filles, comme se maquiller, mettre des collants. Si je suis obligée, je veux bien, mais en général, je n'y tiens pas trop.

Je n'y tiens même PAS DU TOUT.

Enfin, je ne sais pas comment, mais j'ai fini par atterrir au zoo.

J'adore le zoo de Central Park. Depuis que je suis toute petite. Je le préfère au zoo qui se trouve dans le Bronx, parce qu'il est moins grand et que les ani-maux sont beaucoup plus gentils, surtout les phoques et les ours polaires. Il y a un ours, ici, qui passe ses journées à nager le crawl. Sans rire. On en a parlé une fois aux informations, parce qu'un psychologue pour animaux craignait qu'il soit trop stressé. Un peu qu'il devait être stressé, avec tous les gens qui le regardent dans la journée. Enfin. Ils lui ont acheté des jouets, et depuis, il va mieux. Il se contente de faire des bonds en arrière dans son enclos – il n'y a pas de cages dans le zoo de Central Park, mais des enclos – et d'observer les gens qui l'observent. Parfois, il fait des bonds en tenant un ballon. Je l'adore, cet ours.

Après avoir payé deux dollars pour entrer – encore un autre avantage avec le zoo de Central Park : il n'est pas cher –, je suis allée rendre une petite visite à l'ours polaire. Il semblait aller bien. En tout cas, bien mieux que moi. Son père à *lui* ne venait pas de lui annoncer qu'il était l'héritier du trône de Pétaouchnok. Je me demande d'ailleurs d'où vient cet ours. J'espère qu'il est originaire d'Islande.

Au bout d'un moment, il y a eu tellement de monde devant l'enclos que je suis allée dans le pavillon des pingouins. Ça sent un peu fort à l'intérieur, mais c'est drôle. Grâce à de grandes baies vitrées qui donnent sous l'eau, on peut voir les pingouins nager, glisser sur les rochers et jouer à des jeux de pingouins. Les petits enfants s'amusent à mettre leurs mains sur la vitre, et quand un pingouin s'approche d'eux, ils poussent des cris. Ça me fait mourir de rire. Il y a un banc sur lequel on peut s'asseoir pour les regarder. C'est là où je suis en ce moment, en train d'écrire. On finit par s'habituer à l'odeur. J'imagine qu'on finit par s'habituer à tout.

Quoi ? Je n'arrive pas à croire que j'aie pu écrire une chose pareille ! Je ne m'habituerai JAMAIS à être la princesse Amelia Renaldo ! Je ne sais même pas qui c'est. On dirait le nom d'une marque de maquillage, ou d'un personnage de Walt Disney qui aurait disparu et qui vient de retrouver la mémoire.

Qu'est-ce que je vais devenir ? JE NE PEUX PAS aller vivre à Genovia. Qui s'occupera de Fat Louie ? Certainement pas ma mère. Déjà qu'elle oublie de se nourrir ; qu'est-ce que ce sera alors si elle doit nourrir un CHAT ?

Je suis sûre qu'ils ne me laisseront pas avoir de chat au palais. Du moins, pas un chat comme Fat Louie, qui pèse 10 kg et qui mange des chaussettes. Il ferait peur aux dames de compagnie.

Mon Dieu, *qu'est-ce que je vais devenir ?*

Si Lana Weinberger l'apprend, je suis fichue.

Jeudi, encore plus tard que tout à l'heure

Je ne pouvais évidemment pas rester cachée toute ma vie dans le pavillon des pingouins. Au bout d'un moment, ils ont commencé à éteindre les lumières et ont annoncé que le zoo allait fermer. J'ai rangé mon journal, j'ai suivi les gens vers la sortie et j'ai attrapé un bus pour rentrer. J'étais sûre que j'allais me faire incendier par ma mère.

Ce que je n'avais pas prévu, en revanche, c'est que mes DEUX parents seraient là, à m'attendre. C'était une première.

Ils étaient assis à la table de la cuisine, avec le téléphone entre eux. Au moment où ma mère m'a demandé où j'étais passée, mon père a dit : « On était fous d'inquiétude ! »

Je m'attendais à ce qu'ils me fassent passer un sale quart d'heure, mais ils voulaient seulement savoir si j'allais bien. Je les ai rassurés et je me suis excusée d'avoir fait ma Jennifer Love Hewitt. Je leur ai expliqué que j'avais besoin d'être seule.

Quand je pense que j'avais peur qu'ils se mettent en colère. Pas du tout. Ma mère a même voulu me préparer une soupe chinoise, mais j'ai refusé parce que les seuls sachets qui restaient étaient au bœuf. Mon père a alors proposé d'envoyer son chauffeur chez le Japonais et j'ai dit : « Non, vraiment, papa. Ce n'est pas la peine. J'ai juste envie d'aller me coucher. » Ma mère m'a aussitôt tâté le front, persuadée que j'avais de la fièvre et que j'étais malade. Toutes ces attentions ont failli me faire pleurer à nouveau. Mon père a dû s'en rendre compte, parce qu'il a dit : « Helen, laisse-la tranquille. »

Et c'est ce qu'elle a fait. Incroyable ! Je suis allée dans ma salle de bains, je me suis enfermée à double tour et j'ai pris un bain brûlant. Après, j'ai mis mon pyjama préféré, celui en flanelle rouge, je suis allée chercher Fat Louie sous le futon, où il essayait de se cacher (Fat Louie n'aime pas beaucoup mon père), et je me suis couchée.

Avant de m'endormir, j'ai entendu mon père parler avec ma mère dans la cuisine, pendant longtemps. Il avait une voix sourde et grave, comme le tonnerre qui gronde. Elle me faisait penser à la voix du capitaine Jean-Luc Picard, dans *Star Trek : the next generation*.

En fait, mon père a plein de points communs avec le capitaine Jean-Luc Picard. Il est blanc, chauve et se trouve à la tête d'une petite population.

Sauf que le capitaine Jean-Luc Picard s'arrange toujours pour que ça se termine bien à la fin de chaque épisode, et je ne suis pas sûre que cette histoire se terminera bien pour moi.

Vendredi 3 octobre, en perm

Ce matin, quand j'ai ouvert les yeux, j'ai entendu roucouler les pigeons qui se sont installés sur l'échelle d'incendie, devant ma fenêtre. Fat Louie se tenait sur le rebord – enfin, il essayait d'y faire tenir le maximum de son corps –, et les observait. Le soleil brillait, et je me suis réveillée avant que le réveil sonne. Du coup, je n'ai pas eu besoin de taper plusieurs fois sur le bouton. J'ai pris ma douche, je me suis rasé les jambes sans me couper, j'ai trouvé un chemisier pas trop chiffonné au fond de mon placard, et j'ai même réussi à me coiffer à peu près correctement. J'étais de bonne humeur. On était *vendredi*. C'est mon jour préféré, avec samedi et dimanche. Parce que le vendredi marque toujours le commencement de deux jours – deux jours fantastiques et reposants – SANS maths.

Je suis allée ensuite dans la cuisine, et là, un rayon de lumière rosée, qui filtrait à travers une lucarne, tombait pile sur ma mère. Elle portait son plus beau kimono et préparait du pain perdu avec des œufs de dérivés, même si je ne suis plus végétalienne depuis que j'ai compris qu'il ne pouvait pas y avoir de poussins dans les œufs quand ils n'étaient pas fécondés.

Je m'apprêtais à la remercier quand j'ai entendu comme un froissement dans mon dos.

Je me suis retournée et j'ai vu mon père assis à la table de la salle à manger (en fait, c'est juste une table normale, puisqu'on n'a pas de salle à manger). Il lisait le *New York Times*, et il était en costume.

J'ai bien dit : *en costume.* À sept heures du matin.

C'est à ce moment-là que tout m'est revenu. Je n'arrivais pas à croire que j'aie pu oublier que j'étais *princesse*.

Ma bonne humeur s'est immédiatement envolée.

Dès qu'il m'a vue, mon père a dit : « Ah, Mia. »

J'ai tout de suite su que ça allait être ma fête. Quand mon père commence ses phrases par « Ah, Mia », c'est qu'il va me faire un sermon.

Il a soigneusement replié son journal et l'a posé sur la table. Mon père plie toujours soigneusement son journal en faisant attention à ce que les bords ne dépassent pas. Ce qui n'est pas le cas de ma mère. Généralement, elle froisse les pages et les laisse traîner dans n'importe quel ordre sur le futon ou à côté des toilettes. C'est le genre de choses qui rend mon père fou. Je suis pratiquement sûre que c'est à cause de cette manie qu'ils ne se sont jamais mariés.

Ma mère avait sorti notre plus belle vaisselle : les assiettes avec les bandes bleues, et les verres en plastique en forme de cactus. Elle avait même mis un bouquet de faux tournesols dans un vase jaune, au milieu de la table. Je suis persuadée qu'elle avait eu toutes ces attentions pour me faire plaisir, et qu'en plus, elle s'était levée très tôt pour avoir le temps de tout préparer. Mais au lieu de me mettre en joie, ça n'a fait que m'attrister.

Parce que je suis prête à parier qu'ils n'utilisent pas de verres en plastique en forme de cactus pour le petit déjeuner dans le palais de Genovia.

Mon père a dit : « Il faut qu'on parle, Mia. » C'est toujours comme ça que commencent ses pires remontrances. Sauf que, cette fois, il m'a regardée avec un petit sourire, et a dit : « Qu'est-ce que tu as fait à tes cheveux ? »

J'ai porté ma main à ma tête et j'ai répondu : « Rien. Pourquoi ? » Moi qui pensais que j'étais bien coiffée, pour une fois.

Ma mère est intervenue et a dit : « Ses cheveux sont très bien, Philippe. » Elle prend toujours ma défense quand mon père me critique. Et puis, elle a dit : « Assieds-toi, Mia, et déjeune. J'ai réchauffé le sirop d'érable pour le pain perdu, exactement comme tu l'aimes. »

J'ai apprécié son geste. Sincèrement. Mais il était hors de question que je m'assoie et que je me mette à parler de mon avenir à Genovia. Non, mais tout de même ! Alors, j'ai répondu : « Je suis désolée, mais je n'ai pas le temps de déjeuner. On a un contrôle en histoire, et j'ai promis à Lilly de la retrouver plus tôt pour réviser... »

Mon père ne m'a pas laissée finir et a dit : « *Assieds-toi.* »

Bigre ! Mon père peut parler comme un vrai capitaine de vaisseau de la Fédération des Planètes Unies, quand il le veut.

Du coup, je me suis assise. Ma mère a posé une tranche de pain perdu sur mon assiette. J'ai versé du sirop dessus et j'ai mangé une bouchée, juste pour être polie. On aurait dit du carton.

« Mia, a commencé ma mère, qui essayait toujours d'arrondir les angles, je sais que tu dois être boule-versée à cause de toute cette histoire, mais franche-ment, ce n'est pas si terrible que cela. »

Ah bon ? On vous annonce du jour au lendemain que vous êtes princesse, et vous devriez sauter de joie ?

« Après tout, a continué ma mère, la plupart des filles seraient ravies de découvrir que leur père est prince ! »

Aucune à ma connaissance. En fait, ce n'est pas vrai. Lana Weinberger *adorerait* être princesse. Elle pense même qu'elle l'est déjà.

« Songe à toutes ces belles choses que tu pourrais avoir si tu vivais à Genovia. » Le visage de ma mère s'est illuminé à mesure qu'elle me dressait la liste de *toutes les belles choses que je pourrais avoir si je vivais à Genovia*, mais elle n'avait pas sa voix normale. On aurait dit qu'elle jouait le rôle d'une mère dans une série télé. « Comme une voiture, par exemple ! Tu sais bien que c'est impossible d'avoir une voiture à New York. Mais à Genovia, quand tu auras seize ans, je suis sûre que ton père t'achètera... »

Je lui ai coupé la parole en lui faisant remarquer qu'il y avait déjà suffisamment de problèmes de pollution en Europe sans que j'y contribue. Les émissions de diesel représentent l'un des principaux facteurs de la destruction de la couche d'ozone.

« Mais tu as toujours voulu un cheval, n'est-ce pas ? a insisté ma mère. Eh bien, à Genovia, tu pourrais en avoir un. Un beau cheval gris avec des taches... »

Ça m'a fait trop mal. J'avais des larmes plein les yeux, et je ne pouvais pas les retenir. Tout à coup, j'ai crié : « Maman, maman, qu'est-ce que tu *fais* ? Tu *veux* que j'aille vivre avec papa, c'est ça ? Tu en as assez de moi ? Tu veux que j'aille vivre avec papa pour que Mr. Gianini et toi, vous puissiez... vous puissiez... »

Je n'ai pas fini ma phrase parce que je pleurais toutes les larmes de mon corps. Mais à ce moment-là, ma mère pleurait, elle aussi. Elle a bondi de sa chaise, elle a fait le tour de la table et elle m'a serrée dans ses bras en disant : « Bien sûr que non, ma chérie ! Comment peux-tu penser une chose pareille ? » Elle n'avait plus du tout la voix d'une mère dans une série télé. « Je ne veux que ton bonheur.

— Moi aussi », a dit mon père, sur un ton légèrement agacé. Il avait croisé les bras et nous observait en fronçant les sourcils, penché en arrière sur sa chaise.

Je l'ai regardé et j'ai répondu : « Si vous ne voulez que mon bonheur, alors laissez-moi finir mes études ici. Ensuite, je travaillerai pour Greenpeace et je sauverai les baleines. »

Mon père a paru encore plus agacé, et a dit : « Tu ne travailleras *pas* pour Greenpeace. »

Même si j'avais du mal à parler, parce que je pleurais et que j'étais dans tous mes états, j'ai répondu : « Si, je travaillerai pour Greenpeace. Et j'irai vivre en Islande, aussi, pour sauver les bébés phoques. »

À ce moment-là, mon père n'a plus du tout eu l'air agacé. Il semblait fou de rage et a rétorqué : « Certainement pas ! Tu vas aller à l'Université. À Vassar, je pense. Ou peut-être à Sarah Lawrence. »

J'ai pleuré encore plus fort.

Sans me laisser le temps de répondre, ma mère a levé la main et a dit : « Philippe, arrête. Nous n'arriverons à rien, maintenant. De toute façon, Mia doit aller à l'école. Elle est déjà en retard. »

Je me suis empressée de ramasser mon sac à dos, d'attraper mon manteau, et j'ai confirmé : « Oui, je suis en retard. Il faut en plus que j'achète une nouvelle carte de métro. »

Mon père a alors fait ce drôle de bruit français qu'il fait parfois, entre le ronflement et le soupir. Ça donne quelque chose comme : « *Pfuit* » ! Et puis, il a dit : « Lars va te conduire. »

J'ai essayé d'expliquer à mon père que ce n'était pas nécessaire, puisque je retrouve Lilly tous les jours à Astor Place, d'où on prend la ligne 6 qui nous emmène directement au lycée.

Mais mon père a déclaré : « Lars peut emmener ton amie, aussi. »

J'ai jeté un coup d'œil à ma mère. Elle regardait mon père. Lars est le chauffeur de mon père. Il le suit partout. Depuis que je connais mon père – d'accord, depuis que je suis née –, il a toujours eu un chauffeur. Généralement, c'est un type genre armoire à glace qui travaillait avant pour le président d'Israël ou d'un autre pays.

Maintenant que j'y pense, ces types ne sont pas vraiment des chauffeurs. Ce sont plutôt des gardes du corps.

Et je n'avais PAS DU TOUT envie que le garde du corps de mon père m'accompagne à l'école. Comment j'allais expliquer ça à Lilly ? « *Oh, ne t'inquiète pas, Lilly. C'est juste le chauffeur de mon père.* » Ben voyons. La seule élève du lycée qui se fait déposer tous les matins par un chauffeur, c'est cette Saoudienne super riche. Elle s'appelle Tina Hakim Baba. Son père est un magnat du pétrole. Tout le monde se moque d'elle parce que ses parents ont peur qu'elle se fasse kidnapper entre la 75e Avenue et Madison, où se trouve l'école, et la 75e et la 5e Avenue, où elle habite. Elle a même un garde du corps qui la suit de salle de classe en salle de classe et qui communique avec le chauffeur par talkie-walkie. C'est un peu excessif, si vous voulez mon avis.

Mais mon père a été intraitable sur la question du chauffeur. Sous prétexte que je suis officiellement princesse, maintenant, il faut faire attention à moi. Hier, quand je n'étais que Mia Thermopolis, je pouvais prendre le métro. Mais aujourd'hui, terminé.

Enfin. J'ai bien vu que ce n'était pas la peine d'insister. De toute façon, il y a pire que d'aller à l'école dans une voiture conduite par un chauffeur.

Par exemple, savoir dans quel pays je vivrai le mois prochain.

Au moment où je partais – mon père avait appelé Lars pour qu'il vienne me chercher à l'appartement et pour qu'il m'accompagne jusqu'à la voiture (c'était très gênant) –, j'ai entendu mon père demander à ma mère : « Au fait, Helen. Qui est ce Mr. Gianini dont parlait Mia ? »

Oh, oh !

$ab = a + b$
Résoudre b si $ab - b = a$
$b (a - 1) = a$
$b = a/a - 1$

Vendredi, pendant le cours de maths

Lilly a tout de suite deviné qu'il s'était passé quelque chose.

Oh, elle a gobé tout cru l'histoire que je lui ai servie au sujet de Lars : « Mon père est ici, en ce moment. Il est venu avec son propre chauffeur... »

Mais je n'ai pas pu me résoudre à lui raconter le coup de la princesse. Je n'arrêtais pas de repenser à son air dégoûté quand elle nous a expliqué, pendant son exposé, que les rois chrétiens se considéraient comme des représentants de la volonté divine, responsables non pas devant leur peuple, mais devant Dieu seul. Pourtant, mon père ne va pratiquement jamais à l'église, sauf quand Grand-Mère l'y oblige.

Bref, Lilly m'a crue pour Lars, mais elle ne m'a pas lâchée tant que je ne lui ai pas dit ce qui m'avait fait pleurer. « Pourquoi tu as les yeux rouges ? Tu as pleuré ? Pourquoi tu as pleuré ? Il s'est passé quelque chose ? Qu'est-ce qui s'est passé ? Tu as encore eu une mauvaise note ? »

J'ai haussé les épaules et j'ai regardé le paysage morose des squats de East Village, devant lesquels on passait avant d'arriver à l'école.

Comme Lilly insistait, j'ai répondu : « C'est rien. J'ai mes règles. »

Lilly a aussitôt rétorqué : « Ça ne peut pas être tes règles. Tu les as eues la semaine dernière. Je m'en souviens, parce que tu m'as emprunté une protection après le cours de gym, et qu'ensuite, tu as mangé deux barres de céréales. » Parfois, je préférerais que Lilly n'ait pas une aussi bonne mémoire. « Alors ? a continué Lilly. Raconte. Est-ce que Fat Louie a encore mangé une chaussette ? »

D'abord, je trouvais que c'était très gênant d'évoquer mon cycle menstruel en présence du garde du corps de mon père. Lars a quand même un petit air à la Alec Baldwin. Même s'il se concentrait sur la conduite, et qu'il ne pouvait pas vraiment nous entendre, j'aurais préféré qu'on parle d'autre chose.

Aussi, j'ai dit tout doucement : « Laisse tomber, Lilly. C'est juste à cause de mon père. *Tu sais bien*.

— Oh ! » a fait Lilly de sa voix normale. Est-ce que j'ai déjà dit que Lilly a une voix qui porte ? Et c'est donc très fort qu'elle a dit : « Tu veux parler de cette histoire de stérilité ? Ça le mine encore ? Il a *vraiment* besoin de s'autoréaliser. »

Et Lilly est partie dans la description de quelque chose qu'elle appelait « l'arbre jungien de l'autoréalisation ». Elle dit que mon père se situe tout en bas de l'arbre et qu'il ne pourra atteindre le sommet que s'il s'accepte tel qu'il est, et cesse d'être obsédé par sa stérilité.

Ça doit être un peu mon problème, aussi. Je suis tout en bas de l'arbre de l'autoréalisation. Peut-être même que je me trouve sous les racines.

Pour l'instant, je suis en cours de maths, et les choses ne semblent pas se présenter sous un aussi mauvais jour que cela. J'y ai réfléchi quand j'étais en perm et je suis arrivée à la conclusion que personne ne peut m'obliger à être princesse.

C'est vrai, quoi. On vit en Amérique, que je sache ! Ici, on peut être qui on veut. C'est du moins que ce Mrs. Holland nous a expliqué l'année dernière, quand on étudiait l'histoire des États-Unis. Alors, si je peux être qui je veux, je peux *ne pas* être princesse. *Personne* ne peut m'obliger à être princesse, pas même mon père.

Par conséquent, ce soir quand je rentrerai à la maison, je lui dirai : « Merci, papa, mais non merci. Je reste Mia pour l'instant. »

Zut ! Mr. Gianini vient de me poser une question et je ne sais absolument pas de quoi il parlait, vu que j'écrivais dans mon journal au lieu d'écouter. J'ai les joues en feu. Lana Weinberger est pliée en deux. Quelle garce, celle-là !

Pourquoi Mr. Gianini m'interroge-t-il tout le temps ? Il devrait le savoir, pourtant, que je ne connais pas la formule quadratique d'un trou dans la terre. Il ne me lâche pas à cause de ma mère. Il veut montrer qu'il me traite comme n'importe quelle élève.

Eh bien, je ne suis *pas* n'importe quelle élève.

Pourquoi j'aurais besoin de m'y connaître en maths, d'abord ? Ça ne sert à rien quand on travaille pour Greenpeace.

Et je parie que ça ne sert à rien non plus quand on est princesse. Du coup, quoi qu'il m'arrive, je suis tranquille.

Cool.

Résoudre $x = a + aby$ pour y
$x - a = aby$
$x - a/ab = aby/ab$
$x - a/ab = y$

Vendredi, très tard, dans la chambre de Lilly Moscovitz

J'avoue : j'ai séché le cours de soutien de Mr. Gianini. Je *sais* que je n'aurais pas dû. Lilly s'est d'ailleurs chargée de me le rappeler. On peut lui faire confiance. Je sais que Mr. Gianini organise ces cours de soutien pour des élèves comme moi, qui sont nuls en maths. Et je sais qu'il le fait sur son temps à lui, et

70

qu'il n'est même pas payé. Mais si les maths ne me servent à rien dans aucune de mes éventuelles carrières futures, pourquoi je devrais suivre ses cours de soutien ?

J'ai demandé à Lilly si je pouvais dormir chez elle ce soir. Elle a accepté à condition que je promette de ne plus me comporter comme une détraquée.

J'ai promis. Pourtant, je n'ai pas l'impression de me comporter comme une détraquée.

J'ai ensuite appelé ma mère de la cabine téléphonique, dans le hall de l'école, pour savoir si elle voulait bien que je passe la nuit chez les Moscovitz. Elle m'a répondu : « En fait, Mia, ton père espérait qu'à ton retour nous pourrions parler encore un peu. »

Super.

J'ai répondu à ma mère que je n'avais franchement pas envie d'avoir une nouvelle conversation avec eux, et qu'en plus, j'étais très inquiète pour Lilly, parce que Norman, le type qui la suit tout le temps, venait d'être de nouveau relâché de l'hôpital psychiatrique de Bellevue. Depuis que Lilly a commencé son émission de télé, ledit Norman passe la voir au studio dès qu'il le peut et lui demande de retirer ses chaussures. D'après les Moscovitz, Norman est un fétichiste. Il fait une fixation sur les pieds – en particulier ceux de Lilly. Il lui envoie des cadeaux, comme des CD et des peluches, et lui écrit qu'elle en aura davantage si elle retire ses chaussures pendant l'émission. Lilly retire donc ses chaussures, mais elle jette une couverture

sur ses jambes et agite les pieds en dessous en disant :
« Hé, Norman, espèce de gogol ! Regarde ! J'ai retiré
mes chaussures ! Merci pour les CD ! »

Norman n'a pas supporté que Lilly se moque de
lui, et il s'est mis à la suivre. Il y a deux ou trois
semaines, alors qu'on était au parc, toutes les deux,
on l'a vu débarquer. On s'est aussitôt sauvées, mais il
nous a pourchassées en agitant un billet de vingt dollars et en criant qu'il était pour nous si on retirait nos
chaussures. Nous, on riait comme des folles. On
n'avait pas peur du tout, parce qu'on savait que le
commissariat de police, à l'angle de Washington
Square South et de Thompson Street, n'était pas très
loin. Dès qu'on est entrées, on a raconté aux flics
qu'un type bizarre nous avait agressées. Si vous aviez
vu ça ! Une vingtaine de policiers déguisés (dont le
S.D.F. qui dormait sur le banc) ont bondi sur Norman, qui braillait comme un veau, et l'ont ramené à
l'hôpital psychiatrique.

Je m'amuse toujours quand je suis avec Lilly.

Bref, les Moscovitz ont expliqué à Lilly que Norman venait de ressortir de l'hôpital et que, si elle le
croisait dans la rue, elle devait le laisser tranquille,
parce que c'était un pauvre garçon atteint de troubles
obsessionnels compulsifs avec peut-être des ten-
dances schizophrènes.

Lilly a décidé de consacrer son émission de demain
à ses pieds. Elle va présenter toutes les paires de
chaussures qu'elle possède sans montrer une seule

fois ses pieds nus. Elle espère que ça rendra Norman tellement fou qu'il fera quelque chose d'encore plus étrange, comme se procurer une arme et nous tirer dessus.

Mais je n'ai pas peur. Norman porte des lunettes. Il doit être myope comme une taupe, en plus, vu la taille des verres. De toute façon, je suis sûre qu'il est incapable de viser, même avec une mitrailleuse. Quand je pense que, grâce aux lois non prohibitives de ce pays, un cinglé comme Norman peut s'acheter une arme ! Michael Moscovitz a écrit dans son journal en ligne que ces lois mèneront droit à la mort de la démocratie telle que nous la connaissons.

Mais ma mère ne s'est pas laissé berner par tout ce que je lui ai raconté. Elle m'a dit : « Mia, je comprends très bien que tu veuilles soutenir ton amie dans cette épreuve, mais je crois que tu as des responsabilités beaucoup plus importantes ici. »

J'ai demandé : « Quelles responsabilités ? » Je pensais qu'elle parlait de la litière. Je l'ai nettoyée à fond il y a deux jours.

Elle a répondu : « Tes responsabilités envers ton père et moi. »

J'ai vu rouge à ce moment-là. Des responsabilités ? *Des responsabilités ? Elle me parle de mes responsabilités ?* Quand s'est-elle occupée pour la dernière fois de déposer le linge au pressing, sans parler d'aller le chercher ? Quand a-t-elle acheté pour la dernière fois des cotons-tiges, du papier toilette ou du lait ?

Est-ce que ça lui est arrivé de penser à me dire, au cours des quatorze ans de mon existence, que je serai peut-être un jour la princesse de Genovia ?

Et *elle ose* me parler de *mes* responsabilités ?

Ha !!!

J'ai failli lui raccrocher au nez. Mais Lilly était juste à côté. Elle s'entraînait à éteindre et à rallumer les lumières du hall pour son travail de régisseuse. Comme j'avais promis de ne pas me comporter comme une détraquée, et que raccrocher au nez de sa mère entrait certainement dans la catégorie « détraquée », j'ai répondu très calmement : « Ne t'inquiète pas, maman. Je n'oublierai pas de passer chez *Genovese* en rentrant demain soir et j'achèterai de nouveaux sacs d'aspirateur. »

Et j'ai raccroché après.

DEVOIRS :

Maths : problèmes 1 à 12, p. 119.

Anglais : plan à finir.

Histoire : questions à la fin du chap. IV.

Français : utiliser *avoir* dans des phrases négatives, lire leçons 1 à 3.

Pourquoi est-ce que je m'amuse toujours autant quand je dors chez Lilly ? Ce n'est pas comme si les Moscovitz avaient des choses qu'on n'a pas. En fait, maman et moi, on a beaucoup plus de choses qu'eux. Par exemple, les Moscovitz ne reçoivent que deux chaînes de cinéma. Chez nous, comme j'ai profité de l'offre de lancement de Time Warner Cable, on les reçoit toutes : Cinemax, HBO et Showtime, pour la modique somme de 19,99 dollars par mois.

Pourtant, chaque fois que je passe la nuit chez les Moscovitz, même si Lilly et moi, on ne sort pas de la cuisine et qu'on mange les macarons qui restent de Rosh Hashanah, je me sens bien. Peut-être est-ce à cause de Maya, la bonne dominicaine ? Jamais elle n'oublie d'acheter du jus d'orange, et elle pense toujours à en prendre sans pulpe, parce qu'elle sait que je n'aime pas la pulpe. Parfois, quand elle apprend que je viens dormir, elle va même me chercher des lasagnes aux légumes chez *Balducci*. Rien que pour moi. C'est ce qu'elle a fait, d'ailleurs, hier soir.

Il est possible aussi que je me sente bien chez les Moscovitz parce qu'il n'y a jamais aucun aliment en train de pourrir dans leur frigo. Maya jette tout ce qui a dépassé la date de péremption. Même d'un jour.

Et les Moscovitz n'oublient jamais de payer leur facture d'électricité. Du coup, on ne leur coupe pas le courant en plein milieu d'un film à la télé. Quant à la mère de Lilly, elle ne parle que de choses normales, comme les promotions sur les collants qu'elle a achetés dans les grands magasins.

Je ne dis pas que je n'aime pas ma mère. Je l'adore, au contraire. Mais si elle se comportait un peu plus souvent en mère et non en artiste, ça ne serait pas plus mal.

J'aimerais bien aussi que mon père ressemble un peu plus au père de Lilly, qui veut toujours me faire une omelette parce qu'il trouve que je suis trop maigre, ou qui traîne en jogging quand il ne doit pas se rendre à son cabinet pour analyser quelqu'un. Et surtout, qui n'est *jamais* en costume à sept heures du matin !

Je ne suis pas non plus en train de dire que je n'aime pas mon père. Je l'aime bien. Simplement, je ne comprends pas comment il a pu laisser faire une chose pareille. Lui qui est tellement organisé. *Comment a-t-il pu accepter de devenir prince ?*

Franchement, je ne comprends pas.

Ce qui me plaît peut-être le plus, finalement, quand je suis chez Lilly, c'est que je ne suis pas obligée de penser que je suis nulle en maths ou que je suis l'héritière du trône d'une petite principauté en Europe. Je peux me détendre, manger des gâteaux faits maison et regarder Pavlov, le chien de Michael, empêcher Maya de sortir de la cuisine.

Hier soir, en tout cas, on s'est amusées comme des folles, Lilly et moi. Les Moscovitz étaient sortis – ils sont allés à une soirée organisée au profit des enfants homosexuels des survivants de l'Holocauste –, et on s'est préparé un énorme saladier de pop-corn qu'on a mangé dans le lit des parents en regardant tous les *James Bond* à la suite. On peut maintenant attester en toute certitude que Pierce Brosnan est le James Bond le plus maigre, Sean Connery le plus poilu et Roger Moore le plus bronzé. Comme aucun des James Bond n'a retiré sa chemise, on n'a pas pu décider qui avait le plus beau torse, mais à mon avis, c'est Timothy Dalton.

J'adore les torses poilus.

C'est drôle, parce que, au moment où je me faisais la réflexion, le frère de Lilly est entré dans la chambre, sa chemise sur le dos. Il avait l'air embêté. Il m'a dit que mon père était au téléphone, et qu'il hurlait parce que ça faisait des heures qu'il essayait de me joindre et que la ligne était tout le temps occupée. Normal, Michael était sur Internet en train de répondre à un fan de son magazine en ligne, *Le Cerveau*.

À ma tête, Michael a dû penser que j'allais vomir ou je ne sais quoi, parce qu'il a déclaré : « Ne t'inquiète pas, Thermopolis. Je vais lui dire que Lilly et toi, vous êtes déjà couchées. » C'est le genre de mensonge qui n'aurait jamais marché auprès de ma mère, mais apparemment mon père l'a cru, car lorsque Michael est revenu, il nous a dit que mon père s'était excusé d'avoir appelé si tard (il n'était que onze heures), et qu'il me parlerait demain matin.

Super. Vivement demain matin !

Michael a ensuite sifflé son chien et l'a fait monter dans le lit, même si les Moscovitz ont interdit leur chambre à Pavlov.

Pavlov s'est couché sur mes genoux et s'est mis à me lécher la figure. Il se comporte comme ça uniquement avec les gens en qui il a confiance. Et puis, Michael s'est assis à côté de nous pour regarder la télé. Dans l'optique de faire avancer la science, Lilly lui a demandé quelle *Bond girl* était la plus séduisante à ses yeux : les blondes qui appellent toujours James Bond à leur rescousse ou les brunes qui pointent toujours une arme contre lui ? Michael a répondu qu'il était incapable de résister à une fille armée – ce qui nous a amenés à parler de ses deux feuilletons télé préférés : *Xena, la princesse guerrière* et *Buffy contre les vampires.*

Je lui ai alors demandé, non pas dans l'optique de faire avancer la science, mais par pure curiosité, qui, entre Xena et Buffy, il choisirait pour repeupler la planète, si c'était la fin du monde.

Après m'avoir dit qu'il trouvait curieux que je me pose ce genre de questions, Michael a répondu « Buffy ». Lilly m'a demandé à son tour qui je choisirais entre Harrison Ford et George Clooney, et j'ai dit Harrison Ford, même s'il est vieux. Sauf que je choisirais le Harrison Ford de *Indiana Jones*, et pas de *La*

Guerre des étoiles. Lilly a dit qu'elle choisirait aussi Harrison Ford, mais quand il interprète Jack Ryan dans les films adaptés des romans de Tom Clancy. Michael nous a ensuite demandé : « Et entre Harrison Ford et Leonardo di Caprio, lequel vous choisiriez ? » On a toutes les deux répondu « Harrison Ford », parce que Leonardo, franchement, c'est du passé ; puis Michael a dit : « Et entre Harrison Ford et Josh Richter ? » Lilly a répondu « Harrison Ford », parce qu'il était charpentier avant, et que, si c'était la fin du monde, il pourrait lui construire une maison. Moi, j'ai dit « Josh Richter », parce qu'il vivrait plus longtemps – Harrison doit avoir au moins SOIXANTE ANS – et qu'il pourrait m'aider à élever les enfants.

À ce moment-là, Michael a commencé à dire des tas de choses très désobligeantes sur Josh Richter. Par exemple, qu'en cas de conflit nucléaire il ferait probablement preuve de lâcheté. Lilly a rétorqué que la peur de la nouveauté ne représentait pas une façon précise d'évaluer ce que l'on deviendra plus tard – ce avec quoi j'étais tout à fait d'accord. Michael a alors dit qu'on n'était que deux idiotes si on pensait que Josh Richter s'intéresserait un jour à nous. Josh Richter, a-t-il dit, n'aimait que les filles qui vont jusqu'au bout, comme Lana Weinberger. Lilly a répondu qu'elle irait jusqu'au bout aussi si Josh Richter satisfaisait certaines de ses exigences, comme se laver avant dans une solution antibactérienne et lui présenter un certificat médical attestant son bon état de santé.

Michael m'a demandé si, moi aussi, j'irais jusqu'au bout avec Josh Richter. J'ai dû réfléchir pendant une bonne minute avant de répondre. Perdre sa virginité, ce n'est pas rien, et il vaut mieux le faire avec la bonne personne si on ne veut pas être traumatisée pendant le restant de sa vie, comme les femmes du groupe « Plus de quarante et toujours célibataire » que le Dr. Moscovitz anime tous les mardis. Aussi, après avoir bien réfléchi à la question, j'ai répondu oui, mais à condition que :

1. On sorte ensemble pendant au moins un an.

2. Il me déclare son amour éternel.

3. Il m'emmène voir *La Belle et la Bête* à Broadway sans se moquer de moi.

Michael était d'accord avec les deux premiers points, mais il m'a dit que, si le troisième était un exemple du genre de garçon avec qui j'aimerais sortir, je pouvais m'attendre à rester vierge pendant très, très longtemps. Il ne connaissait pas un seul garçon doté ne serait-ce que d'une once de testostérone qui ne vomirait pas devant *La Belle et la Bête*. C'est faux. Mon père, qui ne manque pas de testostérone – du moins dans le testicule qui lui reste –, n'a jamais vomi en regardant le spectacle.

Puis Lilly a demandé à Michael qui il choisirait entre Lana Weinberger et moi, et il a répondu : « Mia, évidemment », mais je suis sûre qu'il a dit ça parce que j'étais là et qu'il ne voulait pas me faire de peine.

Je préférerais que Lilly ne lui pose pas ce genre de questions en ma présence.

Mais elle a continué, et a voulu savoir qui Michael choisirait entre Madonna et moi, et ensuite Buffy et moi (j'ai eu l'avantage sur Madonna, mais Buffy a gagné haut la main).

Lilly m'a alors demandé qui je choisirais entre Michael et Josh Richter. J'ai fait mine de réfléchir à la question très sérieusement quand, à mon grand soulagement, les Moscovitz sont rentrés et se sont mis à hurler parce qu'on avait laissé Pavlov monter sur le lit et qu'on avait renversé du pop-corn partout.

Une fois qu'on a fini de ramasser le pop-corn et qu'on s'est retrouvées dans sa chambre, Lilly et moi, Lilly m'a redemandé qui je choisirais entre Josh Richter et son frère. J'ai répondu Josh Richter. « Josh Richter » est quand même le garçon le plus sexy de toute l'école, peut-être même du monde entier, et je suis folle amoureuse de lui. Non pas à cause de ses cheveux qui retombent parfois sur ses yeux quand il se penche en avant pour chercher quelque chose dans son casier, mais parce que je sais que derrière sa façade de sportif se cache un être profondément sensible et attentionné. Je l'ai compris le jour où il m'a dit : « Salut », à la parfumerie.

En même temps, si c'était *vraiment* la fin du monde, je choisirais peut-être Michael, même s'il n'est pas aussi sexy, parce que Michael me fait rire. Et à mon avis, quand on voit arriver la fin du monde, un peu d'humour, c'est important.

En plus, Michael a un torse super beau.

Sans compter que, si c'était vraiment, mais alors vraiment la fin du monde, Lilly serait morte, et donc elle ne saurait pas que, son frère et moi, on aurait des enfants !

Jamais je n'oserais raconter à Lilly tout ce que je viens d'écrire sur son frère. Elle ne comprendrait pas.

Samedi, plus tard

Pendant tout le trajet de chez Lilly à chez moi, je n'ai pas cessé de me demander comment mes parents allaient réagir. Je ne leur avais jamais désobéi jusqu'à présent. Jamais.

Bon, c'est vrai, il y a eu cette fois avec Lilly, Shameeka et Ling Su. On devait aller voir un film avec Christian Slater et, à la place, on a vu *The Rocky Horror Picture Show*. Comme j'avais oublié d'appeler ma mère pour la prévenir, je ne l'ai fait qu'à la fin du film, c'est-à-dire à 2 h 30 du matin. On était à Times Square et on n'avait pas assez d'argent pour prendre un taxi.

Mais il n'y a pas eu d'autres fois. Et cette fois-là m'a servi de leçon, sans que ma mère ait besoin de me priver de sortie. De toute façon, elle ne ferait jamais ça.

Sinon, qui irait chercher de l'argent au distributeur pour avoir de quoi acheter à manger, hein ?

Mon père, c'est une autre histoire. Il est intraitable quand il s'agit de discipline. Ma mère dit que c'est à cause de Grand-Mère. Il paraît que pour le punir, quand il était petit, elle l'enfermait dans une pièce de leur maison qui faisait super peur.

Maintenant que j'y pense, la maison où mon père a grandi devait probablement être le palais de Genovia, et la pièce qui faisait peur le donjon.

Je comprends pourquoi mon père obéit au doigt et à l'œil à Grand-Mère.

Mais bref, quand mon père se met en colère, il se met *vraiment* en colère. Comme la fois où je ne voulais pas accompagner Grand-Mère à l'église parce que je refusais de prier un Dieu qui laisse détruire les forêts tropicales pour les transformer en pâturages servant à engraisser des vaches, lesquelles finissent en bifteck haché dans la bouche des masses ignorantes qui vénèrent ce symbole du Diable. J'ai nommé Ronald McDonald. Non seulement mon père m'a dit que, si je n'allais pas à l'église, il m'y conduirait à coups de pied dans le derrière, mais qu'en plus, il m'interdirait de lire le magazine en ligne de Michael ! Puis il m'a défendu d'aller sur Internet pendant tout l'été et a fracassé un magnum de château-neuf-du-pape contre mon modem.

Bonjour le réactionnaire !

C'est pour ça que je n'avais pas tellement hâte de partir de chez les Moscovitz.

J'ai tout fait pour rester le plus longtemps possible : j'ai rempli le lave-vaisselle avec les tasses, les assiettes et les couverts du petit déjeuner pendant que Maya écrivait une lettre au député. Elle lui demandait d'intervenir en faveur de son fils, Manuel, qui avait été emprisonné à tort, il y a dix ans, pour avoir soutenu un révolutionnaire de la République dominicaine. J'ai ensuite sorti Pavlov, parce que Michael partait à une conférence sur l'astrophysique à Columbia. Et j'ai même débouché la douche des Moscovitz – c'est incroyable comme le Dr Moscovitz perd ses cheveux.

Puis Lilly a annoncé qu'elle devait se préparer pour son émission, consacrée aujourd'hui à ses pieds. Malheureusement, on s'est rendu compte trop tard que les Moscovitz n'étaient pas encore partis à leur cours de yoga. Du coup, ils ont tout entendu et m'ont priée de rentrer chez moi, parce qu'ils voulaient analyser leur fille et comprendre pourquoi elle éprouvait le besoin de harceler ce pauvre Norman.

Mais revenons à nos moutons.

Je suis en général ce qu'on appelle une bonne fille. Je ne fume pas. Je ne me drogue pas. Je n'ai jamais été enceinte et je fais mes devoirs régulièrement. À part une mauvaise note dans une matière qui, quel que soit mon avenir, ne me sera d'aucune utilité, je travaille plutôt bien en classe.

Mais apparemment, ça ne suffit pas à mes parents puisqu'ils veulent *en plus* que je sois princesse.

Une fois dans ma rue, j'ai décidé que si mon père me punissait, j'irais me plaindre au juge pour enfants. Mon père s'en mordra des doigts s'il est convoqué au tribunal. Parce que le juge ne se laissera pas amadouer. « Quoi ? Vous voulez obliger votre fille à devenir princesse quand elle vous a expliqué qu'elle n'y tenait pas ? Ah non, ça ne se passera pas comme ça ! »

Mais quand je suis arrivée à la maison, j'ai compris que ce ne serait pas nécessaire de me plaindre au juge pour enfants.

Ma mère n'était pas allée travailler à son atelier – ce qu'elle fait pourtant tous les samedis matin sans faute. Elle attendait mon retour en lisant de vieux exemplaires de *Jeune et Jolie* auquel elle m'avait abonnée avant de se rendre compte que toutes les informations qu'on y trouvait ne me concernaient pas puisque j'étais trop plate pour qu'un garçon ait envie de sortir avec moi.

Mon père aussi était là, assis à la même place que la veille, sauf qu'aujourd'hui, il lisait le *Sunday Times*, même si on était samedi. Ma mère et moi, on pense qu'il ne faut pas lire les pages consacrées au dimanche avant le dimanche. À mon grand étonnement, mon père n'était pas en costume. Il portait un pull-over – en cachemire, à tous les coups, qu'une de ses innombrables petites amies lui avait sans doute offert – et un pantalon en velours.

Quand il m'a vue, il a soigneusement replié son journal, l'a posé sur la table et m'a regardée long-temps, d'un air grave, comme le capitaine Jean-Luc Picard avant de faire le point avec William Riker, l'officier en second du vaisseau l'*USS Enterprise*. Puis il a dit : « Il faut qu'on parle. »

Je ne lui ai pas laissé le temps de continuer, et j'ai commencé à expliquer qu'il n'avait pas le droit de me punir, parce que je leur avais dit où j'étais. C'est juste que j'avais besoin d'un peu de temps pour réfléchir. J'ai ajouté que j'avais été très prudente, que je n'avais pas pris le métro, et mon père a dit : « Je sais. »

C'est tout. Juste « Je sais ». Il baissait les bras avant même qu'on se bagarre !

Mon père !

Il n'avait plus toute sa tête ou quoi ?

J'ai jeté un coup d'œil à ma mère pour voir si elle s'en était rendu compte. Mais elle a fait un truc encore plus incroyable. Elle a reposé son magazine, s'est levée et m'a prise dans ses bras en disant : « Ma chérie, on est désolés. »

Hé ho ! Est-ce que ces deux zombies sont bien mes parents ? Est-ce qu'on ne me les aurait pas rempla-cés pendant mon absence ? Comment expliquer autrement qu'ils soient devenus aussi cool du jour au lendemain ?

Mon père a dit alors : « Nous comprenons très bien ce que tu ressens, Mia, et nous voulons que tu saches que nous ferons tout ce qui est en notre pouvoir pour que cette transition dans ta vie se passe du mieux possible. »

Il m'a ensuite demandé si je savais ce qu'était un pacte. J'ai répondu, oui, bien sûr, je ne suis plus en primaire tout de même, et il a sorti une feuille de papier, sur laquelle on a rédigé tous les trois ce que ma mère appelle « le pacte Thermopolis-Renaldo ». Voilà ce qu'on a écrit :

Je soussigné, Arthur Christoff Philippe Gérard Renaldo, accepte que ma seule et unique fille et héritière, Amelia Mignonette Thermopolis Renaldo, termine ses études secondaires au lycée pour garçons Albert-Einstein (devenu mixte en 1975) sans interruption à l'exception des vacances d'été et de Noël, qu'elle passera sans se plaindre à Genovia.

J'ai demandé si cela signifiait que je n'irais plus à Miragnac, et il a répondu oui. Je n'en revenais pas. Être débarrassée de Grand-Mère l'été et à Noël ? C'était comme si j'allais chez le dentiste, mais qu'au lieu de garder la bouche ouverte pendant qu'il me passait la fraise, je restais dans la salle d'attente à lire des B.D. ! J'étais tellement heureuse que je lui ai sauté au cou. Malheureusement, ce n'était pas fini.

Voici la suite du pacte :

Je soussignée, Amelia Mignonette Thermopolis Renaldo, accepte de remplir mes devoirs d'héritière de Arthur Christoff Philippe Gérard Renaldo, prince de Genovia, et d'accomplir tout ce que ce rôle implique, dont la succession sur le trône au décès de ce dernier et la participation aux cérémonies officielles pour lesquelles la présence de l'héritière susnommée est considérée comme essentielle.

Tout cela me paraissait plutôt bien, à l'exception de la dernière partie. C'était quoi, exactement, les cérémonies officielles ?

Mon père a eu un geste vague de la main et a dit : « Eh bien... il s'agit des funérailles des chefs d'État, par exemple, des ouvertures des bals, ce genre de choses. »

Les funérailles ? Les bals ? Que sont devenues les bouteilles de champagne qu'on brise contre la coque des gros paquebots, ou les premières à Hollywood ?

Mon père a répondu : « Les premières à Hollywood ne sont pas vraiment ce que l'on croit. On est sans cesse ébloui à cause des flashs des photographes. En fait, c'est très désagréable, tu sais. »

Ah oui ? Et les funérailles alors ? Et les bals ? Je ne sais même pas me mettre du rouge à lèvres. Comment veut-il que je fasse la révérence ?...

Mon père a refermé son stylo à plume et a dit :

« Ne t'inquiète pas. Grand-Mère se chargera de te l'apprendre. »

Mais bien sûr ! Et comment va-t-elle s'y prendre ? Elle vit en France !

Ha ! Ha ! Ha !

Samedi soir

Je ne suis vraiment pas douée. On est samedi soir, et je suis seule avec MON PÈRE.

D'accord, il a insisté pour qu'on aille voir *La Belle et la Bête*, à croire qu'il était désolé que je n'aie rien de prévu un samedi soir, et j'ai fini par lui dire : « Écoute, papa, je ne suis plus une petite fille. Par ailleurs, ça m'étonnerait que tu arrives à avoir des places un samedi soir pour un spectacle à Broadway. Prince de Genovia ou pas. »

Selon moi, il se sentait exclu parce que maman est sortie. Elle avait rendez-vous avec Mr. Gianini. Elle a voulu annuler, mais je l'en ai dissuadée. Je voyais bien que ses lèvres devenaient de plus en plus minces à mesure qu'elle restait avec papa. Ma mère a les lèvres qui deviennent minces quand elle essaie de se contrôler pour ne pas dire certaines choses. Et je suis sûre que ce qu'elle voulait dire à mon père, c'était : « Sors d'ici ! Sors d'ici ! Retourne à ton hôtel ! Tu paies six cents dollars la nuit pour cette suite ! Alors vas-y ! »

Mon père peut rendre ma mère folle. Par exemple, quand il fouille partout et qu'il déniche des relevés de banque dans le grand saladier où elle jette tout notre courrier, et qu'il lui explique ensuite qu'elle pourrait faire fructifier son argent au lieu de le laisser dormir sur son compte en banque.

C'est pour ça que j'ai insisté pour qu'elle sorte, même si elle n'en avait pas envie, parce que je savais qu'elle finirait par exploser. Alors, je lui ai dit : « Va à ton rendez-vous, je t'en prie, vas-y, et laisse-nous, papa et moi, discuter de la meilleure façon de diriger les affaires publiques d'une petite principauté dans le contexte économique actuel. » Mais quand elle est sortie de la salle de bains dans sa petite robe noire hyper sexy qu'elle a achetée par correspondance (ma mère déteste faire les courses ; du coup, elle choisit ses vêtements dans des catalogues. Généralement, elle le fait dans son bain après une longue journée passée à peindre dans son atelier), mon père a failli s'étouffer. À mon avis, il n'avait jamais vu ma mère en robe – quand ils se sont connus, à l'Université, elle portait des salopettes, comme moi. Il a bu son whisky-soda d'un trait et a dit : « Tu sors dans cette tenue ? » Ma mère s'est regardée dans le miroir d'un air inquiet et a répondu : « Oui. Pourquoi ? Ça ne va pas ? »

Moi, je trouvais que cette robe lui allait à ravir, au contraire. À vrai dire, ma mère était beaucoup plus jolie que d'habitude, et c'était bien ça le problème.

Ça peut paraître bizarre, mais ma mère peut être incroyablement féminine quand elle veut. J'aimerais tellement être comme elle plus tard. Au moins, elle n'a pas les cheveux qui évoquent un panneau de la circulation, elle n'est pas plate comme une limande et elle ne chausse pas du 42. Pour une mère, elle est assez sexy, en fait.

À ce moment-là, l'interphone a sonné et maman s'est précipitée vers la porte. Je suis sûre qu'elle ne voulait pas que Mr. Gianini rencontre son ex. Ce qui est tout à fait compréhensible, vu que son ex continuait de s'étouffer et faisait une drôle de tête. Il faut dire que son ex est chauve, et que, pour l'instant, il était tout rouge et crachait ses poumons. Même moi, j'aurais été gênée d'admettre que j'étais sortie avec lui, si j'avais été à la place de ma mère.

De toute façon, il valait mieux pour moi qu'elle ne propose pas à Mr. Gianini de monter, parce que, à tous les coups, il m'aurait demandé devant mes parents pourquoi j'avais séché le cours de soutien, hier.

Bref, après le départ de maman, j'ai voulu montrer à mon père à quel point je suis faite pour vivre à Manhattan, bien plus qu'à Genovia, et je nous ai fait livrer un excellent repas italien. J'ai commandé une salade caprese, des raviolis aux champignons et une pizza margarita, le tout pour vingt dollars. Mais mon père n'a pas paru impressionné. Il s'est servi un autre whisky-soda et a allumé la télé. Il n'a même pas remarqué que Fat Louie s'était installé à côté de lui, et il l'a caressé machinalement. Et mon père raconte qu'il est allergique aux chats !

Le pompon, c'est qu'il n'avait même pas envie de parler de Genovia. Tout ce qu'il voulait, c'était regarder le sport. Je ne plaisante pas. On a soixante-douze chaînes, et il n'a fait que chercher celles où on voyait des hommes en uniforme courir après une petite balle. Adieu la soirée spéciale *Dirty Harry*, adieu les clips vidéo. Une fois qu'il a trouvé la bonne chaîne, il s'est assis, et quand je lui ai fait remarquer que le samedi soir, avec maman, on regardait plutôt un vieux film des années 40, il a augmenté le volume.

Bonjour le père.

Mais ce n'est pas le pire. Quand le livreur italien a sonné à l'interphone, il a demandé à Lars de le fouiller avant de le laisser monter. Vous y croyez, vous ? J'ai dû donner un pourboire supplémentaire à Antonio pour rattraper un tel affront. Et une fois le repas sur la table, mon père s'est assis et a commencé à manger, sans dire un mot, jusqu'à ce que, après un autre whisky-soda, il s'endorme sur le canapé, avec Fat Louie sur les genoux !

D'accord, je veux bien reconnaître qu'être prince et avoir eu un cancer des testicules, ça donne certains droits, mais mon père aurait quand même pu réserver un autre traitement à sa fille unique, qui plus est héritière de son trône.

Et donc je suis là, coincée à la maison, un samedi

soir. Non pas que je ne suis JAMAIS à la maison le samedi soir. J'y suis souvent, sauf quand je vais chez Lilly. Pourquoi personne ne m'aime ? Je l'admets, j'ai l'air bizarre et tout ce qu'on veut, mais je fais vraiment des efforts pour être gentille. Les gens pourraient m'estimer en tant qu'être humain et m'inviter à des fêtes parce qu'ils apprécieraient ma compagnie. Mais non. Ce n'est pas MA faute pourtant si mes cheveux rebiquent, tout comme ce n'est pas la faute de Lilly si sa figure a l'air tout écrabouillée.

J'ai essayé d'appeler Lilly à plusieurs reprises, mais la ligne était tout le temps occupée. Je parie que Michael est sur Internet. Ça fait des mois que les Moscovitz demandent qu'on leur pose une seconde ligne, mais la compagnie de téléphone a répondu qu'il n'y avait plus de numéros disponibles commençant par 212 dans leur secteur. Et la mère de Lilly refuse d'être sur deux secteurs dans le même appartement. Elle dit que, si elle ne peut pas être sur le secteur 212, elle s'achètera un portable. Par ailleurs, comme Michael entrera à l'Université à l'automne prochain, elle dit aussi que leur problème de téléphone sera résolu.

Mais pour l'instant, j'avais vraiment besoin de parler à Lilly. Même si je ne lui ai rien raconté à propos de cette histoire de princesse, et que je ne le ferai JAMAIS, ça me fait du bien de lui parler. C'est peut-être tout simplement le fait de savoir qu'une fille de mon âge se trouve, elle aussi, chez elle un samedi soir.

Toutes les filles de notre classe ont des petits amis. Même Shameeka. Depuis qu'elle est revenue de vacances avec une poitrine d'enfer, elle a un succès fou. D'accord, elle doit rentrer à dix heures, même le week-end, elle doit présenter son petit ami à ses parents, et le petit ami doit fournir un itinéraire détaillé de l'endroit où ils vont ainsi que le programme détaillé de ce qu'ils envisagent de faire, sans compter les deux photos d'identité qu'il doit apporter et que le père de Shameeka photocopie avant de le laisser emmener sa fille.

N'empêche. Elle a un petit ami. Elle sort avec un garçon.

Moi, je ne sors avec personne.

Je m'ennuyais ferme à regarder mon père ronfler, même si les petits coups d'œil agacés que lançait Fat Louie chaque fois que mon père lui soufflait dessus me faisaient rire. J'avais déjà vu tous les films de Dirty Harry, et il n'y avait rien d'autre qui m'intéressait à la télé. J'ai décidé d'envoyer un mail à Michael pour lui dire de se déconnecter afin que je puisse appeler sa sœur :

Le cerveau : « Qu'est-ce que tu veux, Thermopolis ? »

Ftlouie : « Parler à Lilly. Déconnecte-toi, S.T.P., j'ai besoin du téléphone. »

Le cerveau : « De quoi tu veux lui parler ? »

Ftlouie : « Ça ne te regarde pas. Contente-toi de te

déconnecter. Tu n'as pas le droit de monopoliser la ligne. Ce n'est pas juste. »

Le cerveau : « Personne n'a jamais dit que la vie était juste, Thermopolis. Qu'est-ce que tu fabriques, au fait ? Ça ne va pas fort ? Le garçon de tes rêves n'a pas appelé ? »

Ftlouie : « De qui parles-tu ? »

Le cerveau : « Tu sais bien, ton super-héros qui te protégera en cas de conflit nucléaire : Josh Richter. »

Lilly lui a tout raconté ! Je n'arrive pas à croire qu'elle ait fait une chose pareille ! Je vais la tuer.

Ftlouie : « Est-ce que tu veux bien te déconnecter pour que j'appelle Lilly, S.T.P. ???»

Le cerveau : « Pourquoi tu t'énerves, Thermopolis ? Aurais-je touché la corde sensible ? »

JE me suis déconnectée. Je ne supporte pas les abrutis.

Cinq minutes plus tard, le téléphone a sonné. C'était Lilly. Même si Michael est un abruti, c'est un abruti sympa quand il veut.

Lilly était dans tous ses états parce que ses parents avaient violé son droit à la liberté de pensée en lui interdisant de filmer l'épisode qu'elle voulait consacrer à ses pieds. Elle va appeler la chaîne dès lundi matin. Sans l'aide financière de ses parents (les Moscovitz l'ont tout bonnement annulée), *Lilly ne mâche pas ses mots* n'existe plus. Tourner un épisode coûte 200 dollars, si on compte le prix de la bande et tout le reste. L'accès public aux chaînes n'est finalement accessible qu'aux gens fortunés.

Comme Lilly était vraiment bouleversée, je n'ai pas osé lui reprocher d'avoir raconté à Michael que je choisirais Josh en cas de conflit nucléaire. Tout bien réfléchi, c'est peut-être mieux ainsi.

Ma vie n'est qu'un tissu de mensonges.

Dimanche 5 octobre

Comment Mr. Gianini a-t-il pu faire une chose pareille ? Comment a-t-il pu raconter à ma mère que j'avais séché son stupide cours de soutien, vendredi !!!

C'est quoi, ce pays ? Est-ce que je n'ai pas des droits ? Est-ce que je ne peux pas sécher un cours sans que le petit ami de ma mère me dénonce ?

Déjà que ma vie n'est pas facile. Alors si, en plus d'être difforme *et* princesse, il faut que mon prof de maths rapporte tous mes faits et gestes à ma mère, où va-t-on ?

Merci, Mr. Gianini, merci beaucoup. Grâce à vous, je dois passer tout mon dimanche à faire des maths avec mon père, qui hurle comme un malade en s'arrachant les cheveux qu'il n'a plus, parce que je ne sais pas multiplier des fractions.

Hé ho ! Est-ce que je peux me permettre de vous

rappeler à tous que je ne suis PAS censée travailler le samedi NI le dimanche ?

En plus, Mr. Gianini est allé raconter à ma mère qu'on avait une interro-surprise demain matin. D'accord, c'est plutôt sympa de sa part de me prévenir ; mais depuis quand doit-on réviser pour une interro-surprise ? L'idée, c'est de vérifier qu'on a bien compris la première fois, non ?

Cela dit, dans la mesure où je ne comprends rien en maths depuis la fin du primaire, je ne peux décemment pas en vouloir à mon père de se mettre en colère. Il m'a menacée de me faire donner des cours particuliers pendant les vacances si je n'avais pas la moyenne à la fin de l'année. Quand je lui ai dit que ça ne me gênait pas, puisque j'avais déjà accepté de passer l'été à Genovia, il a précisé qu'il me trouverait un prof À GENOVIA !

Résultat : j'ai écrit quelques formules sur la semelle de mes baskets, dans le creux, entre le talon et les orteils. Il me suffira de croiser les jambes demain pour y jeter un coup d'œil si jamais j'ai un trou de mémoire.

Lundi 6 octobre, 3 heures du matin

Je n'arrive pas à dormir. J'ai peur de me faire prendre en train de tricher. Est-ce qu'on va me renvoyer si on s'aperçoit que j'ai noté des formules de maths sur mes baskets ? Je ne veux pas être renvoyée ! Je sais bien que je passe déjà pour une mutante à Albert-Einstein, mais j'ai fini par m'habituer. Quelle horreur si je devais tout recommencer à zéro dans une nouvelle école. On me traitera de tricheuse pendant le restant de ma scolarité.

Et l'Université ? Qui sait si on m'acceptera à l'Université si on apprend que j'ai triché, et surtout si c'est écrit dans mon livret.

Non pas que je tienne absolument à aller à l'Université. Mais Greenpeace ? Je suis sûre qu'ils n'aiment pas les tricheurs à Greenpeace. Qu'est-ce que je vais devenir ?

Lundi 6 octobre, 4 heures du matin

J'ai essayé d'effacer les formules en passant mes baskets à l'eau, mais ça ne part pas ! Ce n'est pas possible ! Je n'ai quand même pas utilisé de l'encre indélébile ? Et si mon père le découvre ? Est-ce qu'on décapite encore les gens à Genovia ?

Lundi 6 octobre, 7 heures du matin

J'ai décidé de porter mes Doc Martens et de jeter mes baskets sur le chemin de l'école, mais je viens de casser un lacet de mes Doc ! Quant à mes autres chaussures, elles sont toutes trop petites. J'ai pris au moins une pointure en l'espace d'un mois ! Je ne peux quand même pas aller à l'école en mocassins, mes talons font une bosse à l'arrière. Il ne me reste plus qu'à mettre mes baskets.

Je vais me faire prendre, j'en suis sûre.

Lundi 6 octobre, 9 heures du matin, dans la voiture

Je viens de penser que j'aurais pu prendre les lacets de mes baskets pour les mettre sur mes Doc. Qu'est-ce que je peux être bête !

Lilly veut savoir pendant combien de temps mon père reste ici. Elle n'aime pas aller à l'école en voiture. Elle préfère le métro, parce qu'elle peut réviser son espagnol en lisant toutes les affiches de sensibilisation aux problèmes de santé. J'ai répondu que je ne savais pas, mais que j'avais le pressentiment que je ne serais plus autorisée à circuler en métro.

Lilly m'a fait remarquer que mon père prenait cette histoire de stérilité un peu trop au sérieux. D'après elle, ce n'est pas parce qu'il ne peut plus mettre une femme *embarrazada* qu'il doit me surprotéger. À l'avant de la voiture, j'ai vu que Lars essayait de ne pas rire. Pourvu qu'il ne parle pas espagnol. Ce serait terriblement gênant.

Lilly a continué en disant que, de toute façon, il valait mieux que je prenne mes distances, et vite, avant que les choses empirent. Elle voyait bien que cette histoire me minait. La preuve : j'avais l'air crevé et j'avais des cernes sous les yeux.

Un peu que j'ai l'air crevé ! Je suis debout depuis trois heures du matin à essayer de nettoyer mes chaussures !

Avant d'aller en cours, je me suis enfermée dans les toilettes pour essayer de les laver encore une fois. Lana Weinberger est arrivée cinq minutes après. Elle m'a jeté un regard méprisant pendant que je passais la semelle de mes baskets sous l'eau, puis elle s'est longuement brossé les cheveux tout en se contemplant dans le miroir. Je m'attendais presque à ce qu'elle passe de l'autre côté pour aller s'embrasser. Elle a l'air tellement amoureuse d'elle-même.

La formule de maths est presque effacée, mais on la devine encore un peu. Je jure que je ne la regarderai pas pendant l'interro.

Lundi 6 octobre, pendant l'étude dirigée

D'accord, je l'admets. J'ai regardé.

Pour ce que ça m'a servi ! Après avoir ramassé les copies, Mr. Gianini a corrigé les exercices au tableau et j'ai tout faux.

JE NE SAIS MÊME PAS TRICHER CORRECTEMENT !!!

Je suis l'être le plus misérable de toute la planète.

Polynômes
Terme : variables multipliées par un coefficient.
Degré d'un polynôme = le degré du terme avec le plus haut degré.

Qu'est-ce qu'on en a à faire ??? Franchement, qui se soucie des polynômes ? À part des types comme Michael Moscovitz et Mr. Gianini. Qui ? Je me le demande.

Quand la cloche a enfin sonné, Mr. Gianini a dit : « Mia, est-ce que j'aurais le plaisir de te voir cet après-midi pour le cours de soutien ? »

J'ai répondu « oui », mais tout doucement pour que les autres ne m'entendent pas.

Pourquoi faut-il que ça m'arrive à moi ? *Pourquoi ? Pourquoi ? Pourquoi ?* Ma vie est assez compliquée comme ça, non ? Je suis nulle en maths, ma mère sort avec mon prof et je suis princesse.

Il faut que l'un des trois cesse.

Mardi 7 octobre

Ode aux mathématiques

Enfermés dans cette salle lugubre,
Nous mourons comme des phalènes privés de lampe,
Dans la désolation des tubes au néon
Et des bureaux métalliques.

Encore dix minutes avant que la cloche sonne.
À quoi les équations du second degré
Nous servent dans notre vie quotidienne ?
Peuvent-elles nous aider à pénétrer les secrets
Des êtres que nous chérissons ?
Encore cinq minutes avant que la cloche sonne.
Cruel professeur de mathématiques,
Ne vas-tu pas nous laisser sortir ?

DEVOIRS :
Maths : problèmes 17 à 30 du polycopié.
Anglais : plan à rédiger.
Histoire : questions fin du chapitre VII.
Français : écrire huit phrases, ex. A, p. 31.
Biologie : voir polycopié.

Mercredi 8 octobre

Oh non !
Elle est là.
Enfin, pas là exactement, mais sur le sol américain. Pire, à New York. Elle habite plus précisément à quelques rues d'ici. Elle a pris une chambre au *Plaza*, avec papa. Ouf ! Parce que je n'aurai à la voir que le soir, après l'école, et le week-end. Quelle horreur si elle habitait ici !

Je serais obligée de la regarder dès le matin, et ce

n'est pas un spectacle très agréable. Elle dort dans des négligés à fanfreluches et à dentelles. Le genre transparent, qui donne à voir ce qu'on n'a pas envie de voir. En plus, même si elle se démaquille le soir, elle a toujours un trait d'eye-liner parce qu'elle se l'est fait tatouer dans les années 80, quand elle a eu un accès de folie juste après la mort accidentelle d'une princesse (c'est ce que dit ma mère). En tout cas, ça fait bizarre de voir à son réveil une femme de son âge en déshabillé, avec un gros trait noir au-dessus des paupières.

À vrai dire, ça fait même peur. Plus peur que *Scream I, II* et *III*.

Pas étonnant que Grand-Père ait succombé à une crise cardiaque. Il s'est probablement retourné un matin dans son lit, a regardé sa femme et est tombé raide mort.

Il faudrait prévenir le président des États-Unis qu'elle est ici. Sans rire. Si quelqu'un peut déclencher la Troisième Guerre mondiale, c'est bien Grand-mère.

La dernière fois que je l'ai vue, elle recevait à dîner. Elle avait fait servir du foie gras à tous ses invités sauf à une dame. Quand j'ai voulu donner ma part à la dame, parce que je pensais qu'il n'y en avait pas assez pour tout le monde – de toute façon, il était hors de question que je mange quelque chose qui avait été vivant autrefois –, Grand-Mère a hurlé « Amelia ! » tellement fort que j'ai sursauté et que j'ai renversé mon foie gras par terre. Avant même que j'aie le temps de bouger, son horrible chien miniature n'en avait fait qu'une bouchée.

Après le départ des invités, j'ai demandé à Grand-Mère pourquoi elle n'avait pas fait servir de foie gras à cette dame. Grand-Mère m'a répondu : Parce qu'elle a eu un enfant hors mariage. »

Hé ho ! Grand-Mère, est-ce que je peux me permettre de te rappeler que ton propre fils a eu un enfant hors mariage, et que cet enfant, c'est moi, Mia, *ta petite-fille* ?

Quand je le lui ai dit, Grand-Mère s'est remise en colère et a demandé à la bonne de lui apporter un autre verre. J'en ai conclu que ça ne posait pas de problème d'avoir un enfant hors mariage lorsqu'on était PRINCE. Mais si on est juste une personne normale, pas de foie gras.

Oh non ! Et si Grand-Mère vient ici ? Elle n'a jamais vu le loft. Je parie même qu'elle n'est jamais allée au-delà de la 75ᵉ Rue. Elle va détester le Village, c'est sûr. Elle qui ne supporte pas quand des gens de sexe opposé s'embrassent dans la rue et se tiennent par la main, qu'est-ce qu'elle va dire ? Ici, c'est tout le temps qu'on en croise, et du *même* sexe ! Sans parler de la Gay Parade, quand tout le monde danse et chante : « On est gays et fiers de l'être ! Regardez-nous, vous n'en mourrez pas ! » Grand-Mère, si. Elle risque d'avoir une attaque. Déjà qu'elle n'aime pas les oreilles percées : qu'est-ce qu'elle va penser quand c'est autre chose qui est percé ?

En plus, il est interdit de fumer dans les restaurants du Village, et Grand-Mère fume tout le temps, même au lit. C'est pour ça que Grand-Père avait fait installer des masques à oxygène à Miragnac. Il avait même fait construire un tunnel souterrain au cas où Grand-Mère s'endormirait avec une cigarette allumée et mettrait le feu au château.

Et enfin, Grand-Mère déteste les chats. Elle raconte qu'ils profitent du sommeil des enfants pour leur bondir dessus et les étouffer. Qu'est-ce qu'elle va dire quand elle va voir Fat Louie ? Il dort avec moi tout le temps. Sûr que s'il me sautait dessus, je mourrais sur le coup. Il pèse un peu plus de trente kilos, et ça fait un mois que je l'ai mis au KitKat allégé.

Je n'ose même pas imaginer sa réaction devant la collection de déesses de la Fertilité de maman.

Pourquoi faut-il qu'elle vienne MAINTENANT ? Elle va TOUT gâcher. Je ne pourrai pas garder le secret sur ce qui m'arrive si ELLE est dans les parages.

Pourquoi ?

Pourquoi ??

Pourquoi ???

Jeudi 9 octobre

J'ai découvert pourquoi Grand-Mère était là.
Elle doit me donner des leçons de princesse.
Je suis trop bouleversée pour écrire. À plus tard...

Des leçons de princesse.

Je ne plaisante pas. Tous les jours, après mon cours de soutien avec Mr. Gianini, je dois retrouver Grand-Mère au Plaza pour qu'elle m'apprenne à devenir une vraie princesse.

Si Dieu existe, comment peut-Il laisser faire une chose pareille ?

Dire qu'il y a des gens qui racontent que Dieu ne donne jamais plus que ce que l'on peut supporter. C'est faux ! Parce que là, Il m'en a *trop* donné ! Je ne peux *pas* prendre des leçons de princesse, tous les soirs après l'école. Pas avec Grand-Mère. J'envisage très sérieusement de fuguer.

Mon père dit que je n'ai pas le choix. Hier soir, après être sortie de la chambre de Grand-Mère au *Plaza*, je suis allée le voir. J'ai frappé à sa porte et, quand il m'a dit d'entrer, j'ai foncé droit sur lui et je lui ai annoncé que je renonçais à mon titre et qu'il était hors de question que je prenne des leçons de princesse.

Vous savez ce qu'il a répondu ? Que j'avais signé le pacte, et que j'étais donc obligée de suivre ces cours. Cela faisait partie de mes devoirs d'héritière du trône.

J'ai rétorqué qu'il nous faudrait dans ce cas revoir le pacte, parce que rien dans son contenu ne stipulait que je devais retrouver Grand-Mère, tous les jours après l'école, pour qu'elle m'explique ce qu'on attendait d'une princesse.

Mais mon père a refusé de poursuivre. Il était tard et il m'a proposé d'en reparler une autre fois. Pendant que je continuais de protester, une journaliste de ABC est entrée. J'ai pensé qu'elle venait interviewer mon père, mais je ne sais pas pourquoi, j'ai trouvé qu'il y avait quelque chose de bizarre. J'avais déjà vu cette fille à la télé, et normalement, elle ne porte pas de petite robe noire décolletée quand elle interviewe le président des États-Unis.

Il va falloir que j'épluche ce pacte de près, parce que je ne me souviens pas qu'il parlait de leçons de princesse.

Enfin. Voici comment s'est déroulée ma première « leçon », hier après l'école.

D'abord, le portier n'a pas voulu me laisser entrer (tiens donc), et ensuite, il a vu Lars. Et Lars mesure 1,85 m, il pèse 120 kg et a une énorme bosse au niveau de la poche intérieure de sa veste. C'est son arme qui dépasse, et non le moignon d'un troisième bras, comme je le pensais au départ. Voilà pourquoi je n'osais pas l'interroger sur cette bosse, de peur de raviver de mauvais souvenirs d'enfance, quand ses camarades se moquaient de lui à Amsterdam, ou ailleurs, là où il a grandi. Je suis quand même bien placée pour savoir ce que c'est qu'être mutante, et je peux vous assurer que ce n'est pas la peine de remuer le couteau dans la plaie.

Bref, il s'agit tout simplement de son arme, et quand le portier du *Plaza* l'a vue, il s'est mis dans tous ses états et a appelé le réceptionniste qui, lui, a aussitôt reconnu Lars. Après tout, Lars dort dans une des chambres de la suite de papa.

Le réceptionniste m'a accompagnée au dernier étage de l'hôtel, où se trouve la chambre de Grand-Mère. À vrai dire, c'est plus un appartement avec terrasse qu'une chambre. On appelle ça un *penthouse*. Moi qui pensais que les toilettes pour dames du *Plaza* étaient luxueuses, ce n'est rien comparé au *penthouse*.

D'abord, tout est rose. Les murs, la moquette, les rideaux, les meubles. Et il y a des roses de couleur rose partout, et des tableaux avec des bergères aux joues roses.

Au moment où je pensais que j'allais tourner de l'œil à cause de tout ce rose, Grand-Mère est arrivée, habillée en pourpre des pieds à la tête, depuis son turban en soie jusqu'à ses mules ornées de faux diamants.

Enfin. Je crois que ce sont de faux diamants.

Grand-Mère ne met que des vêtements de couleur pourpre. D'après Lilly, les gens qui ne portent que du pourpre sont des cas limites, qui souffrent de troubles de la personnalité et ont la folie des grandeurs. Traditionnellement, le pourpre était réservé à l'aristocratie, puisque, pendant des siècles, les paysans n'avaient pas le droit de teindre leurs vêtements avec de l'indigo, et donc de porter des tissus aux reflets bleus ou rouges.

Bien sûr, Lilly ne sait pas que ma grand-mère APPARTIENT à l'aristocratie. Et si Grand-Mère a bel et bien la folie des grandeurs, ce n'est pas parce qu'elle CROIT être une aristocrate ; c'est parce qu'elle en est VRAIMENT une.

Grand-Mère a donc fait son entrée de la terrasse, et la première chose qu'elle m'a dite, c'est : « Qu'y a-t-il d'écrit sur tes chaussures ? »

Mais je n'avais pas de souci à me faire. Je savais bien que Grand-Mère n'allait pas me soupçonner d'avoir triché en cours, parce qu'elle avait déjà oublié mes chaussures pour détailler tout ce qui n'allait pas chez moi.

« Quelle idée de porter des baskets avec une jupe ! Ces collants sont-ils censés être propres ? Tiens-toi droite ! Qu'as-tu fait à tes cheveux ? Aurais-tu recommencé à te ronger les ongles, Amelia ? Je croyais que tu m'avais promis de ne plus jamais le faire. Mon Dieu, quand vas-tu cesser de grandir ? Est-ce que ton but dans la vie est de dépasser ton père ? »

Et puis, comme si ce n'était pas déjà suffisamment pénible, elle m'a demandé de sa voix cassée par des années de tabagisme : « Ta grand-mère n'aurait-elle pas droit à un baiser de sa *petite-fille* ? »

Je me suis approchée d'elle et je me suis penchée (ma grand-mère fait au moins trente centimètres de moins que moi) pour l'embrasser sur la joue, qu'elle a très douce parce qu'elle s'enduit le visage de vaseline tous les soirs avant de se coucher. Au moment où je m'écartais, elle m'a retenue par le bras et a dit : « Aurais-tu oublié *tout* ce que je t'ai appris, Amelia ? », et elle m'a obligée à l'embrasser sur l'autre joue parce qu'en Europe (et à SoHo), c'est comme ça qu'on se dit bonjour.

Je me suis donc repenchée en avant, et alors que j'embrassais Grand-Mère sur l'autre joue, j'ai aperçu Rommel qui pointait le bout de son nez derrière elle. Rommel est le caniche miniature de Grand-Mère. Il a quinze ans, et ressemble à un iguane, sauf qu'il est moins intelligent. Comme il perd ses poils, il porte tout le temps une espèce de veste en laine. Aujourd'hui, elle était de la même couleur pourpre que la robe de Grand-Mère. Rommel ne se laisse approcher par personne à l'exception de Grand-Mère, et encore, il grogne comme si on le torturait quand elle le caresse.

Si Noé avait connu Rommel, il n'aurait peut-être pas décidé d'emmener un couple de toutes les créatures de Dieu sur son arche.

Quand Grand-Mère a estimé qu'on s'était suffisamment prouvé notre affection, elle a déclaré : « Voyons si j'ai bien compris. Ton père t'a annoncé que tu étais la princesse de Genovia et tu as éclaté en sanglots. Et pourquoi donc ? »

J'ai éprouvé tout à coup une immense fatigue. Je

sentais mes jambes qui se dérobaient sous moi. Je me suis assise sur l'un des fauteuils roses pour ne pas tomber, et j'ai répondu : « Grand-Mère, je ne veux pas être princesse. Je veux juste être Mia. »

Grand-mère m'a regardée et a dit : « Ne t'assieds pas comme ça, les jambes écartées. C'est très vulgaire. Par ailleurs, tu n'es pas Mia. Tu es Amelia ; en fait, tu es plus précisément Amelia Mignonette Renaldo. »

J'ai aussitôt rétorqué : « Tu as oublié Thermopolis. » Grand-Mère m'a foudroyée du regard et a dit : « Non, je n'ai pas oublié Thermopolis. »

Puis elle s'est assise dans le fauteuil en face de moi et a dit : « Es-tu en train d'essayer de me faire comprendre que tu n'as nullement l'intention d'assumer ton rôle sur le trône ? »

Cette histoire commençait à me fatiguer vraiment. J'ai poussé un soupir et j'ai répondu : « Grand-Mère, tu sais très bien que je n'ai rien d'une princesse. Alors pourquoi perds-tu ton temps ? »

Elle a plissé les yeux et m'a observée de derrière ses paupières tatouées. Je suis sûre qu'elle avait envie de me tuer, mais elle ne savait sans doute pas comment s'y prendre sans faire des taches de sang sur la moquette rose.

« Tu es l'héritière de la couronne de Genovia, a-t-elle dit avec gravité. Et à la mort de mon fils, tu prendras sa place sur le trône. C'est ainsi et pas autrement. »

Bigre !

J'ai répondu : « D'accord, Grand-Mère, mais il se trouve que j'ai beaucoup de devoirs pour l'école. Tu en as pour longtemps ? »

Grand-Mère m'a jeté un rapide coup d'œil et a répliqué : « Je prendrai le temps qu'il faut. Je n'ai pas peur de sacrifier mon temps – ou ma personne – pour le bien de mon pays. »

Ouah ! Voilà que ça prenait une tournure patriotique. J'ai répondu : « Très bien. Allons-y, alors. »

On s'est toisées toutes les deux pendant un moment et Rommel en a profité pour s'installer entre nous sur la moquette. Mais il a mis un temps fou pour se coucher, comme si ses pattes étaient trop délicates pour supporter son malheureux poids d'un kilo. Grand-Mère a fini par briser le silence en disant : « Nous commencerons demain. Tu viendras ici directement après l'école. »

J'ai répondu : « Je ne peux pas venir directement après l'école, Grand-Mère. J'ai soutien tous les soirs. »

Grand-Mère a dit : « Eh bien, tu viendras après. Et ne traîne pas en chemin. Tu m'apporteras la liste des dix femmes que tu admires le plus au monde, et tu m'écriras pourquoi. C'est tout. »

J'ai ouvert la bouche en grand. *Quoi ? Elle me donnait des devoirs ?* Personne ne m'avait dit qu'il y aurait des devoirs.

« Et ferme la bouche ! a aboyé Grand-Mère. C'est

grossier de rester la bouche ouverte comme tu le fais. »

J'ai fermé la bouche. Des devoirs ???

Grand-Mère a continué : « Je veux te voir demain avec des bas en nylon. Pas des collants, ni des chaussettes. Tu n'as plus l'âge de mettre des chaussettes. Et tu porteras tes chaussures d'école. Oublie tes baskets. Tu te coifferas également, tu mettras du rouge à lèvres et du vernis à ongles – enfin, sur ce qu'il te reste d'ongles. » Grand-Mère s'est ensuite levée d'un bond, sans s'aider de ses mains. Elle est très tonique pour son âge. Puis elle a dit : « À présent, laisse-moi. Je dois me préparer pour dîner avec le shah. À demain. »

Je suis restée comme deux ronds de flan. Elle avait perdu la tête ? Avait-elle la moindre idée de ce qu'elle me demandait ?

Bien sûr que oui, car avant même que je comprenne ce qui m'arrivait, Lars se tenait à côté de moi, et Grand-Mère et Rommel avaient disparu.

Des devoirs ! Personne ne m'avait dit que j'aurais des devoirs !

Mais ce n'est pas le pire. Des bas ! Elle voulait que je mette des bas pour aller à l'école ? Il n'y a que les filles comme Lana Weinberger, ou qui sont en terminale, qui portent des bas. Le genre frimeuse. *Aucune* de mes amies ne porte des bas.

Et *aucune* ne met du rouge à lèvres ou du vernis à ongles. Pas pour aller à l'école, en tout cas.

Mais est-ce que j'ai le choix ? Avec ses paupières tatouées et tout le reste, Grand-Mère me fiche la trouille. Il est IMPENSABLE que je ne fasse pas ce qu'elle me demande.

Du coup, j'ai pris une paire de bas dans la commode de ma mère (elle en porte uniquement quand elle va à un vernissage – et quand elle sort avec Mr. Gianini, aussi), et je l'ai cachée au fond de mon sac à dos. Je ne me suis pas fait les ongles parce que je n'en ai pas – d'après Lilly, je suis restée au stade oral : je mets à la bouche tout ce que je peux mettre à la bouche –, mais j'ai emprunté un rouge à lèvres de ma mère. Et j'ai essayé une mousse coiffante que j'ai trouvée dans l'armoire à pharmacie. Ça a dû marcher, parce que ce matin, quand, Lars et moi, on est passés prendre Lilly en voiture, elle s'est exclamée : « Où est-ce que vous avez ramassé cette provinciale, Lars ? »

Elle n'a pas eu besoin d'en dire plus. J'ai compris que je ressemblais à ces filles qui montent de leur province pour aller dîner aux chandelles avec leur fiancé dans Little Italy.

Après le cours de soutien avec Mr. Gianini, je me suis enfermée dans les toilettes, et j'ai mis les bas, le rouge à lèvres et mes mocassins. Sauf qu'ils sont vraiment trop petits et qu'ils me font super mal aux pieds. Mais bon. Quand je me suis regardée dans le miroir, j'ai été assez contente du résultat. J'étais sûre que Grand-Mère ne se plaindrait pas aujourd'hui.

Je trouvais que c'était assez malin de ma part d'avoir attendu la fin des cours pour me changer. Il y avait peu de chances pour que je rencontre qui que ce soit. On était vendredi après-midi, et personne ne traîne à l'école le vendredi après-midi.

J'avais oublié le Club Informatique.

Tout le monde oublie le Club Informatique, même ceux qui en font partie. Les membres du Club Informatique n'ont pas d'amis, à l'exception des autres membres, et sortir avec un garçon ou une fille ne les intéresse pas – rien à voir avec moi. Eux, c'est par choix : personne, à Albert-Einstein, n'est assez intelligent à leurs yeux – sauf, encore une fois, les autres membres du Club Informatique.

Bref, au moment où je sortais des toilettes, je suis tombée sur Michael, le frère de Lilly. Ou plutôt, je lui suis rentrée dedans. Michael est le trésorier du Club. À mon avis, il pourrait être le président, tellement il est intelligent, mais il refuse d'être un homme de paille.

Dès qu'il m'a vue, il s'est écrié : « Thermopolis, qu'est-ce qui t'arrive ? » Je me suis aussitôt empressée de ramasser tout ce qui avait glissé de mon sac – comme mes baskets et mes chaussettes –, quand je l'ai heurté. Je pensais qu'il parlait de ma présence, si tard à l'école, un vendredi après-midi, et j'ai répondu : « Tu sais bien. J'ai cours de soutien avec Mr. Gianini tous les jours parce que je suis nulle en maths. »

Michael a dit : « Je ne te parle pas de *ça*. » Il a attrapé le tube de rouge à lèvres qui dépassait de mon sac à dos et a ajouté : « Je parle de ta peinture de guerre. »

Je lui ai repris le tube de rouge à lèvres et j'ai dit : « Ça ? Oh, ce n'est rien. Mais n'en parle pas à Lilly. »

Michael a répliqué : « De *quoi* je ne dois pas parler à Lilly ? » Alors que je me relevais, il a remarqué les bas et a dit : « Thermopolis, *où* vas-tu ? »

J'ai baissé les yeux et j'ai répondu : « Nulle part. » Est-ce que je dois continuellement être amenée à mentir toute ma vie ? J'aurais tellement aimé que Michael passe son chemin. Sans compter que ses copains d'informatique s'étaient approchés de nous et me regardaient comme si j'étais une extraterrestre. Cette histoire commençait à devenir très gênante.

Mais Michael n'a pas semblé satisfait par ma réponse car il a dit : « Personne ne va *nulle part* habillé comme ça. » Puis il a eu un petit sourire en coin, et a ajouté : « Thermopolis, est-ce que tu aurais rendez-vous avec ton amoureux ? »

J'ai hurlé : « Ça ne va pas, non ? » L'idée même me choquait. *Quoi ? Moi, avoir rendez-vous avec un amoureux ?* Certainement pas. « Je dois retrouver ma grand-mère ! » ai-je crié.

Mais Michael ne m'a pas crue. Ça se voyait rien qu'à sa tête. D'ailleurs, il a dit : « Et tu mets toujours du rouge à lèvres et des bas quand tu as rendez-vous avec ta grand-mère ? »

À ce moment-là, j'ai entendu tousser discrètement dans mon dos. J'ai regardé en direction du hall de l'école, et j'ai vu Lars qui m'attendait près de la porte.

J'aurais pu expliquer à Michael que ma grand-mère m'avait menacée de représailles physiques (enfin, presque), si je ne me maquillais pas et ne portais pas de bas, mais je ne sais pas pourquoi, j'ai pensé qu'il ne m'aurait pas crue non plus. Aussi, j'ai répété : « Promets-moi que tu ne diras rien à Lilly », et je suis partie en courant.

Je savais que c'en était fini de moi. À tous les coups, Michael irait raconter à sa sœur qu'il m'avait vue sortir des toilettes pour filles maquillée et avec des bas.

Quant à Grand-Mère, elle a été ODIEUSE. Elle m'a dit qu'avec mon rouge à lèvres je ressemblais à une *cocotte*. Je ne comprenais pas pourquoi elle me comparait à une petite poule. Aussi, de retour à la maison, j'ai regardé dans le dictionnaire tous les sens de *cocotte*, et j'ai trouvé que c'était le surnom qu'on donnait aux femmes entretenues, c'est-à-dire aux prostituées ! Grand-Mère a osé dire que j'avais l'air d'une prostituée !

Qu'est-il arrivé aux gentilles grand-mères qui font de bons gâteaux au chocolat et qui vous disent que vous êtes ce qu'il y a de plus précieux dans leur vie ? C'est bien ma veine d'avoir une grand-mère aux paupières tatouées qui me traite de « prostituée » !

Elle a dit aussi que mes bas n'étaient pas de la bonne couleur. Comment ça, pas de la bonne couleur ? Ils sont de la couleur des bas ! Ensuite, elle m'a montré comment m'asseoir en croisant les jambes, et ça a duré deux heures !

J'envisage de prévenir Amnesty International. Ce que Grand-Mère me fait subir s'apparente à de la torture pure et simple.

Et enfin, quand je lui ai remis ma liste des dix femmes que j'admirais le plus, elle l'a lue en diagonale et l'a déchirée ! Je le jure !

Je n'ai pas pu m'empêcher de crier : « Grand-Mère, pourquoi as-tu fait ça ? », et elle a répondu le plus calmement du monde : « Ce n'est pas le genre de femmes que tu devrais admirer. Tu devrais admirer de *vraies* femmes. »

Je lui ai demandé ce qu'elle entendait par « de vraies femmes », parce que toutes les femmes de ma liste sont vraies. D'accord, Madonna est peut-être passée entre les mains d'un chirurgien esthétique, mais elle n'en reste pas moins *vraie*.

Grand-Mère a cité la princesse Grace et Coco Chanel. Je lui ai alors fait remarquer que la princesse Diana figurait sur ma liste, et vous savez ce qu'elle a répondu ? Elle a répondu que la princesse Diana était une dinde. Oui, j'ai bien dit une « dinde ».

Ça alors !

Une fois qu'elle a estimé que je m'étais suffisamment entraînée à m'asseoir correctement, elle m'a dit qu'elle devait aller prendre son bain (elle dînait avec un Premier ministre, ce soir), et elle m'a donné rendez-vous à 10 heures le lendemain – à 10 heures du matin !

J'ai crié : « Mais, Grand-Mère, demain, c'est samedi ! »

Elle a répondu : « Je sais. »

Et quand je lui ai expliqué que, le samedi matin, j'aidais mon amie Lilly à tourner un nouvel épisode pour son émission de télé, elle m'a demandé ce qui était le plus important pour moi : l'émission de télévision de Lilly ou le bien-être du peuple de Genovia qui, au cas où je ne le saurais pas, s'élevait à 50 000 habitants.

D'accord, 50 000 personnes, c'est bien plus important qu'un épisode de *Lilly ne mâche pas ses mots* ; mais comment je vais expliquer à Lilly que je ne pourrai pas lui tenir la caméra quand elle ira voir Mr. et Mrs. Ho, les propriétaires du petit traiteur chinois *Chez Ho*, qui se trouve en face de Albert-Einstein, pour leur dire ce qu'elle pense de leurs pratiques injustes ? Lilly a en effet découvert que Mr. et Mrs. Ho appliquaient des tarifs différents selon les origines de leurs clients : les étudiants asiatiques de Albert-Einstein paient beaucoup moins cher que les Blancs, les Afro-Américains, les Latinos et les Arabes. Lilly s'en est rendu compte hier, après la répétition de théâtre, quand elle est allée s'acheter un lait de soja. Ling Su, qui faisait la queue devant elle, a acheté la même chose, et Mrs. Ho a demandé à Lilly *cinq cents de plus* qu'à Ling Su.

Quand Lilly s'est plainte, Mrs. Ho a fait mine de ne pas parler anglais. Pourtant, elle doit bien parler anglais ; sinon, pourquoi elle regarderait *Une drôle de famille* sur sa petite télé derrière le comptoir ?

Lilly a décidé de filmer en douce les Ho afin de recueillir des preuves attestant leur traitement de faveur manifeste à l'égard des Sino-Américains. Et ensuite, elle appellera toute l'école à boycotter *Chez Ho*.

Personnellement, je trouve que Lilly exagère. Après tout, il ne s'agit que de cinq *cents*. Mais Lilly dit que c'est une question de principe, et que, si les gens n'avaient pas laissé les nazis fracasser les vitrines des magasins juifs le soir de la Nuit de Cristal, il n'y aurait peut-être pas eu autant de morts dans les fours crématoires.

Je ne sais pas. Les Ho ne sont pas vraiment des nazis. Ils sont très gentils avec le petit chat qu'ils ont recueilli pour chasser les rats qui viennent manger les ailes de poulet dans la vitrine de leur boutique.

Mais peut-être que ça ne m'embête pas, finalement, de rater le tournage, demain.

En revanche, *ça m'embête* que Grand-Mère ait déchiré ma liste des dix femmes que j'admire le plus. Je trouvais qu'elle était plutôt bien, cette liste. Du coup, quand je suis rentrée à la maison, je l'ai réimprimée tellement j'en voulais à Grand-Mère de l'avoir déchirée. Je vais la coller dans mon journal.

J'ai relu aussi très soigneusement le pacte Renaldo-Thermopolis, et je n'ai *rien* vu sur les leçons de princesse. Il va falloir faire quelque chose à ce sujet. J'ai laissé des messages à papa toute la nuit, mais il ne m'a pas répondu. Où est-ce qu'il peut bien être ?

Lilly n'était pas chez elle, non plus. Quand j'ai téléphoné, Maya m'a dit que les Moscovitz étaient allés dîner au *Shanghai*, pour essayer de mieux se comprendre les uns les autres en tant qu'êtres humains.

J'espère que Lilly ne va pas tarder à rentrer et qu'elle va me rappeler. Je ne veux pas qu'elle pense que je suis contre son idée d'enquêter sur les Ho. Je veux juste lui dire que je ne pourrai pas venir demain parce que je dois aller voir ma grand-mère.

Je hais ma vie.

*Les dix femmes que j'admire le plus au monde
(par Mia Thermopolis)*

Madonna. Madonna Ciccone a révolutionné le monde de la mode par son style iconoclaste, offensant parfois des gens à l'esprit étroit (à cause de ses boucles d'oreilles en forme de crucifix, beaucoup de groupes catholiques ont banni ses CD), ou qui n'ont aucun sens de l'humour (comme Pepsi, qui n'a pas apprécié qu'elle danse devant des crucifix en feu).

C'est parce qu'elle n'a pas peur de s'attirer les foudres du pape, par exemple, que Madonna est devenue l'une des femmes les plus riches du monde. Elle a ouvert la voie à toutes les autres chanteuses en leur montrant qu'il était possible d'être sexy sur scène et d'assurer dans la vie de tous les jours.

La princesse Diana. Même si elle est morte, la princesse Diana est l'une des femmes que je préfère au monde. Elle aussi a révolutionné le monde de la mode en refusant de porter les horribles chapeaux que sa belle-mère voulait lui imposer, et les a remplacés par des Halston et des Bill Blass. Elle est allée aussi au chevet de gens très malades, sans que personne le lui demande, et sans tenir compte non plus des railleries dans son dos, y compris celles de son propre mari. Le soir de sa mort, j'ai débranché la télé et j'ai déclaré que je ne la regarderais plus jamais, car c'étaient les médias qui l'avaient tuée. Mais j'ai regretté le lendemain matin, parce que je n'ai pas pu voir la suite de *Japanese Anime*, le feuilleton japonais qui passe sur la chaîne Science-Fiction. Quand on débranche notre télé, le câble ne marche plus très bien après.

Hillary Rodham Clinton. Hillary Rodham Clinton a admis que ses chevilles, qu'elle n'avait pas fines, portaient atteinte à son image de politicienne sérieuse, et c'est pour ça qu'elle a tout le temps des pantalons. Par ailleurs, même si tout le monde l'a critiquée parce qu'elle s'occupait des affaires de son mari, lequel ne se gênait pas pour la tromper dans son dos, elle a fait comme si de rien n'était et a continué à diriger le pays. À mon avis, tous les présidents devraient prendre exemple sur elle.

Picabo Street. C'est une grande skieuse qui a remporté plusieurs fois la médaille d'or, parce qu'elle s'entraîne comme une malade et ne renonce jamais, même si elle s'écrase contre des barrières. Et puis, elle a conservé son vrai nom – ce que je trouve bien.

Leola Mae Harmon. J'ai vu un film sur elle à la télé. Leola est une infirmière de l'armée de l'air qui a eu un accident de voiture. Tout le bas de son visage est abîmé, mais Armand Assante, qui joue le rôle d'un spécialiste de chirurgie esthétique, lui dit qu'il peut arranger ça. Leola passe des heures sur le billard à souffrir horriblement, et quand elle sort enfin de la salle d'opération, son mari lui annonce qu'il la quitte parce qu'elle n'a plus de lèvres (c'est peut-être pour ça que le film s'appelle *Pourquoi moi ?*). Armand Assante lui dit alors qu'il peut lui fabriquer de nouvelles lèvres, mais les autres docteurs de l'armée de l'air ne sont pas d'accord, parce qu'il veut les faire à partir du vagin de Leola. Armand le fait quand même, et Leola et lui finissent par se marier et par travailler ensemble pour aider d'autres victimes d'accident de la route à avoir de nouvelles lèvres en prenant un petit bout de leur vagin. J'ai appris ensuite que le film avait été inspiré d'une histoire vraie.

Jeanne d'Arc. Jeanne d'Arc vivait au XVe siècle, je crois, et un jour, alors qu'elle avait mon âge, elle a entendu la voix d'un ange qui lui ordonnait de prendre les armes et d'aider l'armée française à bouter les Anglais hors de France (à cette époque, les Français faisaient tout le temps la guerre aux Anglais, jusqu'à ce que les nazis les attaquent, et alors ils ont dit : « Zut ! Vous ne voulez pas nous aider ? » Les Anglais ont répondu « D'accord » et ils se sont battus aux côtés des Français, mais les Français ne les ont jamais remerciés, comme le prouve le mauvais état de leurs routes – voir la mort de la princesse Diana ci-dessus). Bref, Jeanne d'Arc s'est coupé les cheveux, elle a enfilé une armure, comme Mulan dans le dessin animé de Walt Disney, et elle a pris la tête de l'armée et a conduit les Français à la victoire. Après, le gouvernement français a eu une réaction typique de tous les gouvernements : il a décidé que Jeanne d'Arc était trop puissante. Du coup, elle a été accusée de sorcellerie et brûlée vive sur le bûcher. À l'inverse de Lilly, je ne pense PAS que Jeanne d'Arc souffrait d'un début de schizophrénie. À mon avis, les anges lui ont VRAIMENT parlé. Les schizophrènes de l'école n'ont jamais entendu des voix qui leur disaient de faire des choses cool, comme conduire le pays à la victoire. Tout ce que Brandon Hertzenbaum a entendu, lui, c'est d'aller graver le mot *Satan* sur la porte des toilettes pour garçons.

Christy. Christy n'a pas vraiment existé. C'est l'héroïne de mon livre préféré, qui s'appelle *Christy*. L'auteur, c'est Catherine Marshall. Christy est une jeune femme qui part enseigner comme professeur dans les Smokey Mountains, au début du siècle, parce qu'elle croit qu'elle peut changer les choses. Une fois sur place, les chasseurs, qui sont tous plus sexy les uns que les autres, tombent amoureux d'elle, et Christy découvre Dieu, la typhoïde et des tas d'autres choses. Je n'ai raconté à personne, et surtout pas à Lilly, que c'était mon livre préféré, parce que c'est un peu nunuche et religieux, et qu'en plus, ça ne parle pas de vaisseau spatial ou de tueurs en série.

La policière qui a mis une amende à un camionneur parce qu'il avait klaxonné une femme qui traversait la rue (elle était en mini-jupe). La policière a expliqué qu'il se trouvait dans une zone où il était interdit de klaxonner, et quand le camionneur a commencé à discuter, elle lui a mis une autre amende parce qu'il contestait la décision d'un représentant de la loi.

Lilly Moscovitz. Lilly n'est pas encore une femme, mais c'est quelqu'un que j'admire énormément. Elle est très, très intelligente, et à l'inverse de beaucoup de gens très intelligents, elle ne la ramène pas tout le temps, en disant par exemple qu'elle est plus intelligente que moi. Enfin, ça lui arrive quelquefois. Et puis, Lilly a toujours de bonnes idées, comme le jour où on est allées à la librairie Barnes & Noble et qu'elle m'a filmée en cachette pendant que je demandais au Dr. Laura, qui signait son livre *Le Secret d'une vie réussie,* comment elle expliquait qu'elle ait divorcé si elle savait tant de choses. Lilly a ensuite montré l'interview à la télé, dans son émission, avec la scène où on se fait jeter de chez Barnes & Noble. Lilly est ma meilleure amie, et je lui raconte tout. Mais je ne lui ai pas parlé de cette histoire de princesse, parce que je pense qu'elle ne comprendrait pas.

Helen Thermopolis. Outre le fait que c'est ma mère, Helen Thermopolis est une artiste très talentueuse qui a récemment été citée dans *Art in America* comme l'un des peintres les plus importants du nouveau millénaire. Son tableau *Femmes faisant la queue pour vérifier les prix*, qu'on peut voir au supermarché, en bas de chez nous, a remporté le premier prix et a été vendu 140 000 dollars, sauf que maman n'a empoché qu'une partie, puisque que 15 % du prix de vente est revenu à son galeriste et que la moitié est partie en impôts – ce que je trouve dégoûtant, si vous voulez mon avis. Mais ce n'est pas parce que ma mère est une grande artiste qu'elle ne s'occupe pas de moi. Je la respecte aussi parce que c'est une femme de principes : elle refuse d'imposer ses croyances aux autres, et elle aimerait bien que les autres en fassent autant.

Dire que Grand-Mère a osé déchiré cette liste ! Moi, je vais vous dire : c'est le genre de texte qui peut vous mener à la tête d'un pays.

J'avais raison : Lilly est persuadée que je ne veux pas participer au tournage aujourd'hui parce que je suis contre le boycott des Ho.

J'ai essayé de lui expliquer que ce n'était pas vrai et que je devais passer la journée avec ma grand-mère. Mais elle ne m'a pas crue. Pour une fois que je dis la vérité, on ne me croit pas ! C'est un comble !

D'après Lilly, si je voulais vraiment ne pas passer la journée avec ma grand-mère, je le pourrais, mais je manque tellement de confiance en moi que je suis incapable de dire non à qui que ce soit. Ce qui est totalement ridicule, puisque je lui dis non à *elle*. Quand je le lui ai fait remarquer, Lilly s'est mise encore plus en colère. Comment pourrais-je dire non à Grand-Mère, vu qu'elle a dans les soixante-cinq ans, et qu'elle va mourir bientôt ? Enfin, s'il y a une justice en ce bas monde.

J'ai fini par répondre à Lilly que ça se voyait qu'elle ne connaissait pas ma grand-mère, parce qu'on ne dit pas *non* à ma grand-mère.

Elle a rétorqué : « Non, je ne connais pas ta grand-mère, Mia. C'est bizarre, d'ailleurs, tu ne trouves pas ? Étant donné que, toi, tu connais *tous* mes grands-parents – les Moscovitz m'invitent tous les ans pour la pâque juive. Comment expliques-tu cela ? »

Je l'explique parce que les parents de ma mère sont de vrais ploucs qui vivent dans un trou perdu, dans l'Indiana. Ils ont peur de venir à New York à cause de « tous ces étrangers », comme ils disent. Pour eux, tout ce qui n'est pas 100 % américain leur fait peur, et c'est bien pour ça que ma mère est partie de chez elle à dix-huit ans, et qu'elle n'est retournée voir ses parents que deux fois, et chaque fois avec moi. Je peux vous dire que là où ils habitent, c'est vraiment tout petit. C'est tellement petit qu'il y a une pancarte, accrochée à la porte de la banque, sur laquelle on peut lire : *En cas de fermeture, glissez l'argent sous la porte.* Je ne mens pas. J'ai même pris une photo de la pancarte pour la montrer à tout le monde au cas où on ne me croirait pas. Elle trône sur le frigo.

Bref, Grand-Père et Grand-Mère Thermopolis ne quittent pour ainsi dire jamais l'Indiana.

Et la raison pour laquelle je n'ai jamais présenté Lilly à Grand-Mère Renaldo, c'est parce que Grand-Mère Renaldo déteste les enfants. Et maintenant, je ne peux plus lui présenter Lilly, parce que Lilly découvrirait que je suis la princesse de Genovia, et vous pouvez être sûr que ce serait la fin des haricots. Lilly voudrait m'interviewer pour son émission. Il ne manquerait plus que ça : mon nom et ma photo dans tous les lieux publics de Manhattan.

J'ai donc raconté tout ça à Lilly – que je devais passer la journée avec ma grand-mère, et pas que j'étais princesse, bien sûr –, et pendant que je parlais, je l'entendais souffler comme un phoque à l'autre bout du fil. Lilly souffle toujours comme un phoque quand elle est en colère. À la fin, elle a dit : « Très bien. Tu n'as qu'à venir ce soir. Tu m'aideras pour le montage », et elle a raccroché.

Ouah !

Enfin. Michael ne lui a pas parlé du rouge à lèvres ni des bas. C'est déjà ça. Sinon, Lilly aurait vraiment été folle de rage, et n'aurait pas cru *un mot* de mon histoire de grand-mère.

J'ai écrit tout cela en me préparant pour aller voir Grand-Mère. Grand-Mère m'a dit que ce n'était pas la peine de mettre du rouge à lèvres aujourd'hui, ou des bas. Je pouvais m'habiller comme je voulais. J'ai mis ma salopette. Elle déteste. Mais elle a bien dit que je pouvais m'habiller comme je voulais, non ? Hi hi hi !

Oh ! là ! là ! Faut que j'y aille. Lars vient de se garer devant le *Plaza*.

Toujours samedi 11 octobre

Je ne pourrai plus jamais retourner à l'école. Je ne pourrai plus jamais aller *nulle part*. Je ne sortirai plus jamais d'ici, plus jamais.

Si je vous racontais ce qu'elle m'a fait, vous ne me croiriez pas. Moi-même, j'ai du mal à y croire. Et je n'arrive pas à croire non plus que mon père l'ait *laissée* faire.

Il va me le payer. D'ailleurs, c'est ce qu'il fait, et je

peux vous dire que ça lui coûte cher. Dès que je suis rentrée à la maison, j'ai foncé droit sur lui et j'ai hurlé : « Tu vas me le payer ! »

Qui a dit que j'avais peur des affrontements ?

Il a fait mine de ne pas comprendre et a murmuré : « De quoi parles-tu, Mia ? Tu es très jolie, comme ça. Ta nouvelle coiffure te va à ravir. C'est... court... »

Un peu que c'est court !

Quand je suis arrivée au *Plaza* avec Lars, Grand-Mère nous attendait dans le hall et, sans nous laisser le temps de dire ouf, elle s'est dirigée vers la porte et a lancé : « On y va. »

J'ai demandé innocemment : « On va où ? » (Je vous rappelle qu'il n'était que 10 heures du matin, et que j'étais encore innocente, à ce moment-là.)

Grand-Mère a répondu : « Chez Paolo. » J'ai pensé qu'il s'agissait d'un de ses amis, et qu'on allait le retrouver pour un brunch ou je ne sais quoi, et je me suis dit, tiens, une petite sortie éducative, c'est sympa. Finalement, ces leçons de princesse ne sont pas si terribles que cela.

Mais quand on est arrivés chez Paolo, j'ai compris que ce n'était pas exactement chez quelqu'un. En fait, je ne savais pas très bien où on était. Ça ressemblait à une espèce de clinique privée très chic, avec des baies vitrées en verre dépoli et des bonzaïs partout. Et puis, j'ai vu des tas de jeunes gens hyper maigres qui allaient et venaient, habillés en noir. Ils semblaient tout excités de voir Grand-Mère, et ils nous ont conduites dans une petite pièce remplie de canapés et de magazines. J'ai pensé que Grand-Mère avait rendez-vous avec un chirurgien qui allait lui refaire une partie de son anatomie ; et même si je suis contre la chirurgie esthétique – sauf si on s'appelle Leola Mae, et qu'on n'a plus de lèvres –, je me suis dit, tant mieux, ça me fera des vacances.

J'avais tout faux ! Paolo n'est pas docteur. Ça m'étonnerait même qu'il ait jamais mis les pieds dans une université ! Paolo est *visagiste* ! Je ne plaisante pas. Son métier consiste à transformer des gens mal coiffés et mal fagotés comme moi en couvertures de magazines. Et il est payé pour ça ! Grand-Mère lui a expliqué ce qu'elle voulait qu'il *me* fasse. À *moi* ! Ça ne suffit pas que je n'aie pas de poitrine, que je chausse du 42 et que j'aie les cheveux qui rebiquent ? Est-ce qu'elle était obligée de le raconter à ce Paolo ?

Et d'abord, c'est quoi ce nom ? On est en Amérique, que je sache ! Ici, on ne dit pas « Paolo », ON DIT « PAUL » !

C'est ce que j'avais envie de lui hurler, mais bien sûr, je n'en ai rien fait. Après tout, ce n'est pas de sa faute si Grand-Mère m'a traînée chez lui. Et puis, comme il n'a pas manqué de me le signaler, il a dû faire un effort pour me caser dans son emploi du temps hyper chargé, parce que Grand-Mère lui avait dit que c'était une urgence.

J'ai foudroyé Grand-Mère du regard en pestant intérieurement. Je ne pouvais pas lui faire de scène, elle le savait bien ; en tout cas, pas en présence de Paolo. Elle s'est assise sur un des canapés en velours et a caressé Rommel, qui s'était installé sur ses genoux, les pattes croisés – elle a même appris à son chien à s'asseoir comme une dame, et c'est un *mâle* –, et elle a siroté le Sidecar qu'elle s'était fait apporter en feuilletant un magazine.

Pendant ce temps, Paolo relevait mes cheveux par touffes entières en grimaçant et en disant tristement : « Il faut couper. Il faut *tout* couper. »

Et c'est ce qu'il a fait : il a TOUT coupé. Enfin, presque. Il me reste encore une petite frange et quelques cheveux dans la nuque.

Est-ce que j'ai dit aussi que je n'étais plus châtain délavé, mais blondasse.

Paolo ne s'est pas contenté de s'occuper de mes cheveux. Oh, non. Il s'est aussi intéressé à mes ongles. Sans rire. Pour la première fois de ma vie, j'ai des ongles. Ils sont faux, mais ils sont bien là. Et j'ai l'impression qu'ils vont y rester un moment : j'ai essayé d'en arracher un, ça m'a fait super mal ! Quelle sorte de colle la manucure a-t-elle utilisée ?

Vous pourriez vous demander pourquoi, si je ne voulais pas qu'on me coupe les cheveux et qu'on me colle de faux ongles, je me suis laissé faire ?

Je me pose moi-même la question. D'accord, je sais que je n'aime pas les affrontements, et je ne me voyais franchement pas en train de renverser mon verre de limonade en criant : « Arrêtez de me tripoter ! »

Parce qu'ils m'ont offert un verre de limonade ! Vous imaginez ? Ce n'est pas à l'École de coiffure, où on va avec maman, sur la 6e Avenue, qu'on vous offrirait un verre de limonade. Mais c'est vrai que ça coûte seulement 9,99 dollars pour une coupe et un brushing.

Par ailleurs, quand des tas de personnes super belles vous tournent autour en vous disant que *ceci* vous va bien et que *cela* met vos pommettes en valeur, ce n'est pas évident de se rappeler qu'on est féministe et écologiste, et qu'on refuse d'employer des produits chimiques qui risquent de polluer la planète. C'est vrai, quoi. Je ne voulais pas leur faire de la peine, ou provoquer une scène.

Et puis, je n'arrêtais pas de me dire qu'elle faisait ça parce qu'elle m'aime. Je parle de Grand-Mère. Je sais bien que ce n'est pas vrai – à mon avis, Grand-Mère ne m'aime pas plus que je l'aime –, mais je me le disais quand même.

Et je me le suis dit encore quand on est parties de chez Paolo pour aller chez *Bergdorf Goodman*, où Grand-Mère m'a acheté quatre paires de chaussures qui coûtent presque autant que ce que nous a demandé le vétérinaire quand il a enlevé la chaussette de l'intestin grêle de Fat Louie. Et je me le suis répété quand elle m'a acheté des vêtements que je ne porterai jamais. Je lui ai dit, pourtant, que je ne les porterais pas, mais elle m'a fait un petit signe de la main, comme si je venais de raconter une histoire drôle.

Je n'en peux plus. Il n'y a pas un centimètre de ma personne qui n'a pas été pincé, coupé, limé, peint, séché ou mouillé. J'ai même des ongles.

Et je ne suis pas heureuse. Pas du tout. *Grand-Mère* est heureuse. Elle est ravie de ma nouvelle apparence. Et je sais pourquoi. Parce que je ne ressemble plus du tout à Mia Therpomolis. Mia Thermopolis n'a pas les ongles longs. Mia Thermopolis n'a jamais eu des mèches blondes. Mia Thermopolis ne s'est jamais maquillée ou n'a jamais porté de chaussures Gucci, de jupes Chanel ou de soutiens-gorge Dior qui, soit dit en passant, n'a pas beaucoup de choix en 75 A (c'est ma taille). Je ne sais même plus qui je suis. En tout cas, je ne suis plus Mia Thermopolis.

Elle m'a transformée en quelqu'un d'autre.

Aussi, je me suis postée devant mon père – avec ma nouvelle coiffure, je suis sûre que j'avais l'air d'un coton-tige humain –, et je lui ai dit ce que j'en pensais :

« Un, elle me donne des devoirs qu'elle déchire quand je les lui apporte. Deux, elle m'oblige à m'asseoir pendant des heures. Et trois, elle me fait teindre les cheveux et ensuite raser la tête pendant qu'on me colle des espèces de planches de surf au bout des doigts, puis elle m'achète des chaussures qui coûtent aussi cher qu'une intervention chirurgicale chez le véto, et des vêtements dans lesquels je ressemble à Vicky, la fille du capitaine dans *La Croisière s'amuse*. Alors, écoute-moi bien, papa. Je ne suis pas

Vicky, et je ne serai jamais Vicky, malgré tous les efforts de Grand-Mère pour que je lui ressemble. Je ne serai jamais la première de la classe, je ne sourirai jamais à tout bout de champ, et je n'aurai pas d'histoire d'amour à bord d'un bateau. Ça, c'est bon pour Vicky. Pas pour moi ! »

Ma mère est sortie de sa chambre, où elle finissait de se préparer pour son rendez-vous, quand j'ai hurlé toute ma tirade. Elle portait une nouvelle robe, du genre espagnol, avec plein de couleurs et les épaules dénudées. Elle avait dénoué ses cheveux. Elle était tout simplement ravissante. D'ailleurs, mon père s'est aussitôt servi un verre quand il l'a vue.

Tout en attachant un anneau à son oreille, elle a dit : « Voyons, Mia, personne ne te demande de ressembler à Vicky, la fille du capitaine dans *La Croisière s'amuse.* »

J'ai crié : « Si, Grand-Mère ! »

Ma mère a répondu : « Ta grand-mère essaie seulement de te préparer, Mia.

— Me préparer à quoi ? j'ai rétorqué. Je ne peux pas aller à l'école comme ça, tu le sais bien ! »

Ma mère n'a pas eu l'air de comprendre et a dit : « Pourquoi pas ? »

Je rêve ! Pourquoi faut-il que ça m'arrive à moi ?

J'ai respiré profondément, et j'ai répondu le plus calmement possible : « Parce que je ne veux pas qu'on découvre à l'école que je suis la princesse de Genovia ! »

Ma mère a secoué la tête et a dit : « Mia chérie, tout le monde finira par le savoir un jour ou l'autre. »

Je ne vois pas pourquoi. J'ai d'ailleurs réfléchi à la question : je ne serai princesse qu'à Genovia. Comme il y a peu de chances pour que quelqu'un de mon école aille un jour là-bas, personne ne découvrira mon secret.

Ma mère a attendu que je finisse de lui expliquer comment je voyais les choses, puis elle a dit : « Et si on en parle dans les journaux ? »

J'ai rétorqué : « Et pourquoi on en parlerait dans les journaux ? »

Elle a regardé mon père qui a baissé les yeux et a bu une gorgée de whisky-soda.

Vous ne croirez jamais ce qu'il a fait après. Il a posé son verre, il a sorti son portefeuille de la poche de son pantalon, l'a ouvert et m'a demandé : « Combien ? »

J'étais ulcérée. Ma mère aussi.

Elle a crié : « Philippe ! », mais mon père a continué de me regarder.

Il a fini par dire : « Je suis sérieux, Helen. Je vois bien que ce pacte ne nous mène nulle part. La seule solution, c'est du liquide. Alors, combien veux-tu, Mia, pour laisser ta grand-mère faire de toi une princesse ? »

J'ai recommencé à hurler : « C'est ça qu'elle est en train de faire ? Eh bien, je peux vous dire qu'elle n'y arrivera pas ! Parce que je n'ai jamais vu de princesse avec les cheveux aussi courts, les pieds aussi grands et une poitrine aussi plate ! »

Mon père a jeté un coup d'œil à sa montre. Je suis sûre qu'il avait rendez-vous pour une autre « interview » avec la blonde de ABC.

Il a dit : « Tu n'as qu'à considérer cet apprentissage comme un travail pour lequel tu seras rémunérée. Dis-moi, dans ce cas, combien tu veux. »

J'ai hurlé que je refusais de vendre mon âme, que c'était une question d'intégrité. Je reprenais pas mal d'arguments que j'avais déjà entendus dans la bouche de ma mère, et à mon avis, elle en a reconnu certains, parce qu'elle s'est glissée discrètement vers la porte en disant qu'elle devait partir, que Mr. G. l'attendait. Mon père l'a foudroyée du regard – il peut avoir le regard aussi mauvais que Grand-Mère –, puis il a lâché un soupir et a dit : « Très bien. Alors, je ferai une donation de cent dollars par jour en ton nom à... comment s'appelle cet organisme, déjà ? ah oui, Greenpeace... pour que ses membres puissent sauver toutes les baleines qu'ils veulent, si tu laisses ma mère t'apprendre à être princesse. »

Ça change tout. *Me* payer pour que j'accepte qu'on me teigne les cheveux avec des produits chimiques, c'est une chose. Mais verser cent dollars par jour à Greenpeace, c'en est une autre. Ça fait 365 000 dollars par an ! En mon nom ! Greenpeace sera obligé de m'embaucher une fois mes études terminées. Je lui aurai pratiquement donné un million de dollars !

Une minute. Est-ce que ça ne fait pas plutôt 36 500 dollars ? Où est ma calculette ????

Samedi, plus tard

Je ne sais pas pour qui se prend Lilly Moscovitz, mais je sais ce qu'elle n'est plus : mon amie. Aucune de mes ex-amies n'a été aussi méchante qu'elle ce soir. Je n'arrive pas à y croire. Et tout ça, à cause de mes *cheveux* !

J'aurais pu comprendre qu'elle se mette en colère pour quelque chose d'important – ne pas venir pour le tournage de la séquence chez les Ho, par exemple. Je suis à la caméra pour *Lilly ne mâche pas ses mots*. Je fais aussi des tas d'autres choses, et quand je ne suis pas là, Shameeka doit me remplacer alors qu'elle s'occupe déjà de la production et des repérages.

J'ai bien vu que Lilly m'en voulait de ne pas être venue aujourd'hui. Elle pense que le Hogate – c'est le nom qu'elle a donné à son enquête, parce que, d'après elle, c'est aussi grave que le Watergate – est l'événement le plus important qu'elle ait jamais filmé. Moi, je trouve que c'est complètement idiot. Qu'est-ce qu'on en a à faire de cinq malheureux *cents* ? Mais Lilly a répondu : « Nous allons briser le cycle du racisme qui sévit chez tous les traiteurs new-yorkais. »

Puisqu'elle le dit. Tout ce que je sais, en tout cas,

c'est que ce soir, quand elle m'a ouvert la porte, elle m'a regardée et a dit : « Qu'est-ce qui t'est arrivé ? »

À croire que j'avais toute la figure gelée et que mon nez était devenu noir et qu'il était tombé, comme les gens qui escaladent l'Everest.

D'accord, je sais bien que les gens allaient faire la grimace en voyant mes cheveux, et qu'ils auraient un mouvement de recul. C'est pour ça d'ailleurs que je les ai lavés avant d'aller chez Lilly, pour enlever toute la laque dont Paolo m'avait aspergée. Je me suis même démaquillée et j'ai mis une vieille salopette et mes baskets (on ne voit presque plus les formules de maths). À part mes cheveux, je pensais que j'avais l'air normal. À vrai dire, je me trouvais même plutôt bien, pour une fois.

Mais apparemment, ce n'était pas l'avis de Lilly.

J'ai essayé d'adopter un ton désinvolte, du genre : « On ne va pas en faire tout un plat, hein ? » C'est vrai, quoi. Je ne me suis quand même pas fait poser des prothèses mammaires !

J'ai enlevé mon manteau et j'ai répondu : « Ah oui... Ma grand-mère m'a emmenée chez ce type, Paolo, et... »

Mais Lilly ne m'a même pas laissée finir. Elle était carrément en état de choc. Elle a dit : « Tu as les cheveux de la même couleur que Lana Weinberger. »

J'ai répondu : « Oui, je sais. »

Ensuite, elle s'est écriée : « Et qu'est-ce que tu as aux *doigts* ? Tu as mis de faux ongles ? Comme Lana

Weinberger ! » Elle m'a dévisagée avec des yeux exorbités et a hurlé : « Mia ! Qu'est-ce qui t'arrive ? Tu es en train de te transformer en Lana Weinberger ! »

Là, je trouvais qu'elle y allait un peu fort. Primo, je ne suis pas en train de me transformer en Lana Weinberger. Et secundo, même si c'était vrai, Lilly est quand même la première à critiquer ceux qui s'arrêtent à l'aspect extérieur des gens au lieu de voir ce qu'il y a en eux.

Je suis restée debout dans l'entrée des Moscovitz, qui est tout en marbre noir, avec Pavlov qui me faisait la fête, et j'ai dit : « Non... C'est ma grand-mère. Je n'ai pas pu... »

Lilly m'a coupé la parole à nouveau et a crié : « Qu'est-ce que tu veux dire par "je n'ai pas pu" ? » Elle avait l'air vraiment en rogne. En fait, elle avait la tête qu'elle prend quand le prof de gym nous demande de faire le tour du lac, dans Central Park, pour nous entraîner à la course d'endurance. Lilly déteste courir, surtout autour du lac de Central Park (il est super grand).

Et elle a continué : « Mais enfin, tu es complètement passive ou quoi ? Tu es muette ? Incapable de dire *non* ? Tu as vraiment besoin de t'affirmer, Mia. Et j'ai l'impression que tu as un vrai problème avec ta grand-mère. En tout cas, ça ne t'a pas gênée de me dire *non* à moi. Sache que j'ai galéré aujourd'hui sans toi pour tourner la séquence chez les Ho. Mais apparemment, tu n'en avais rien à faire et tu as préféré laisser ta grand-mère te faire couper les cheveux et les teindre en jaune... »

Bien. N'oubliez pas que je venais de passer la journée à m'entendre dire que j'étais moche – enfin, jusqu'à ce que Paolo s'occupe de moi et me transforme en une Lana Weinberger. Et maintenant, je devais me taire quand on me disait en plus que je ne tournais pas rond dans ma tête ?

C'était trop. J'ai regardé Lilly droit dans les yeux et j'ai dit : « *La ferme !* »

Je n'avais jamais dit à Lilly de la fermer. Jamais. Je crois même que je ne l'ai jamais dit à personne. C'est quelque chose que je ne dis pas, voilà. Je ne sais pas ce qui m'a pris. C'est peut-être à cause des ongles. Je n'en ai jamais eu... Qui sait ? ils me donnent peut-être une espèce de force intérieure. C'est vrai, quoi. Pourquoi Lilly me disait-elle *toujours* comment je devais me comporter ?

Malheureusement, au moment où je disais à Lilly de la fermer, Michael est sorti, un bol de céréales vide à la main, et torse nu.

Il a dit : « Ouah ! » et a fait un pas en arrière. Je ne savais pas très bien s'il avait dit : « Ouah ! » et fait un pas en arrière parce que je venais de demander à sa sœur de se taire, ou à cause de mes cheveux.

Lilly m'a menacée du regard et a dit entre ses dents : « Qu'est-ce que tu viens de dire ? »

Elle avait vraiment la tête d'un carlin à ce moment-là. J'ai failli me dégonfler, mais j'ai tenu bon, parce que je savais qu'elle avait raison : *j'ai* du mal à m'affirmer.

Aussi, j'ai répondu : « J'en ai assez que tu me rabroues sans cesse. Toute la journée, ma mère, mon père, ma grand-mère et mes profs me disent ce que je dois faire. Je n'ai pas besoin que *mes amis* s'y mettent. »

Michael a répété : « Ouah ! », et cette fois, j'ai su que c'était à cause de ce que je venais de dire.

Lilly a plissé les yeux et a dit : « C'est *quoi* ton problème ? »

J'ai rétorqué : « Tu sais quoi ? Je n'ai pas de problème. C'est *toi* qui en as un. Et un gros. Mais ne t'inquiète pas. Je vais te le résoudre, ton problème. Je m'en vais. Ça ne m'intéresse pas de t'aider avec ton histoire de Hogate. Les Ho sont des gens très gentils. Ils n'ont rien fait de mal. Je ne vois pas pourquoi tu t'en prends à eux. Et la dernière chose (ça, je l'ai dit en ouvrant la porte) : mes cheveux ne sont *pas* jaunes ! »

Et je suis partie. En claquant la porte.

Pendant que j'attendais l'ascenseur, j'ai pensé que Lilly allait sortir et s'excuser.

Elle ne l'a pas fait.

Je suis rentrée directement chez moi, j'ai pris un bain et je me suis couchée avec la télécommande et Fat Louie, qui est le seul à m'apprécier telle que je suis. Après, j'ai attendu que Lilly m'appelle pour s'excuser. Le téléphone n'a pas sonné.

En tout cas, il est hors de question que je m'excuse la première.

Et vous voulez savoir ? Je viens de me regarder dans le miroir. Je trouve que mes cheveux ne sont pas mal du tout.

Dimanche 12 octobre, 1 heure du matin

Lilly n'a toujours pas téléphoné.

Toujours dimanche 12 octobre

C'est affreux. Je voudrais pouvoir disparaître dans un trou de souris. Vous ne croirez jamais ce qui vient d'arriver.

Je sortais de ma chambre pour aller prendre mon petit déjeuner quand j'ai vu ma mère et Mr. Gianini assis à la table de la cuisine en train de manger des pancakes !

Sauf que Mr. Gianini était en caleçon !!! Et ma mère en kimono !!! Quand elle m'a aperçue, ma mère a failli s'étrangler avec son jus d'orange, et elle a dit : « Mia ? Qu'est-ce que tu fais ici ? Je croyais que tu devais passer la nuit chez Lilly ? »

Comme je regrette d'avoir choisi de m'affirmer hier

soir ! Dire que, si j'avais dormi chez les Moscovitz, je n'aurais pas vu Mr. Gianini en caleçon ! J'aurais pu continué à mener une vie heureuse sans jamais être confrontée à *ça* !

Sans parler du fait que *lui* m'a vue dans ma chemise de nuit en flanelle rouge.

Comment pourrais-je aller à ses cours de soutien, maintenant ?

C'est affreux. J'aimerais tellement pouvoir le raconter à Lilly, mais on ne se parle plus.

Dimanche, plus tard

D'accord. D'après ma mère, qui vient de sortir de ma chambre, Mr. Gianini a passé la nuit sur le canapé parce qu'un train a déraillé sur la ligne qu'il prend normalement pour rentrer chez lui à Brooklyn. Et comme la ligne allait être hors service pendant plusieurs heures, elle lui a proposé de dormir ici.

Si on était toujours amies, Lilly et moi, Lilly m'aurait probablement dit que ma mère ment pour que je ne reste pas sur le traumatisme que j'ai vécu en ne la percevant plus comme un être strictement maternel, et donc dénué de toute sexualité. C'est ce que dit toujours Lilly quand la mère de quelqu'un ramène un type à la maison et raconte ensuite des craques.

Mais je préfère quand même croire le mensonge de

ma mère. Je n'ai pas d'autre solution si je veux un jour avoir la moyenne en maths. Comment voulez-vous sinon que je me concentre sur les polynômes, sachant que le type en face de moi a non seulement mis sa langue dans la bouche de ma mère, mais en plus l'a vue nue ?

Pourquoi faut-il qu'il m'arrive autant de choses affreuses ? Moi qui pensais que ça allait changer, c'est raté.

Enfin, passons. Quand ma mère est sortie de ma chambre après m'avoir menti, je me suis habillée et je suis allée me préparer mon petit déjeuner, puisqu'elle a refusé de me l'apporter – comme je le lui avais demandé – en disant : « Pour qui te prends-tu ? La princesse de Genovia ? »

Je suis sûre qu'elle pensait être super drôle. Personnellement, je ne trouve pas.

Quand je suis arrivée dans la cuisine, j'ai remarqué que Mr. Gianini s'était habillé, lui aussi. Il a essayé de plaisanter sur la situation – ce qui est, à mon avis, la seule façon d'aborder ce genre de situation.

Mais je n'avais pas envie de rire. Du moins, pas pour l'instant. Mr. G s'est demandé tout haut à quoi pouvaient ressembler certaines personnes d'Albert-Einstein en pyjama. Comme la principale, Mme Gupta. Mr. G. est persuadé que la principale dort en maillot de foot, avec le pantalon de jogging de son mari. Ça m'a fait rire d'imaginer la principale en jogging. J'ai dit alors qu'à tous les coups,

Mrs. Hill devait porter un déshabillé, le genre à dentelles et à plumes. Mais Mr. G. a dit qu'il voyait plutôt Mrs. Hill dans de la flanelle. Comment il peut le savoir ? Est-ce qu'il est sorti avec Mrs. Hill ? Pour un type ennuyeux qui a les poches bourrées de crayons à papier, il ne s'en sort pas mal.

Après le petit déjeuner, maman et Mr. Gianini m'ont proposé d'aller me promener à Central Park avec eux, mais j'ai répondu que j'avais des devoirs – ce qui n'est pas tout à fait faux. *J'ai* des devoirs – Mr. G. devrait le savoir –, mais pas autant que cela. Je n'avais pas envie de me promener avec un couple, tout simplement. C'est comme quand Shameeka est sortie avec Aaron Ben Simon, en cinquième. Elle voulait tout le temps qu'on aille au cinéma avec elle et Aaron, parce que son père n'aimait pas qu'elle sorte seule avec un garçon (même un garçon totalement inoffensif comme Aaron Ben Simon, qui a un cou aussi épais que mon avant-bras), mais quand on l'accompagnait, elle nous ignorait complètement – ce qui est le but du jeu, sans doute. Et pendant les deux semaines où ils sont sortis ensemble, c'était impossible d'avoir une conversation avec Shameeka, parce qu'elle n'avait que le nom d'Aaron à la bouche.

Je ne dis pas que ma mère ne parle que de Mr. Gianini. Non, elle n'est pas comme ça. Mais j'avais le sentiment que, si je les accompagnais à Central Park, je les verrais en train de s'embrasser. Je n'ai rien contre les gens qui s'embrassent, à la télé, par exemple. Mais quand il s'agit de votre mère et de votre prof de maths, ce n'est pas la même chose.

Vous voyez ce que je veux dire ?

POURQUOI JE DEVRAIS ME RÉCONCILIER AVEC LILLY :

1. C'est ma meilleure amie depuis la maternelle.
2. L'une de nous doit faire le premier pas.
3. Je ris avec elle.
4. Avec qui d'autre je peux déjeuner à l'école ?
5. Elle me manque.

POURQUOI JE NE DEVRAIS PAS ME RÉCONCILIER AVEC LILLY :

1. Elle me dit tout le temps ce que je dois faire.
2. Elle croit tout savoir.
3. C'est elle qui a commencé, donc c'est à elle de s'excuser en premier.
4. Je n'arriverai jamais à m'affirmer si je me dégonfle chaque fois que j'essaie.
5. Et si je m'excuse et qu'elle continue de me faire la tête ???

Dimanche, plus tard

Au moment où j'ai allumé mon ordinateur pour faire une recherche Internet sur l'Afghanistan (c'est pour la prof d'histoire-géo), j'ai vu que quelqu'un m'envoyait un e-mail. Comme je n'en reçois pas souvent, j'étais tout excitée.

Et puis, j'ai vu qui m'écrivait : *Le cerveau*.

Michael Moscovitz ? Qu'est-ce qu'il me voulait, celui-là ?

Voici ce qu'il a écrit :

Le cerveau : « Qu'est-ce qui t'a pris, hier soir, Thermopolis ? Tu as pété les plombs ou quoi ? »

Moi, péter les plombs ?

Ftlouie : « Pour ta gouverne, sache que je n'ai pas pété les plombs. Il se trouve seulement que j'en ai assez de ta sœur qui me dit tout le temps ce que je dois faire. De toute façon, ça ne te regarde pas. »

Le cerveau : « Pourquoi tu te mets dans tous tes états ? Par ailleurs, ça me regarde un peu. N'oublie pas que je vis avec elle. »

Ftlouie : « Pourquoi ? Elle t'a parlé de moi ? »

Le cerveau : « Plus ou moins. »

Incroyable ! Lilly lui a parlé de moi. Je parie que ce n'était pas sympa.

Ftlouie : « Qu'est-ce qu'elle t'a dit ? »
Le cerveau : « Je croyais que ça ne me regardait pas. »

Comme je suis heureuse de ne pas avoir de frère.

Ftouie : « Non, ça ne te regarde pas. Maintenant, dis-moi ce qu'elle a dit. »
Le cerveau : « Elle dit qu'elle ne te comprend plus. Il paraît que tu ne tournes pas rond depuis que ton père est là. »
Ftlouie : « Moi ? Ne pas tourner rond ? C'est elle qui ne tourne pas rond. Elle n'arrête pas de me critiquer. J'en ai ma claque. Si elle veut être mon amie, elle doit m'accepter telle que je suis !!! »
Le cerveau : « Tu n'as pas besoin de crier. »
Ftlouie : « Je ne crie pas !!! »
Le cerveau : « Quand on utilise en ligne les points d'exclamation de manière excessive, ça équivaut à crier. Par ailleurs, il n'y a pas qu'elle qui critique. Il paraît que tu refuses de soutenir son boycott de Chez Ho. »
Ftlouie : « Oui, je refuse. Je trouve que c'est stupide. Pas toi ? »
Le cerveau : « Si. Au fait, est-ce que tu es toujours aussi nulle en maths ? »

Pourquoi il me parlait de ça maintenant ?

Ftlouie : « Oui, je crois. Mais étant donné que Mr. G. a dormi chez moi cette nuit, je m'en sortirai peut-être avec un D ce trimestre. Pourquoi ? »

Le cerveau : « Quoi ? Mr. G. a dormi chez toi ? C'était comment ? »

Qu'est-ce qui m'a pris de le lui dire ? Maintenant, toute l'école va le savoir. Et si Mr. G. se faisait renvoyer ? Peut-être que les profs n'ont pas le droit de sortir avec les mères d'élèves ? Pourquoi je l'ai raconté à Michael ?

Ftlouie : « Assez horrible. Mais il a plaisanté, et finalement, c'était supportable... Peut-être que je devrais être plus en colère, mais ma mère a l'air tellement heureuse. Du coup, c'est difficile. »

Le cerveau : « Ta mère aurait pu choisir pire que Mr. G. Imagine qu'elle sorte avec Mr. Stuart. »

Mr. Stuart enseigne l'anatomie. Il se prend pour un Apollon. Je ne l'ai pas encore eu comme prof, parce que les cours d'anatomie sont réservés aux terminales, mais je sais qu'il ne faut surtout pas s'approcher de son bureau. Dès qu'une fille va le voir, il lui frotte les épaules, comme s'il lui faisait un massage, mais en réalité, il essaie de savoir si elle porte un soutien-gorge ou pas.

Ftlouie : « Ha ha ha ! Mais pourquoi tu veux savoir si je suis toujours aussi nulle en maths ? »

Le cerveau : « Comme je n'ai plus rien à faire ce mois-ci pour mon magazine en ligne, je me disais que je pourrais te donner un coup de main pendant l'étude dirigée – si tu veux, bien sûr. »

Michael Moscovitz proposait de m'aider ? Je n'arrivais pas à y croire. J'ai failli tomber de ma chaise.

Ftlouie : « Oui, si tu veux. Ce serait super. Merci ! »
Le cerveau : « N'en parle à personne. À +, Thermopolis. »

Et il a interrompu la communication.

C'est incroyable, non ? Et tellement gentil de sa part. Qu'est-ce qui lui a pris ?

Je crois que je devrais me disputer plus souvent avec Lilly.

Dimanche, très, très tard

Pile au moment où je me disais que les choses commençaient à s'améliorer un peu, mon père a appelé pour me prévenir que Lars allait passer me prendre, et que je dînais ce soir avec Grand-Mère et lui au *Plaza*.

Remarquez que maman n'était pas invitée.

Mais elle s'en fiche. De toute façon, elle n'avait pas envie de sortir. En fait, quand je l'ai embrassée, juste avant de partir, elle a eu l'air même assez contente. Elle a dit : « Amuse-toi bien, chérie. Je crois que je vais me faire livrer un repas thaï et regarder la télé. »

Tout bien réfléchi, elle a l'air très contente depuis qu'elle est rentrée de sa promenade à Central Park. Elle m'a raconté que Mr. G. et elle avaient fait un tour en calèche. Je trouve ça scandaleux. Les types qui conduisent les calèches de Central Park maltraitent leurs chevaux. Souvent, les bêtes âgées manquent de s'évanouir parce qu'on ne leur donne pas assez d'eau. J'ai toujours refusé de monter dans une de ces calèches. Du moins, tant que les chevaux n'auront pas certains droits. Je pensais que ma mère était d'accord avec moi.

L'amour peut conduire les gens à faire des choses étranges.

Je n'ai pas eu trop de difficultés pour entrer au *Plaza*, cette fois. Je suppose que le portier m'a reconnue – à moins qu'il n'ait reconnu Lars. Du coup, je n'ai pas eu à expliquer qui j'étais. Grand-Mère et papa avaient l'air d'assez mauvaise humeur. Je ne sais pas pourquoi. Peut-être parce qu'ils ne sont pas payés pour passer du temps ensemble, comme moi.

Je me suis ennuyée à mourir pendant le repas. Grand-Mère n'arrêtait pas de me dire avec quelle fourchette je devais manger quoi et pourquoi. Les plats défilaient les uns après les autres, et tous contenaient de la viande. Heureusement, il y en a eu un avec du poisson, que j'ai mangé. J'ai mangé aussi le dessert. C'était une espèce d'énorme pièce montée avec des choux remplis de chocolat. Grand-Mère m'a dit que, lorsque je représenterai Genovia à des repas officiels, je devrai manger tout ce qui se trouve dans mon assiette si je ne veux pas insulter mes hôtes et provoquer un incident diplomatique. J'ai répondu que je demanderai à mes ministres d'expliquer suffisamment à l'avance à mes hôtes que je ne mange pas de viande afin qu'ils ne m'en servent pas.

Grand-Mère m'a regardée d'un air furieux. Évidemment, elle ne peut pas imaginer que j'ai regardé cette émission à la télé, sur la princesse Diana. Je sais maintenant comment éviter les dîners officiels ou vomir ce qu'on nous force à manger (mais ça, je ne le ferai pas).

Pendant tout le repas, mon père m'a posé des tas de questions bizarres sur maman. Il m'a demandé, par exemple, si la relation qu'elle avait avec Mr. Gianini me mettait mal à l'aise, et si je souhaitais qu'il lui en parle. Je parie qu'il voulait savoir si c'était sérieux ou pas entre eux – c'est-à-dire entre maman et Mr. G.

À mon avis, ça doit être assez sérieux, surtout si Mr. Gianini a passé la nuit à la maison. Ma mère laisse dormir à la maison seulement les hommes qu'elle apprécie. Jusqu'à présent, en comptant Mr. Gianini, il n'y en a eu que trois : Wolfgang, qui s'est révélé être homosexuel ; Tim, le type qui a avoué au bout d'un moment qu'il était de droite ; et maintenant, mon prof de maths. Finalement, ce n'est pas beaucoup. Ça fait un type tous les quatre ans.

Enfin, je crois.

Évidemment, je me suis bien gardée de raconter à mon père que Mr. G. avait dormi à la maison. Je suis sûre qu'il aurait eu une embolie. Il est tellement macho – il invite ses petites amies à Miragnac l'été, et parfois il en change toutes les deux semaines ! –, mais il voudrait que maman reste aussi innocente qu'un nouveau-né.

Si Lilly ne me faisait pas la tête, je sais qu'elle aurait dit que les hommes sont tous des hypocrites.

En même temps, j'avais envie de parler de Mr. G. à papa, rien que pour le moucher un peu. Mais je ne voulais pas que Grand-Mère en profite pour critiquer maman – Grand-Mère dit que maman est « volage » –, alors j'ai fait comme si je ne savais rien.

Grand-Mère m'a dit qu'on travaillerait mon vocabulaire demain. Il paraît que je parle mal. Elle ne veut plus m'entendre dire « hein », à tout bout de champ.

J'ai dit : « Hein ? Qu'est-ce que t'as dit, Grand-Mère ? » et elle m'a lancé son regard meurtrier. Je jure que je ne l'ai pas fait exprès.

Aujourd'hui, j'en suis à 200 dollars pour Greenpeace. Si ça continue, je figurerai dans *Le Livre des records* au titre de la « fille qui a sauvé le plus de baleines ».

Quand je suis rentrée à la maison, j'ai trouvé *deux* récipients en plastique de chez le Thaï dans l'évier, *deux* paires de baguettes et *deux* bouteilles de Heineken dans la poubelle de recyclage. J'ai demandé à ma mère si Mr. G. était venu dîner – elle a déjà passé toute la journée avec lui ! –, et elle a dit : « Bien sûr que non, chérie. J'avais très faim, c'est tout. »

Ça fait deux mensonges dans la même journée. J'ai l'impression que cette histoire avec Mr. G. est assez sérieuse.

Lilly n'a toujours pas appelé. Je me demande si ce n'est pas à *moi* de l'appeler. Mais qu'est-ce que je lui dirais ? Je n'ai rien fait. C'est vrai, quoi. Je lui ai juste dit de la fermer, parce qu'elle me comparait à Lana Weinberger. C'était quand même une bonne raison pour lui dire de la fermer, non ?

Peut-être pas, finalement. Peut-être que personne n'a le droit de dire aux autres de la fermer. Peut-être que les guerres commencent ainsi, parce que quelqu'un a dit à quelqu'un d'autre de la fermer, et que personne ne veut s'excuser.

Si ça ne s'arrange pas vite entre nous, avec qui je vais déjeuner demain à l'école ?

Quand Lars s'est garé ce matin devant l'immeuble de Lilly, le concierge a annoncé qu'elle était déjà partie. Celle-là, quand elle a une dent contre quelqu'un...

C'est la première fois qu'on ne se parle pas pendant aussi longtemps.

Dès que je suis arrivée dans la cour, Boris est venu me voir, avec une pétition à la main. Il y avait écrit :

Boycottez Chez Ho *!*
Signez cette pétition.
Le racisme ne passera pas !

Je lui ai dit que je ne signerais pas, et Boris m'a traitée d'ingrate. Dans son pays, les gens qui ont essayé de se soulever contre le gouvernement ont été opprimés pendant des années. Il m'a expliqué que j'avais de la chance de vivre dans un pays où je pouvais signer une pétition sans craindre que la police secrète ne soit sur mon dos.

Je lui ai répondu qu'en Amérique on ne rentrait pas son sweat-shirt dans son pantalon.

Une chose est sûre à propos de Lilly : elle agit vite. Toute l'école est placardée d'affiches qui appellent au boycott de *Chez Ho*.

Et une autre chose est sûre : quand Lilly fait la tête, elle fait *vraiment* la tête. Elle ne m'a pas adressé la parole une seule fois de la journée.

J'aimerais bien que Mr. G. me lâche un peu. Qu'est-ce que j'en ai à faire des nombres entiers ?

Opérations sur les nombres réels : sur une droite graduée, soit un point 0, tous les points à sa gauche sont dits négatifs.

Que faire pendant les cours de maths ?

Ô, que faire pendant les cours de maths ?
Les possibilités sont limitées :
On peut dessiner, bâiller,
Jouer aux petits carrés.

On peut somnoler, rêvasser,
Et laisser son esprit divaguer.
On peut chantonner, pianoter,
Et prendre un air stupéfait.

On peut regarder l'heure,
Fredonner une petite chanson.
J'ai tout essayé
Pour faire passer le temps.

MAIS RIEN NE MARCHE !!!

Même si Lilly et moi, on ne s'était pas disputées, je n'aurais pas pu déjeuner avec elle aujourd'hui. Elle est devenue le chef de file du mouvement qu'elle a lancé. Ils étaient tous autour d'elle à la table où on mange normalement, Shameeka, Ling Su et moi. Et *Boris Pelkowski* était assis à *ma* place.

Lilly devait être aux anges. Elle a toujours rêvé d'être adulée par un génie de la musique.

Je me suis retrouvée debout, comme une idiote, avec mon plateau ridicule sur lequel trônait une salade ridicule – c'est la seule entrée végétarienne aujourd'hui –, et je me suis demandé avec *qui* j'allais manger. Il n'y a que dix tables dans notre réfectoire, parce qu'on est obligé de faire un roulement pour déjeuner : il y a la table où je mange normalement avec Lilly, la table des sportifs, la table des pom-pom girls (les filles qui soutiennent les joueurs pendant les matchs), la table des riches, la table de ceux qui écoutent du hip-hop, la table des drogués, la table des théâtreux, la table des surdoués, la table des correspondants, et la table où Tina Hakim Baba mange tous les jours seule avec son garde du corps.

Je ne pouvais pas m'asseoir avec les sportifs ni avec les pom-pom girls, parce que je ne suis ni l'un ni l'autre. Je ne pouvais pas m'asseoir à la table des riches, parce que je n'ai pas de portable et que je ne joue pas en Bourse. Je n'écoute pas du hip-hop, je ne me drogue pas, je n'ai pas été prise au club de théâtre, et comme je suis nulle en maths, mes chances de faire partie un jour des surdoués de l'école sont pratiquement nulles. Quant à la table des correspondants, ce n'était même pas la peine d'y songer, vu qu'il n'y avait pas un seul Français, et que je ne parle pas une seule autre langue étrangère.

J'ai regardé Tina Hakim Baba. Elle avait pris la même salade que moi. Sauf que Tina mange de la salade parce qu'elle est au régime, et non pas parce qu'elle est végétarienne. Et elle lisait un roman d'amour tout en mangeant. Sur la couverture, on voyait un garçon d'une quinzaine d'années qui tenait dans ses bras une fille à peu près du même âge. La fille avait de longs cheveux blonds et des seins plutôt gros, alors que ses cuisses étaient très fines. En fait, elle ressemblait exactement au genre de fille que Grand-Mère aimerait que je sois.

Je me suis approchée et j'ai posé mon plateau en face de Tina Hakim Baba.

J'ai demandé : « Je peux m'asseoir ? »

Tina a levé les yeux de son livre. Elle avait l'air complètement ébahi. Elle m'a regardée, puis elle a jeté un coup d'œil à son garde du corps. Il est immense, mat de peau, et il porte tout le temps un costume noir. Et des lunettes de soleil aussi, même à l'intérieur. À mon avis, Lars aurait l'avantage sur lui s'ils se battaient tous les deux.

Le garde du corps de Tina m'a regardée – enfin,

je crois, parce que, derrière ses lunettes de soleil, c'était difficile à savoir –, et il a hoché la tête.

Tina m'a alors souri, mais avec un sourire immense. Elle a dit : « Je t'en prie », et elle a posé son livre.

Je me suis assise. Je me sentais un peu mal à cause du sourire de Tina. J'aurais peut-être dû m'asseoir à sa table avant. Mais Tina me révoltait, parce qu'elle vient tous les jours à l'école en limousine et qu'elle ne se déplace pas sans son garde du corps.

Maintenant, elle ne me révolte plus.

On a mangé nos salades toutes les deux et on a dit du mal des profs. Elle m'a parlé aussi de son régime. C'est sa mère qui l'a mise au régime. Tina veut perdre neuf kilos avant le bal de l'école. Vu que c'est samedi, ça m'étonnerait qu'elle y arrive. Je lui ai demandé si elle y allait avec quelqu'un, et elle s'est mise à glousser en hochant la tête. Elle sera accompagnée par un garçon de Trinity, l'autre lycée privé de Manhattan. Il s'appelle Dave Farouq el-Abar.

Ce n'est pas juste ! Même Tina Hakim Baba, qui n'a pas le droit de traverser les deux rues qui séparent l'école de chez elle, a trouvé un garçon pour aller au bal de l'école.

Mais bon, elle a de la poitrine. C'est sans doute la raison.

Et puis, Tina est très jolie. Quand elle s'est levée pour aller se chercher un autre Coca light – son garde du corps l'a suivie (si Lars se met à me coller partout comme ça, je me tue) –, j'ai lu la quatrième de couverture de son livre. *Je crois que je m'appelle Amanda* (c'est le titre du livre) raconte l'histoire d'une fille qui se réveille d'un coma et ne se rappelle plus qui elle est. Un garçon super mignon vient la voir à l'hôpital. Il lui dit qu'elle s'appelle Amanda et qu'il est son petit ami. La fille passe le restant du livre à se demander si le garçon ment ou pas.

Je rêve ! Si un garçon super mignon m'annonçait qu'il est mon petit ami, je ne chercherais pas à savoir s'il ment ou pas ! Franchement, il y a des filles qui ne connaissent pas leur chance.

Alors que je lisais la quatrième de couverture, j'ai senti une présence à côté de moi. J'ai levé les yeux. C'était Lana Weinberger. Il devait y avoir un match aujourd'hui, parce qu'elle portait son uniforme de pom-pom girl : une mini-jupe plissée verte et blanche et un tee-shirt moulant avec un énorme A dessus. Je suis sûre qu'elle met du coton sous son tee-shirt à la hauteur de la poitrine. Ce n'est pas possible autrement que ses seins ressortent autant.

Elle m'a regardée et a dit de sa voix nasillarde : « Comme tu as de beaux cheveux, Amelia. Tu cherches à ressembler à quoi ? À une entraîneuse de bar ? »

J'ai vu que Josh Richter se trouvait derrière elle, avec ses copains. Ils ne s'intéressaient ni à Lana ni à moi. Ils parlaient d'un match qu'ils avaient disputé ce week-end, et ils racontaient qu'ils étaient tous « cassés », parce qu'ils avaient bu trop de bière.

Je me demande si leur entraîneur le sait.

Lana a touché mes cheveux et a dit : « Ça s'appelle comment, cette couleur ? Jaune pisseux ? »

Tina Hakim Baba et son garde du corps sont revenus à ce moment-là. En plus de son Coca light, Tina avait acheté un Kim Cône à la noisette, qu'elle m'a tendu. Je trouvais que c'était super gentil de sa part, étant donné que je lui avais rarement adressé la parole jusqu'à présent.

Mais Lana n'a pas compris la gentillesse de son geste, et elle a dit, d'un air innocent : « C'est pour Amelia, cette glace ? Alors, Tina... Ton papa t'a donné cent dollars aujourd'hui pour que tu t'achètes une nouvelle amie ? »

Les yeux noirs de Tina se sont emplis de larmes. Le garde du corps s'en est aperçu et a ouvert la bouche.

Il s'est alors passé quelque chose d'étrange. J'étais là, assise sur ma chaise, à regarder Tina qui essayait de ne pas pleurer, et ensuite, sans savoir exactement ce que je faisais, j'ai écrasé le Kim Cône de toutes mes forces sur le tee-shirt de Lana.

Lana a baissé les yeux sur la glace à la vanille, le cornet en chocolat et les petits bouts de noisette qui dégoulinaient de sa poitrine. Josh Richter et ses copains se sont tus et ont regardé à leur tour le tee-shirt de Lana. Le niveau sonore dans la cafétéria a baissé d'un seul coup. Je crois même qu'il n'avait

162

jamais été aussi bas. *Tout le monde* avait les yeux braqués sur Lana.

Lana s'est mise à crier : « Espèce de... espèce de... » J'imagine qu'elle ne trouvait pas de terme suffisamment fort pour m'injurier. Et elle a recommencé : « Espèce de... Regarde ce que tu as fait ! Regarde ce que tu as fait à mon tee-shirt ! »

Je me suis levée, j'ai attrapé mon plateau et j'ai dit : « Viens, Tina. On va chercher un endroit plus calme. »

Tout en fixant de ses grands yeux noirs le tee-shirt de Lana, Tina a ramassé son plateau et m'a suivie. Son garde du corps nous a emboîté le pas. Je suis sûre que je l'ai entendu rire.

Quand on est passées, Tina et moi, devant la table où je mange normalement avec Lilly, j'ai vu que Lilly me regardait, bouche bée. J'en ai conclu qu'elle n'avait rien manqué de la scène.

J'imagine qu'elle a changé d'avis sur moi, maintenant : je ne suis *pas* aussi passive qu'elle le dit. Du moins, quand je le veux.

Au moment où Tina, son garde du corps et moi, on est sortis du réfectoire, j'ai entendu des applaudissements qui montaient de la table des surdoués.

Vous savez quoi ? Je pense que je ne suis plus très loin de m'affirmer.

Je me suis mise dans de beaux draps. C'est la première fois que je me retrouve dans une situation pareille.

J'ai été convoquée dans le bureau de la principale !

Tout ça, parce que j'ai écrasé un Kim Cône sur le tee-shirt de Lana Weinberger !

J'aurais dû m'en douter qu'elle allait me dénoncer. Quelle pleurnicheuse, celle-là !

Qu'est-ce qui va m'arriver ? Je n'ai jamais été convoquée dans le bureau de la principale. En fait, j'ai même toujours été ce qu'on appelle une « élève sage ». Aussi, quand le surveillant s'est présenté dans la salle d'étude dirigée, j'étais à des lieues de penser que c'était moi qu'il venait chercher. J'étais assise à côté de Michael Moscovitz. Il m'expliquait comment soustraire correctement. D'après Michael, quand j'inscris une retenue pour faire une soustraction, je ne l'écris pas de façon suffisamment claire, et c'est pour ça que je me trompe. Il dit aussi que je ne devrais pas noter mes formules de maths n'importe où, sur la première feuille venue. Il me conseille de tout écrire dans le même cahier, qui serait mon cahier de maths.

Et enfin, il dit que j'ai du mal à me concentrer.

Un peu que j'ai du mal à me concentrer : jamais je n'avais été assise aussi près d'un garçon ! D'accord, ce n'est que Michael Moscovitz, et je le connais depuis que je suis toute petite. Je sais aussi qu'il ne s'est jamais intéressé à moi parce que je suis en seconde et lui en terminale. Et en plus, je suis la meilleure amie de sa sœur – enfin, je l'étais.

Mais c'est quand même un garçon, et plutôt mignon, même si c'est le frère de Lilly. Voilà pourquoi je n'arrivais pas à me concentrer sur mes soustractions quand je sentais sa douce odeur de garçon à côté de moi. Une ou deux fois, en plus, il a posé sa main sur la mienne, et a pris mon crayon en disant : « Non, pas comme ça, Mia. »

Et puis, j'étais distraite aussi parce que je n'arrêtais pas de me dire que Lilly nous observait. En fait, elle se fichait pas mal de nous. À présent qu'elle est partie en guerre contre le racisme qui sévit dans notre quartier, elle n'a pas de temps à perdre avec des gens comme moi. Elle était assise à une grande table, avec tous ses supporters autour d'elle, et préparait la prochaine étape de l'Offensive Ho. Elle est même allée chercher Boris qui répétait dans son placard.

Évidemment, Boris était aux petits soins pour elle. Comment Lilly peut-elle supporter que ce misérable joueur de crincrin glisse un bras sur le dossier de sa chaise ? Et il n'a toujours pas sorti son sweat-shirt de son pantalon !

Ce n'était franchement pas la peine que je me fasse autant de souci pour Michael et moi : personne ne nous prêtait attention. Et Michael n'avait pas un bras sur le dossier de ma chaise. Cela dit, à un moment, j'ai senti son genou contre le mien. J'ai failli mourir tellement j'ai trouvé ça agréable.

Pourquoi a-t-il fallu que ce stupide surveillant vienne me chercher ?

Je me demande si je vais être renvoyée. En même temps, si je suis renvoyée, je serai obligée d'aller dans une autre école, et là, personne ne saura de quelle couleur étaient mes cheveux avant ni que mes ongles sont faux. Finalement, ce ne serait peut-être pas plus mal.

RÉSOLUTIONS :

1. Réfléchir avant d'agir.

2. Essayer d'être gracieuse, même si on se moque de mes efforts.

3. Dire la vérité, sauf si cela fait du mal aux autres.

4. Garder autant que possible mes distances avec Lana Weinberger.

Oh, oh. J'entends la principale.

Lundi soir

Je ne sais pas ce que je vais devenir. Je suis collée pendant *toute* la semaine, j'ai soutien *tous* les jours avec Mr. G., et je dois prendre des leçons de princesse avec Grand-Mère *tous* les soirs après l'école.

Résultat : je suis rentrée à la maison à 9 heures. Il y a une chose en trop.

Papa est furieux. Il dit qu'il va intenter un procès à l'école. Et que personne n'a le droit de punir sa fille pour avoir défendu les faibles. J'ai répondu que la principale avait le droit. Elle a tous les droits. Puisque c'est la principale.

En plus, je ne peux pas vraiment lui en vouloir de m'avoir collée. J'ai quand même refusé de m'excuser. C'est quelqu'un de bien, la principale, mais quelle autre solution avait-elle ? J'ai reconnu l'accusation. Quand elle m'a dit que je devais m'excuser auprès de Lana et payer le pressing pour faire nettoyer son tee-shirt, j'ai répondu que j'acceptais de payer le pressing, mais que je ne m'excuserais jamais. La principale m'a regardée par-dessus ses lunettes à double foyer et a dit : « Je te demande pardon, Mia ? »

J'ai répété que je ne m'excuserais pas. Mon cœur battait à toute vitesse tellement j'avais peur. Je n'aime pas mettre les gens en colère, surtout la principale, qui peut être très effrayante quand elle le veut. J'ai essayé de l'imaginer dans le pantalon de jogging de son mari, mais ça n'a pas marché. Elle me faisait toujours aussi peur.

Mais je ne m'excuserai pas. Jamais.

Curieusement, la principale ne s'est pas mise en colère. Elle semblait plutôt soucieuse. C'est sans doute l'air que doivent avoir les éducateurs. Soucieux. Elle a dit : « Mia, je dois t'avouer que, lorsque

Lana est venue se plaindre, j'ai été très étonnée. Généralement, c'est Lilly Moscovitz que je convoque dans mon bureau. Je ne m'attendais pas à te convoquer un jour. En tout cas, pas pour des raisons de discipline. Pour tes résultats scolaires, peut-être. J'ai cru comprendre, en effet, que tu avais quelques difficultés en mathématiques. Mais aucun de tes professeurs ne s'est plaint de toi pour des questions de discipline. J'aimerais donc savoir, Mia, si... tout va bien en ce moment... »

L'espace d'une minute, je l'ai regardée fixement.

Est-ce que tout allait bien en ce moment ? *Est-ce que tout allait bien ?*

Une minute. Voyons voir un peu... Ma mère sort avec mon prof de maths, et je suis nulle en maths ; ma meilleure amie me déteste ; j'ai quatorze ans et je ne suis encore jamais sortie avec un garçon ; je suis plate comme une limande ; et – ah oui, j'allais oublier – je viens de découvrir que j'étais la princesse de Genovia.

J'ai répondu : « Oui. Tout va bien, madame la principale. »

Elle a insisté : « En es-tu bien sûre, Mia ? Vois-tu, je ne peux pas m'empêcher de me demander si cet incident avec Lana n'aurait pas un lien avec... un événement qui se serait passé chez toi. »

Pour qui me prenait-elle ? Pour une Lana Weinberger ? Elle croyait peut-être que j'allais m'asseoir en face d'elle et déballer mon sac ? Si vous saviez, madame la principale. Et par-dessus le marché, ma grand-mère est là, et mon père paie 100 dollars par jour pour qu'elle m'apprenne à devenir princesse. Faut que je vous dise aussi, ce week-end, je suis tombée sur Mr. Gianini. Il était dans la cuisine, et tout ce qu'il avait sur le dos, c'était son caleçon. Vous voulez savoir autre chose ?

La principale a dit : « Mia, je voudrais que tu saches que tu es une élève très intéressante. Tu as beaucoup de qualités, et il n'y a aucune raison pour que tu te sentes menacée par Lana Weinberger. »

Ah oui ? Lana est la fille la plus jolie de la classe et, en plus, elle sort avec le garçon le plus mignon de toute l'école. Bien sûr, madame la principale, il n'y a aucune raison pour que je me sente menacée par Lana Weinberger. Surtout depuis qu'elle a décidé de m'humilier systématiquement en public. Moi ? Me sentir menacée ? Mais vous rêvez !

« Par ailleurs, a continué la principale, je suis sûre que si tu te donnais la peine de mieux connaître Lana, tu découvrirais que c'est une fille très gentille. Comme toi. »

J'étais tellement écœurée que j'ai tout raconté à Grand-Mère pendant notre leçon de vocabulaire. Grand-mère s'est montrée étonnamment compréhensive.

Elle a dit : « Quand j'avais ton âge, il y avait une fille dans mon école qui ressemblait trait pour trait à ta Lana. Elle s'appelait Geneviève. Elle était assise derrière moi en géographie. Je me souviens qu'un jour, elle a attrapé le bout de ma natte et l'a trempé dans l'encrier. Quand je me suis levée, j'avais de l'encre partout sur ma robe. Mais le professeur a refusé de croire que Geneviève l'avait fait exprès. »

J'étais assez impressionnée. Cette Geneviève avait du cran. Je ne connais personne qui ait jamais osé s'en prendre à ma grand-mère. J'ai demandé : « Qu'est-ce que tu as fait, Grand-Mère ? »

Elle a éclaté de son rire diabolique et a répondu : « Oh, rien. »

Ça m'étonnerait que Grand-Mère n'ait *rien* fait à cette Geneviève. Elle n'aurait pas ri de cette façon. Mais j'ai eu beau la harceler de questions, elle n'a rien voulu me dire. Peut-être qu'elle l'a tuée.

Et alors ? Ce sont des choses qui arrivent.

Je n'aurais peut-être pas dû insister autant pour savoir, parce que Grand-Mère m'a fait faire une interro pour que je me taise. Je ne plaisante pas !

En plus, c'était super dur. Je l'ai agrafée dans mon journal. J'ai quand même eu 98 sur 100.

Quel chemin j'ai parcouru, depuis qu'on a commencé les leçons de princesse.

Questionnaire de Grand-Mère

Dans un restaurant, que fait-on de sa serviette lorsqu'on se lève pour aller aux toilettes ?

Si c'est un restaurant quatre étoiles, on la tend au serveur qui se précipite pour nous en débarrasser et nous aider à nous lever de table. Si c'est un restaurant normal et que le serveur ne bouge pas, on la laisse sur sa chaise.

Dans quelles circonstances est-il acceptable de se remettre du rouge à lèvres ?

Aucune.

Quelles sont les caractéristiques du capitalisme ?

La propriété privée des moyens de production et de distribution, et le libre-échange des marchandises en fonction des fluctuations du marché.

Quelle est la réponse appropriée à faire à un homme qui vous déclare sa flamme ?

Merci. C'est très gentil.

Quelle était la contradiction du capitalisme selon Marx ?

La valeur de n'importe quelle matière première est déterminée par la quantité de travail nécessaire à sa production. En niant aux ouvriers la valeur de ce qu'ils ont produit, les capitalistes ont sapé leur propre système économique.

Les chaussures blanches sont inacceptables...

Aux enterrements, le jour de la Toussaint, et partout où il y a des chevaux.

Qu'est-ce qu'une oligarchie ?

C'est un petit groupe de personnes qui exerce le pouvoir dans des intentions généralement malhonnêtes.

Composition d'un Sidecar.

1/3 de jus de citron, 1/3 de Cointreau, 1/3 de cognac que l'on secoue dans un shaker avec de la glace. Bien mélanger avant de servir.

La seule question à laquelle j'ai eu faux, c'est ce qu'il faut répondre à un homme quand il vous déclare sa flamme. Il paraît qu'on ne doit pas dire merci.

De toute façon, ça ne risque pas de m'arriver. Grand-mère dit que la vie nous réserve des surprises.

Si ça pouvait être vrai !

Mardi 14 octobre, juste avant le cours de maths

Pas de Lilly non plus ce matin. Même si je ne m'attendais pas particulièrement à la voir, j'ai demandé à Lars de s'arrêter devant son immeuble, au cas où elle voudrait qu'on se réconcilie. C'est vrai, quoi. Après avoir vu que je ne me laissais pas marcher sur les pieds par Lana, elle aurait pu penser qu'elle avait eu tort de me critiquer autant.

Bon. Apparemment, ce n'est pas ce qu'elle a pensé.

Ce qui est drôle, en revanche, c'est qu'au moment où Lars me déposait devant l'école, Tina Hakim Baba se faisait déposer par son chauffeur. Ça nous a fait sourire, toutes les deux, et on est entrées ensemble dans l'école, avec le garde du corps de Tina qui marchait derrière nous. Tina m'a remerciée pour ce que j'avais fait hier. Elle m'a dit qu'elle avait tout raconté à ses parents, et qu'ils voulaient m'inviter à dîner vendredi soir.

Tina a ajouté : « Si tu veux, tu pourras dormir à la maison. »

J'ai répondu : « Oui, pourquoi pas ? » J'ai accepté uniquement parce que Tina me fait de la peine. Elle n'a aucune amie à l'école, parce que tout le monde la trouve bizarre à cause de son garde du corps et tout le reste. Et puis, j'ai accepté aussi parce qu'il paraît que ses parents ont fait installer une fontaine dans leur appartement, avec de la vraie eau qui coule. Si je dors chez elle, je pourrai vérifier.

En fait, j'aime bien Tina. Elle est gentille avec moi.

Et c'est sympa, les gens gentils avec vous.

CE QUE JE DOIS FAIRE :

1. Ne plus attendre que le téléphone sonne (Lilly ne va PAS m'appeler, et Josh Richter non plus).

2. Me faire plus d'amis.

3. Avoir davantage confiance en moi

4. Cesser de me ronger les ongles

5. Essayer d'être plus :

      A. responsable ;

      B. adulte ;

      C. mûre.

6. Être plus heureuse.

7. M'affirmer une bonne fois pour toutes.

8. Acheter :
  – sacs poubelle ;
  – serviettes en papier ;
  – démêlant après-shampooing ;
  – thon ;
  – papier toilettes !!!

Mardi, pendant le cours de maths

Je n'arrive pas à y croire. Mais ça doit être vrai, puisque Shameeka me l'a dit aussi.
Lilly va au bal de l'école avec un garçon !
Même *Lilly* a un cavalier ! Moi qui pensais que les garçons de l'école avaient peur d'elle.
Eh bien, c'est faux. Il y en a un qui n'a pas peur, et c'est :
Boris Pelkowski.
AAAAAAHHHHHHHHHHHHHHHHHH !

Mardi, pendant le cours de français

Je dois me faire une raison : jamais je ne sortirai avec un garçon. Jamais. TOUTES LES FILLES auront un cavalier samedi soir : Shameeka, Lilly, Ling Su, Tina Hakim Baba. Toutes, sauf moi. Je suis la seule à ne pas avoir été invitée à aller au bal. Parce que personne ne veut m'accompagner.

LA SEULE.

Pourquoi a-t-il fallu que je naisse sous une mauvaise étoile ? Pourquoi est-ce que je n'ai jamais de chance et que je suis aussi monstrueuse ? Pourquoi ? POURQUOI ???

Je donnerais n'importe quoi pour être une fille normale de 1,60 m avec de la poitrine, au lieu d'être une princesse de 1,75 m, plate comme une planche à repasser.

N'IMPORTE QUOI.

La satire consiste à employer systématiquement l'humour dans le but de persuader.

L'ironie permet de contrer nos attentes.

La parodie est une forme d'imitation qui exagère des caractéristiques ridicules ou choquantes.

Mardi, toujours pendant le cours de français

Aujourd'hui, pendant l'étude dirigée, tout en me montrant comment tenir mon cahier de maths, Michael Moscovitz m'a félicitée pour ce qu'il appelle « l'Incident Weinberger ». J'étais étonnée qu'il en ait entendu parler. Il m'a répondu que toute l'école en avait entendu parler. Après tout, j'avais osé m'en prendre à Lana en présence de Josh. Puis il a dit :

« Ton casier se trouve bien à côté de celui de Josh, non ? »

J'ai répondu oui.

Il a dit ensuite : « Ça ne doit pas être évident pour toi, maintenant », mais je lui ai expliqué que ça ne changeait rien, d'abord parce que Lana ne traîne plus du côté des casiers et que Josh, de toute façon, m'adresse rarement la parole, sauf quand il a besoin d'accéder à son casier et que je le gêne.

Je lui ai demandé si Lilly disait toujours des choses méchantes sur moi. Il a paru surpris par ma question et a répondu : « Elle ne dit jamais de choses méchantes sur toi. Seulement, elle ne comprend pas pourquoi tu l'as envoyée bouler comme ça. »

J'ai aussitôt rétorqué : « Elle n'arrêtait pas de me rabrouer ! Ça devenait insupportable, tu comprends ? J'ai déjà suffisamment de problèmes sans que mes amis se mettent à me compliquer la vie. »

Michael a ri et a dit : « Quel genre de problèmes peux-tu avoir ? »

Comme si j'étais trop petite pour avoir des problèmes !

Sûr qu'il n'a plus osé rire après ce que j'ai répondu ! Comme je ne pouvais pas lui parler de cette histoire de princesse, ni de mon absence de poitrine, je lui ai rappelé que j'étais nulle en maths, que j'étais collée pendant toute la semaine et qu'il y a quelques jours à peine, j'étais tombée un matin sur

Mr. Gianini en caleçon dans *ma* cuisine en train de prendre le petit déjeuner avec *ma* mère.

Il a reconnu qu'effectivement, on pouvait dire que ma vie était compliquée.

Pendant qu'on discutait, Michael et moi, j'ai vu que Lilly nous regardait d'un œil noir tout en écrivant des slogans contre les Ho sur une grande affiche. Parce qu'on ne se parle plus, elle doit penser que je n'ai pas le droit d'être amie avec son frère.

À moins qu'elle ne soit en rogne parce que son boycott des Ho a provoqué un sérieux chambardement dans l'école. Premièrement, tous les élèves asiatiques se sont mis à aller systématiquement chez les Ho. À cause de la campagne de Lilly, ils ont découvert qu'ils avaient des réductions de cinq *cents* sur tous les produits qu'ils achetaient. Par ailleurs, comme il n'y a pas d'autre traiteur près de l'école, une scission s'est faite au sein des protestataires. Les non-fumeurs veulent continuer le boycott, mais les fumeurs ont suggéré d'écrire aux Ho une lettre dans laquelle ils exposeraient clairement et fermement leurs sentiments, et ensuite de laisser tomber. Dans la mesure où la plupart des terminales, donc des élèves qui ont un certain pouvoir, sont des fumeurs, ils ne respectent pas le boycott et continuent d'acheter leurs cigarettes chez les Ho comme ils l'ont toujours fait.

Quand les gens qui ont du pouvoir ne vous soutiennent pas, votre cause est perdue d'avance. C'est vrai, quoi. Sans célébrités à ses côtés, on n'a aucune chance de se faire entendre. La preuve : si Sally Stru-thers n'était pas là, où en seraient tous ces enfants qui meurent de faim ?

Michael m'a posé ensuite une question bizarre. Il m'a demandé si je n'avais plus le droit de sortir.

J'ai ouvert de grands yeux et j'ai répondu : « Tu veux dire : parce que je suis collée toute la semaine ? Oh non, bien sûr. Ma mère est tout à fait d'accord avec ce que j'ai fait. Et mon père veut intenter un pro-cès à l'école. »

Michael a dit : « Dans ce cas, si tu es libre samedi, on pourrait peut-être... »

Mais il n'a pas eu le temps de finir sa phrase parce que Mrs. Hill est arrivée et nous a demandé de rem-plir des questionnaires pour la thèse qu'elle prépare sur la violence à l'école. Lilly lui a fait remarquer qu'on était assez mal placés pour répondre, dans la mesure où la seule violence à laquelle n'importe lequel d'entre nous avait été confronté, c'était le pre-mier jour des soldes sur Madison Avenue, quand les boutiques ouvrent et que tout le monde se précipite à l'intérieur pour faire des affaires en or.

La cloche a sonné, et je me suis dépêchée de sor-tir. Je savais ce que voulait me proposer Michael. À tous les coups, il voulait qu'on se retrouve samedi pour reprendre depuis le début les principes élémen-taires de la division à deux chiffres, qui est, selon lui, une tragédie humaine. Personnellement, j'avais envie de tout sauf de ça. Des maths ? Le week-end ?

178

Comme si je ne faisais pas suffisamment de maths pendant la semaine !

Non merci, très peu pour moi.

Comme je ne voulais pas faire de peine à Michael, j'ai préféré me sauver avant qu'il me propose de travailler samedi. J'espère qu'il ne va pas mal le prendre.

ma mon mes
ta ton tes
sa son ses
notre notre nos
votre votre vos
leur leur leurs

DEVOIRS :
Maths : p. 121, n°s 1 à 57, exercices impairs seulement.
Anglais : ??? demander à Shameeka.
Histoire : questions fin du chapitre IX.
Français : écrire un petit texte sur la culture.

Mardi soir

Grand-Mère trouve que je ferais mieux d'être amie avec Tina Hakim Baba qu'avec Lilly Moscovitz. Je suis sûre qu'elle dit ça parce que les parents de Lilly sont psychiatres et qu'elle vient de découvrir que le père de Tina est un cheikh arabe et que sa mère a des liens de parenté avec le roi de Suède. C'est sûr que, de son point de vue, l'héritière du trône de Genovia a plus intérêt à fréquenter des gens comme eux.

Et puis les Hakim Baba sont super riches, d'après Grand-Mère. Ils possèdent des tas de puits de pétrole. Grand-Mère veut que je leur apporte un cadeau, quand j'irai dîner chez eux vendredi soir, et que je mette mes mocassins Gucci. J'ai demandé quel genre de cadeau, et elle a répondu : « Le petit déjeuner. » Elle va leur faire livrer un petit déjeuner de chez *Balducci* samedi matin.

Je ne pensais pas que c'était aussi compliqué d'être princesse.

Aujourd'hui, à l'heure du déjeuner, Tina a sorti un autre livre de son sac. La couverture est plus ou moins la même, mais cette fois, l'héroïne est brune. Ça s'appelle *Mon Amour secret*. C'est l'histoire d'une fille pauvre qui tombe amoureuse d'un garçon très riche, mais il ne semble même pas se douter de son existence. Puis l'oncle de la fille kidnappe le garçon et demande une rançon. La fille se retrouve alors à soigner les blessures du garçon, et après, elle l'aide à se sauver. Bien sûr, le garçon tombe fou amoureux de la fille. Tina m'a dit qu'elle avait lu la fin : l'oncle se fait prendre et est envoyé en prison, et comme il ne peut plus subvenir aux besoins de sa nièce, la fille part vivre chez les parents du garçon.

Pourquoi il ne m'arrive jamais ce genre de choses ?

Mercredi 15 octobre, en perm

Toujours pas de Lilly aujourd'hui. Lars dit qu'on perdrait moins de temps si on allait directement à l'école au lieu de faire un détour par chez Lilly. Il a sans doute raison.

Il s'est passé un truc bizarre quand Lars m'a déposée ce matin. Tous ceux qui attendent normalement le dernier moment pour rentrer, et qui en profitent pour fumer une dernière cigarette, assis sur Joe, le lion en pierre, étaient penchés sur un journal. J'imagine que le père de quelqu'un a été accusé de blanchiment d'argent. Qu'est-ce que les parents peuvent être égoïstes, parfois ! Avant de faire quelque chose d'illégal, ils pourraient peut-être se demander ce que vont penser leurs enfants s'ils se font attraper.

Si j'étais Chelsea Clinton, je changerais de nom et j'irais vivre en Islande.

Je suis passée à côté d'eux sans m'arrêter, pour bien montrer que je ne m'intéressais pas à ce genre de ragots. À ce moment-là, ils se sont tous retournés et m'ont dévisagée. Michael a raison : cette histoire avec Lana a vraiment fait le tour du bahut. À moins que ce ne soit mes cheveux qui rebiquent. J'ai vérifié dans le miroir des toilettes. Non, ça allait.

Quand je suis sortie, quatre ou cinq filles m'attendaient, et elles ont pouffé de rire en me voyant.

Parfois, je regrette de ne pas vivre sur une île déserte. Franchement. Avec personne d'autre à des centaines de kilomètres à la ronde. Juste moi, l'océan, le sable et un cocotier.

Et peut-être aussi un poste de télévision haute définition, le câble et une Play Station Sony avec *Crash Bandicoot* au cas où je m'ennuierais.

PETITS FAITS EN PASSANT :

1. La question que l'on entend le plus souvent à Albert-Einstein est : « Tu n'as pas un chewing-gum ? »

2. Les abeilles et les taureaux sont attirés par la couleur rouge.

3. Dans la salle de permanence des secondes, il faut parfois attendre une demi-heure avant qu'un surveillant arrive.

4. Ma meilleure amie Lilly Moscovitz me manque.

Mercredi, plus tard, avant le cours de maths

Je n'en reviens pas ! Tout à l'heure, alors que je sortais mon livre de maths de mon casier, Josh Richter est arrivé et, au moment où il rangeait son livre de trigonométrie dans son casier à lui, il m'a dit : « Ça va ? »

Je jure sur la tête de ma mère que je ne raconte pas de craque.

J'étais tellement abasourdie que j'ai failli lâcher mon sac à dos. Je ne me rappelle plus ce que j'ai répondu. Je crois que j'ai dit que ça allait bien. *J'espère* que j'ai dit ça.

Pourquoi Josh Richter m'a-t-il adressé la parole ?

Peut-être qu'il a eu à nouveau une erreur de connexion dans ses neurones, comme lorsqu'il m'avait dit « Salut » à la parfumerie ?

Après avoir refermé son casier, il a baissé la tête pour me regarder – il est immense – et a ajouté : « À tout à l'heure. »

Et il est parti.

Il m'a fallu cinq minutes pour reprendre mon souffle.

Il a les yeux si bleus que ça fait mal de les regarder.

Toujours mercredi, dans le bureau de la principale

C'est fini.

Je suis fichue.

Terminé.

Maintenant, je sais pourquoi tout le monde me

dévisageait quand je suis arrivée ce matin. Je sais pourquoi ils murmuraient tous dans mon dos et gloussaient. Je sais pourquoi les filles m'attendaient à la sortie des toilettes et se sont mises à pouffer en me voyant. Je sais pourquoi Josh Richter m'a parlé tout à l'heure.

Ma photo est à la une du *Post*.

Oui, vous avez bien lu. Du *New York Post*. Lu par des millions de New-Yorkais tous les jours.

Je suis fichue.

Bon d'accord, je ne suis pas trop mal sur cette photo. Quelqu'un a dû la prendre au moment où je sortais du *Plaza*, dimanche soir, après avoir dîné avec Grand-Mère et papa. Je descends les marches et je souris, mais certainement pas au photographe. Je n'ai vu personne. Pourtant, quelqu'un a bien dû prendre cette photo.

Au-dessus, on peut lire en gros : *Amelia Renaldo*, et en caractères plus petits : *Une princesse à New York*.

Super. Je dis bien « *super* ».

C'est Mr. Gianini qui l'a découvert. Alors qu'il s'apprêtait à prendre le métro pour venir à l'école, ce matin, il a vu ma photo sur la devanture d'un kiosque à journaux. Il a aussitôt appelé ma mère. Mais elle était sous la douche, et n'a pas entendu le téléphone sonner. Il lui a laissé un message, sauf que ma mère ne consulte jamais son répondeur le matin. Tous les gens qui la connaissent savent qu'elle n'est pas du matin, et que ça ne sert à rien d'essayer de la joindre avant midi. Quand Mr. G. a rappelé plus tard, elle était déjà partie à son atelier, et là, elle ne répond jamais au téléphone. Elle branche son Walkman pour peindre. Elle aime bien travailler en écoutant les émissions de Howard Stern.

Du coup, Mr. G. n'a pas eu d'autre solution que de téléphoner à mon père au *Plaza* – ce qui était assez culotté de sa part, si vous voyez ce que je veux dire. D'après Mr. G., mon père s'est mis dans une colère noire. Il a dit à Mr. G. qu'en attendant son arrivée, je devais aller dans le bureau de la principale, où je serais « en sécurité ».

Ça se voit que mon père n'a jamais rencontré la principale d'Albert-Einstein.

En fait, je ne devrais pas dire ça. Elle n'a pas été aussi terrible que je le pensais. Elle m'a montré le journal et a dit, sur un ton légèrement sarcastique mais gentil à la fois : « Je suis déçue que tu ne m'en aies pas parlé, Mia, quand je t'ai demandé l'autre jour si tout allait bien. »

J'ai rougi et j'ai répondu : « Je pensais que personne ne me croirait. »

Elle a hoché la tête et a dit : « C'est vrai que cela paraît difficile à croire. »

C'est ce que dit aussi l'article en page 2 du *Post* : UN CONTE DE FÉES DEVIENT RÉALITÉ POUR UNE JEUNE NEW-YORKAISE. Voilà ce qu'a écrit la journaliste, une certaine Carol Fernandez. Comme si j'avais gagné à la loterie et que je devais sauter de joie !

Carol Fernandez embraye ensuite sur ma mère, « *la célèbre peintre avant-gardiste aux cheveux de jais, Helen Thermopolis* » et sur mon père, « *le séduisant prince Philippe de Genovia* » qui a « *réussi à vaincre son cancer des testicules* ». (Merci beaucoup, Carol Fernandez. Grâce à vous, tout New York sait que mon père n'a plus qu'un seul vous-savez-quoi.)

Ensuite, elle me décrit comme « *une beauté sculpturale, fruit des amours de jeunesse de Helen et Philippe* ».

(HÉ HO ???? CAROL FERNANDEZ, VOUS AVEZ PRIS DU CRACK OU QUOI ???)

Je NE suis PAS une beauté sculpturale. D'accord, je suis GRANDE, je suis même TRÈS GRANDE, mais je ne suis pas une beauté. Je me demande ce que Carol Fernandez a fumé si elle pense que JE SUIS belle.

Pas étonnant que tout le monde se moque de moi. Comment je vais m'en sortir ?

Aïe, aïe. Voilà mon père. Il a l'air furieux...

Toujours mercredi, pendant le cours d'anglais

Ce n'est pas juste.

C'est même dégoûtant.

N'importe quel père aurait immédiatement ramené son enfant chez lui. N'importe quel père, en voyant

la photo de son enfant à la une du *Post*, aurait dit :
« Tu vas rester à la maison le temps que les choses se
calment. » Ou bien : « On va te changer d'école. Que
penses-tu de l'Iowa ? Aimerais-tu aller à l'école dans
l'Iowa ? »

N'importe quel père, sauf *mon* père. Et pourquoi ?
Parce qu'*il* est prince. Et parce qu'il dit que les
membres de la famille royale de Genovia ne rentrent
pas « chez eux » en cas de crise. Non. Ils ne bougent
pas et se battent.

Ils ne bougent pas et se battent. À mon avis, mon
père et Carol Fernandez ont une chose en commun :
ils prennent tous les deux du crack.

Ensuite, mon père a eu le toupet de me rappeler
que j'étais payée pour remplir mon rôle de princesse.
Exact ! Cent malheureux dollars ! Cent malheureux
dollars par jour pour être ridiculisée et humiliée en
public !

Tout ce que j'ai à dire, c'est que les bébés phoques
ont intérêt à m'être reconnaissants.

Résultat : je suis dans la salle d'anglais et tout le
monde me regarde en murmurant, comme si j'étais
une *alien*. Et mon père me demande de les laisser
faire, parce que je suis princesse et que c'est comme
ça que les princesses se comportent.

Sauf que les élèves de ma classe sont *méchants*.

J'ai essayé de l'expliquer à mon père. Je lui ai dit :
« Papa, tu ne comprends pas. Ils se moquent de
moi. »

Il a répondu : « Je suis désolé, chérie. Mais il va falloir que tu apprennes à faire face. Tu te doutais bien que ça finirait par se savoir. J'espérais que cela n'arriverait pas si vite, mais tout compte fait, ce n'est peut-être pas plus mal... »

Pardon ? Depuis quand je me doutais que cela finirait par se savoir ? Moi, je pensais garder cette histoire de princesse secrète. Je pensais jouer mon rôle de princesse à Genovia uniquement. C'est raté. Maintenant, je vais devoir être princesse, ici, à Manhattan, et croyez-moi, ce n'est pas du gâteau.

J'en voulais tellement à mon père de me renvoyer en cours que je l'ai accusé d'avoir vendu la mèche à Carol Fernandez.

Il a aussitôt pris la mouche : « *Moi ?* Je ne connais pas de Carol Fernandez. » Il a alors adressé un regard méfiant à Mr. Gianini, qui se tenait à côté de nous, les mains dans les poches de son pantalon, l'air inquiet.

Mr. Gianini est très vite passé de l'inquiétude à la surprise et a répondu : « Comment pouvez-vous penser que c'est moi ? Je n'ai jamais entendu parler de Genovia avant aujourd'hui. »

J'ai dit : « Papa, arrête. Mr. Gianini n'a rien à voir là-dedans. »

Mon père ne semblait guère convaincu. « En tout cas, *quelqu'un* est allé trouver la presse. » Vu le ton de sa voix, je suis sûre qu'il pensait encore que c'était Mr. Gianini. Mais ça ne peut pas être Mr. Gianini.

Carol Fernandez a écrit des choses que Mr. G. ne peut pas savoir, parce que même maman ne les sait pas. Par exemple, qu'il y a une piste d'atterrissage privée à Miragnac. Je ne lui ai jamais dit.

Mais j'ai eu beau insister, mon père continuait à soupçonner Mr. G. Il a dit : « Le plus simple, c'est d'appeler Carol Fernandez pour lui demander de qui elle tient ses informations. »

Et pendant qu'il téléphonait, je suis restée avec Lars. Sérieux. Comme Tina Hakim Baba, j'ai un garde du corps qui me suit à la trace maintenant. Moi qui trouvais qu'on se moquait suffisamment de moi, il faut en plus que j'aie une escorte armée.

J'ai essayé d'expliquer à mon père que la présence de Lars *dans l'école* n'était peut-être pas indispensable. J'ai dit : « Papa, je t'assure que je peux me débrouiller toute seule. » Mais il a été intraitable et a dit que, même si Genovia était un petit pays, c'était un pays riche, et qu'il ne pouvait pas courir le risque qu'on me kidnappe, comme dans *Mon Amour secret* – sauf que mon père n'a pas dit ça, parce qu'il n'a pas lu *Mon Amour secret*.

J'ai dit : « Voyons, papa, personne ne va me kidnapper. Pas à l'école », mais il a tenu ferme. Il a demandé à la principale si elle acceptait que Lars m'accompagne en cours et elle a répondu : « Bien sûr, Votre Altesse. »

Votre Altesse ! La principale a appelé mon père « Votre Altesse » ! Si la situation n'avait pas été aussi

grave, je crois que j'aurais fait dans ma culotte tellement c'était comique.

Enfin, le seul avantage que j'ai obtenu, c'est que je
ne suis plus collée. La principale a dit qu'avoir ma
photo dans le *Post* était une punition suffisante.

Tout bien réfléchi, je me demande si elle n'a pas
levé ma punition parce qu'elle était complètement
sous le charme de mon père. Il faut dire qu'il lui a
donné du Jean-Luc Picard à fond, l'appelant
« Madame la Principale » et tout le tintouin, et
s'excusant du dérangement. Je m'attendais presque à
ce qu'il lui fasse le baisemain tellement il flirtait avec
elle. Et la principale est mariée depuis un milliard
d'années, et elle a un énorme grain de beauté sur la
narine gauche. Mais non, elle s'est complètement
laissé avoir par le cinéma de mon père ! Pire. Elle
avait l'air d'adorer.

Je me demande si Tina Hakim Baba déjeunera avec
moi demain. Si elle veut bien, nos gardes du corps
auront au moins un sujet de conversation : ils pour-
ront comparer leurs techniques de défense.

Mercredi, toujours pendant le cours d'anglais

Je devrais peut-être avoir ma photo plus souvent à
la une du *Post*.

D'un seul coup, tout le monde veut me parler.

Quand je suis entrée dans le réfectoire tout à

190

l'heure (j'ai demandé à Lars de se tenir à cinq pas derrière moi, sinon il manque à chaque fois de me marcher sur les pieds), Lana Weinberger – oui, j'ai bien dit Lana Weinberger – s'est approchée de moi alors que je faisais la queue pour prendre un plateau, et elle a dit : « Salut, Mia. Si tu mangeais avec nous aujourd'hui ? »

Je parle sérieusement. Maintenant qu'elle sait que je suis princesse, cette sale hypocrite veut devenir mon amie.

Tina se trouvait juste derrière moi (enfin, Lars était derrière moi, Tina était derrière Lars, et le garde du corps de Tina était derrière Tina). Est-ce que Lana aurait proposé à Tina de manger avec elle ? Certainement pas. Le *New York Post* n'a pas écrit que Tina était une « beauté sculpturale ». Et les filles petites et un peu rondes – même si leur père est un cheikh arabe – ne sont pas assez bien pour s'asseoir à la table de Lana. Oh, non. Lana n'accepte à sa table que les vraies princesses de Genovia.

J'ai failli lui balancer mon plateau à la figure.

J'ai dit : « Non merci, Lana. Je suis déjà prise. »

Si vous aviez vu sa tête ! La dernière fois qu'elle a eu un air aussi offusqué, de la glace à la vanille dégoulinait de son tee-shirt.

On est allées s'asseoir, Tina et moi, mais Tina n'a pratiquement pas touché à sa salade. Elle n'a rien dit non plus sur le fait que je sois princesse. Je n'ai pas eu besoin de parcourir le réfectoire du regard pour savoir que tout le monde – y compris les surdoués, qui généralement ne remarquent rien – nous observait. Je sentais aussi les yeux de Lilly qui me transperçaient le dos. Elle ne m'avait toujours pas adressé la parole, mais je suis sûre qu'elle était au courant. Lilly est toujours au courant de tout.

Bref, au bout d'un moment, je n'en pouvais plus. J'ai posé ma fourchette, et j'ai dit : « Écoute, Tina. Si tu ne veux plus manger avec moi, je le comprendrais très bien. »

Les yeux de Tina se sont emplis de larmes. Vrai. Elle a secoué la tête et a répondu : « Qu'est-ce que tu veux dire ? Tu ne m'aimes plus, Mia ? »

C'était à mon tour d'être étonnée. J'ai dit : « Bien sûr que je t'aime toujours. Je pensais que c'était toi qui ne m'aimais plus. Tout le monde nous montre du doigt. Alors je comprendrais très bien que tu ne veuilles plus déjeuner avec moi. »

Tina a souri tristement. Elle a mumuré : « Tout le monde me montre déjà du doigt. À cause de Wahim. »

Wahim, c'est son garde du corps. Wahim et Lars étaient assis à côté de nous et comparaient la puissance de leur arme respective. Wahim a un Magnum 357, et Lars un Glock 9 mm. C'était un sujet de discussion assez déroutant, mais ils semblaient les plus heureux du monde. Je m'attendais presque à les voir faire un bras de fer d'un instant à l'autre.

Tina a continué : « Tu sais, je suis habituée à ce

qu'on se moque de moi. C'est pour toi que je suis désolée, Mia. Tu pourrais t'asseoir avec qui tu veux – qui tu veux dans tout le réfectoire –, et tu restes avec moi. Je ne voudrais pas que tu te sentes obligée d'être gentille avec moi. »

J'ai pesté intérieurement. Non pas contre Tina. Mais contre tout le monde, à Albert-Einstein. Parce que Tina Hakim Baba est vraiment gentille. Mais personne ne le sait, vu que personne ne lui adresse la parole. On la trouve trop délicate, trop calme, trop collée à son stupide garde du corps. Au lieu de manifester contre un traiteur qui fait payer une boisson au lait de soja cinq *cents* de plus à certains clients, ils feraient mieux d'ouvrir les yeux sur des êtres humains qui errent dans l'école, plongés dans une immense détresse parce que personne ne leur dit : « Bonjour » le matin, ou : « Tu as passé un bon week-end ? »

Et puis, j'ai eu honte. Parce qu'il y a une semaine, *je* faisais partie de ces gens-là. Je pensais que Tina Hakim Baba était la dernière personne à fréquenter dans l'école. Et si je ne voulais pas qu'on sache que je suis princesse, c'est parce que j'avais peur qu'on m'inflige le même traitement. Mais maintenant que je connais Tina, je me rends compte à quel point j'ai eu tort de me moquer d'elle.

J'ai dit alors à Tina que je ne voulais m'asseoir avec personne d'autre qu'elle. Je lui ai dit qu'on devait se serrer les coudes, et pas seulement à cause de Wahim et de Lars, mais parce que tous les autres étaient des IMBÉCILES.

Tina a eu l'air bien plus heureuse, après. Elle m'a parlé du nouveau livre qu'elle lit. Ça s'appelle *On n'aime qu'une fois*. C'est l'histoire d'une fille qui tombe amoureuse d'un garçon atteint d'un cancer. Il est en phase terminale. J'ai dit à Tina que ça devait être super triste, mais elle a lu la fin et le garçon guérit. Je préfère.

Alors qu'on rangeait nos plateaux, j'ai vu que Lilly regardait dans ma direction. Sauf qu'elle n'avait pas précisément le regard de quelqu'un qui s'apprête à s'excuser. Donc je n'ai pas été très surprise qu'elle continue de me regarder de la même façon pendant l'étude dirigée. Boris essayait de lui parler, mais manifestement, elle ne l'écoutait pas. Boris a fini par renoncer, il a pris son violon et est allé s'enfermer dans le placard – dont il ne devrait jamais sortir, à mon avis.

Michael est arrivé sur ces entrefaites pour m'aider en maths. Voilà commment s'est passée la leçon :

Moi : « Salut, Michael. J'ai fait tous les problèmes que tu m'as donnés. Mais je ne comprends toujours pas pourquoi on ne se contente pas de consulter le panneau d'affichage pour savoir à quelle heure un train roulant à la vitesse de 100 km/h arrive à Fargo, dans le Dakota du Nord, s'il quitte Salt Lake City à 7 heures du matin. »

Michael : « Dis donc, princesse, tu comptais

194

l'annoncer ou bien est-ce qu'on était censés le deviner ? »

Moi : « J'espérais que personne ne le découvrirait. »

Michael : « Tu devais rêver. De toute façon, je ne vois pas pourquoi tu le cachais. Ce n'est pas si terrible que ça. »

Moi : « Tu plaisantes ou quoi ? C'est affreux, ce qui m'arrive ! »

Michael : « Est-ce que tu as *lu* l'article du *Post*, Thermopolis ? »

Moi : « Non, et je ne le lirai pas. Je ne sais pas pour qui se prend Carol Fernandez, mais... »

Lilly est alors entrée en scène. On aurait dit que ça la démangeait depuis un petit moment.

Lilly : « Donc, tu ne sais pas que le prince héritier de Genovia – à savoir ton père – est à la tête d'une fortune personnelle qui, si l'on compte les biens immobiliers et la collection d'objets d'art exposée dans le palais, est estimée à trois cents millions de dollars ? »

Ça ne faisait aucun doute que Lilly, elle, avait lu l'article du *Post*.

Moi : « Ah bon... »

Ah bon ? Trois cents millions de dollars ? Et je ne touche que cent malheureux dollars par jour ???

Lilly : « Je me demande quel pourcentage de cette fortune a été amassé grâce à l'exploitation des pauvres ouvriers qui suent sang et eau sur leur tâche. »

Michael : « Étant donné que le peuple de Genovia, par tradition, n'a jamais payé d'impôts ni de taxes foncières, je dirais : aucun. Qu'est-ce que tu as, de toute façon, Lilly ? »

Lilly : « Si tu tolères les abus de la monarchie, grand bien te fasse, Michael. Personnellement, je trouve que c'est dégoûtant, lorsqu'on considère l'état actuel de l'économie mondiale, que quelqu'un soit assis sur trois cents millions de dollars... surtout quand cette personne n'a jamais travaillé de sa vie ! »

Michael : « Excuse-moi, Lilly, mais j'ai cru comprendre que les Renaldo ont consacré leur vie à leur pays. L'engagement historique que le grand-père de Mia a pris, après l'invasion en 1939 des forces fascistes, pour exercer le droit à la souveraineté en accord avec les intérêts économiques et politiques de la France – et ce en échange d'une protection militaire et navale en cas de conflit –, aurait pu lier les mains de n'importe quel politicien moins brillant. Mais le grand-père de Mia a réussi à contourner cet accord. Et grâce aux efforts de son fils, c'est-à-dire du père de Mia, Genovia a le taux d'alphabétisation le plus élevé d'Europe, l'un des meilleurs pourcentages de réussite aux examens de fin d'études, et les taux de mortalité infantile, de chômage et d'inflation les plus bas de tout l'hémisphère occidental. »

J'ai regardé Michael, interloquée. Ouah ! Pourquoi

Grand-Mère ne m'apprend-elle pas *ça* pendant nos leçons de princesse ? Voilà des informations qui me seraient utiles. Bien plus utiles que de savoir de quel côté pencher mon bol de soupe. Avec ce genre d'informations, je pourrais me défendre contre les antiroyalistes farouches comme mon ex-meilleure amie Lilly.

Lilly : « (À Michael) La ferme. (À moi) Je vois que tu débites déjà leur propagande populiste comme une bonne petite fille. »

Moi : Moi ? C'est Michael qui a... »

Michael : « Arrête, Lilly ! Tout ça, c'est parce que tu es jalouse. »

Lilly : « Ce n'est pas vrai ! »

Michael : « Bien sûr que si ! Tu es jalouse parce que Mia s'est fait couper les cheveux sans te consulter. Tu es jalouse parce que, dès que tu as cessé de lui parler, Mia s'est fait une autre amie. Et tu es jalouse parce que, pendant tout ce temps-là, Mia avait un secret et qu'elle ne t'en a pas parlé. »

Lilly : « LA FERME, Michael ! »

Boris : « (En passant la tête dans l'encadrement de la porte du placard) Lilly ? Tu as dit quelque chose ? »

Lilly : « CE N'EST PAS À TOI QUE JE PARLE, BORIS !

Boris : « Excuse-moi (en rentrant dans son placard). »

Lilly : « (Folle de rage à présent) Franchement, Michael, je trouve que tu prends bien vite la défense de Mia. Je me demande si tu as conscience que ton argumentation, bien que manifestement fondée sur la logique, repose sur des bases plus libidineuses qu'intellectuelles. »

Michael : « (Piquant brusquement un fard) Et ta persécution des Ho, qu'est-ce que tu en penses ? Repose-t-elle sur des bases intellectuelles, ou est-ce qu'elle n'est pas plutôt l'expression de ta vanité ? »

Lilly : « Ton argumentation est illogique. »

Michael : « Non. Elle est empirique. »

Michael et Lilly sont vraiment très intelligents. Grand-Mère a raison : il faut que j'améliore mon vocabulaire.

Michael : « (À moi) Est-ce que ce type (en montrant Lars du doigt) doit te suivre partout maintenant ? »

Moi : « Oui. »

Michael : « Vraiment *partout* ? »

Moi : « Sauf aux toilettes. Il m'attend dehors. »

Michael : « Et si tu sortais avec un garçon ? Qu'est-ce qui se passerait, par exemple, si tu allais au bal samedi soir avec un garçon ? »

Moi : « La question ne se pose pas, puisque aucun garçon ne s'est présenté pour m'accompagner. »

Boris : « (En sortant la tête du placard) Excusez-moi. J'ai renversé sans le faire exprès un flacon de dissolution de caoutchouc avec mon archet, et c'est irrespirable là-dedans. Je peux sortir ? »

Tout le monde dans la salle d'étude dirigée : « NON !!! »

Mrs. Hill : « (En surgissant brusquement de la salle des profs de l'autre côté du couloir) Que signifie tout ce bruit ? Boris ? Que fais-tu dans ce placard ? Sors tout de suite de là ! Et les autres, remettez-vous au travail ! »

Il faut que je lise cet article du *Post* sans faute. Trois cents millions de dollars ???

Si nous sommes aussi riches que cela, comment se fait-il que la télé dans ma chambre soit en noir et blanc ?

Pour moi : regarder dans le dictionnaire les mots *empirique* et *libidineux*.

Mercredi soir

Je comprends la colère de mon père contre Carol Fernandez et son fichu article ! Quand on est sortis du lycée, Lars et moi, après mon cours de soutien, on s'est retrouvés nez à nez avec toute une bande de journalistes. Je ne plaisante pas. J'avais l'impression d'être une criminelle.

D'après Mr. Gianini, qui nous a rejoints, les journalistes sont arrivés dès ce matin. Il y avait des camionnettes de plusieurs chaînes de télé, dont New

York One, Fox News, CNN et Entertainment Tonight. Les journalistes ont interviewé tous les élèves d'Albert-Einstein pour savoir s'ils me connaissaient (pour une fois, être une élève lambda sert à quelque chose : ça m'étonnerait qu'il y en ait beaucoup qui aient pu mettre un visage sur mon nom – du moins, pas avec ma nouvelle coupe de cheveux). Mr. G. dit que la principale a fini par appeler la police, parce que le lycée Albert-Einstein est un établissement privé et que les journalistes sont entrés illégalement, et qu'en plus, ils ont écrasé leurs cigarettes sur les marches, bloqué l'entrée et posé leurs affaires sur Joe, le lion – voire leurs fesses.

Si l'on y réfléchit bien, certains élèves du lycée font exactement la même chose en attendant la sonnerie, et la principale n'appelle jamais la police... Mais c'est vrai que ce n'est pas pareil. Leurs parents paient leurs études.

Je comprends maintenant ce qu'a dû ressentir la princesse Diana. Quand on est sortis, Lars, Mr. G. et moi, les journalistes ont essayé de nous empêcher d'avancer. Ils agitaient leurs micros et criaient des trucs comme : « Un petit sourire, Amelia ! », ou bien : « Amelia, quel effet cela fait de se réveiller le matin dans la peau d'une enfant unique d'une famille monoparentale et de se coucher le lendemain soir en sachant qu'on est une princesse royale à la tête de trois cents millions de dollars ? »

J'avais un peu peur. Même si j'avais voulu répondre

à leurs questions, je n'aurais pas pu, parce que je ne savais pas dans quel micro parler. En plus, j'étais complètement aveuglée par les flashs des photographes.

C'est à ce moment-là que Lars a pris les choses en main. Si vous l'aviez vu ! D'abord, il m'a interdit de répondre aux journalistes. Ensuite, il m'a serrée contre lui et a dit à Mr. G. de se mettre de l'autre côté. On a alors foncé tête baissée tous les trois à travers les caméras et les micros, et avant que j'aie le temps de dire ouf, Lars me poussait à l'arrière de la voiture de mon père et montait juste après moi.

Ouah ! L'entraînement qu'il a suivi dans l'armée israélienne est sacrément efficace. (J'ai entendu Lars dire à Wahim que c'est là qu'il a appris à se servir d'un pistolet-mitrailleur. En fait, Wahim et Lars ont plusieurs amis en commun. Peut-être que tous les gardes du corps font leurs classes dans le désert de Gobi.)

Bref, dès que Lars a refermé la portière arrière, il a lancé : « Démarre ! » au type qui se trouvait au volant de la voiture. Je ne le connaissais pas. En revanche, je connaissais très bien la personne assise à côté de lui : c'était mon père. Et alors qu'on démarrait sur les chapeaux de roue, que les flashs crépitaient et que les photographes se jetaient sur le pare-brise avant pour avoir un meilleur angle, mon père a demandé d'un air désinvolte : « Alors, Mia. Comment s'est passée ta journée ? »

Incroyable !

Je n'ai pas répondu, et je me suis retournée pour faire signe à Mr. G. Sauf que Mr. G. disparaissait sous un océan de micros ! Mais je voyais bien qu'il refusait de parler aux journalistes. Il les repoussait de la main et tentait de se diriger vers le métro.

Pauvre Mr. Gianini. D'accord, il a mis sa langue dans la bouche de ma mère, mais il est gentil et ne mérite pas d'être embêté par les journalistes.

C'est ce que j'ai dit à mon père, et aussi qu'on aurait pu le déposer chez lui, mais mon père s'est contenté de marmonner entre ses dents et d'attacher sa ceinture. Puis il a lâché : « Que ces ceintures m'agacent ! On ne peut pas respirer. »

J'ai demandé ensuite à mon père dans quelle école ils allaient m'inscrire. Il m'a regardée comme si j'étais tombée sur la tête et s'est écrié : « Je ne comprends rien ! Je croyais que tu voulais rester à Albert-Einstein ! »

J'ai répondu que c'était avant que Carol Fernandez dévoile à la Terre entière que j'étais la princesse de Genovia. Mon père a rétorqué que ce n'était pas une raison pour changer d'école. Je resterais par conséquent à Albert-Einstein et Lars m'accompagnerait jusque dans les salles de classe afin de me protéger des journalistes.

Quand je lui ai demandé qui, dans ce cas, me conduirait à l'école, il a montré l'homme qui conduisait et a dit : « Hans ».

Hans m'a fait un petit signe dans le rétroviseur, je lui ai répondu, et j'ai demandé : « Est-ce que ça veut dire que Lars m'accompagnera partout où j'irai ? » Par exemple, est-ce qu'il me suivra si je décide d'aller parler à Lilly ? À condition, bien sûr, que, Lilly et moi, on redevienne amies – et je ne sais pas pourquoi, mais je n'y crois pas trop.

Mon père a répondu : « Oui. »

Bref, je n'irai plus jamais nulle part toute seule.

Quand je l'ai compris, je suis entrée dans une rage noire. J'étais assise à l'arrière de la voiture, avec le feu rouge qui me clignotait dans la figure, et j'ai dit : « Très bien. Dans ce cas, je ne veux plus être princesse. Tu peux reprendre tes cent dollars par jour et renvoyer Grand-Mère en France. Je donne ma démission. »

Mon père a poussé un soupir de lassitude et a répliqué : « Tu ne peux pas démissionner, Mia. L'article du *Post* t'en empêche. Demain, ta photo sera dans tous les journaux d'Amérique, et peut-être même du monde entier. Tout le monde saura que tu es la princesse Amelia de Genovia. On ne démissionne pas de ce qu'on est. »

Ce n'était peut-être pas très digne d'une princesse, mais j'ai pleuré jusqu'au *Plaza*. Lars m'a tendu son mouchoir. Son geste m'a touchée.

Ma mère est persuadée que c'est Grand-Mère qui a craché le morceau.

Personnellement, je n'arrive pas à croire que Grand-Mère ait pu faire une chose pareille. Surtout quand on voit à quel point je n'ai pas avancé dans mes leçons de princesse. À tous les coups, je vais devoir me comporter comme une vraie princesse maintenant – je veux dire : une *vraie de vraie*. Comment je vais faire ? Grand-Mère n'a même pas encore abordé avec moi les points véritablement importants : par exemple, savoir répondre aux antiroyalistes du genre de Lilly. Tout ce qu'elle m'a appris, jusqu'à présent, c'est comment m'asseoir ; comment m'habiller ; quelle fourchette utiliser quand je mange du poisson ; comment m'adresser au personnel de la famille royale ; comment dire « Merci beaucoup » et « Non, ça ne m'embête pas du tout » dans sept langues ; comment préparer un Sidecar ; et certaines théories marxistes.

À QUOI tout cela va me servir ?

Enfin. Ma mère n'en démord pas. Et rien ne la fera changer d'avis. Mon père s'est pourtant emporté contre elle, mais elle est restée de marbre. Elle est sûre que c'est Grand-Mère qui a parlé à Carol Fernandez, et elle dit que mon père n'a qu'à lui poser la question. Comme ça, il sera fixé.

Il lui a posé la question – à maman, pas à Grand-

204

Mère. Il lui a demandé comment elle expliquait qu'elle n'ait jamais songé à la culpabilité de Mr. G.

À mon avis, il a dû s'en mordre la langue. Ma mère a plissé les yeux comme lorsqu'elle se met en colère, mais alors *vraiment* en colère. La dernière fois que je l'ai vue faire ça, je venais de lui raconter qu'un type nous avait montré son machin, à Lilly et moi, alors qu'on filmait un épisode de *Lilly ne mâche pas ses mots* dans Washington Square Park. Ses yeux sont devenus si petits qu'on aurait dit deux fentes. Une seconde plus tard, elle enfilait son manteau pour aller dire sa façon de penser à l'exhibitionniste.

Sauf que, cette fois-ci, elle n'a pas enfilé son manteau quand mon père a laissé entendre qu'il soupçonnait Mr. Gianini. Ses yeux sont devenus tout petits, ses lèvres ont pratiquement disparu tellement elle les pinçait, et elle a dit : « Sors... Sors d'ici immédiatement », avec la voix de l'esprit frappeur dans *Amittyville*.

Mais mon père a refusé de partir, même si légalement le loft appartient à maman (heureusement que Carol Fernandez n'a pas mis notre adresse dans son article ; et heureusement que maman a demandé à être sur liste rouge tellement elle est parano et se méfie des pratiques de la C.I.A. envers certains artistes sociopolitiques comme elle – ce qui fait qu'aucun journaliste ne sait où on habite et qu'on peut continuer à commander des plats à emporter *Chez Suzie*, sans craindre de lire le lendemain dans la presse que « la princesse Amelia adore les légumes *moo shu* »).

Au lieu de partir, mon père a dit : « Franchement, Helen, je trouve que tes sentiments à l'égard de ma mère corrompent ta vision de la réalité. »

Ma mère a hurlé : « La réalité ? Mais la réalité, Philippe, c'est que ta mère est... »

À ce moment-là, j'ai décidé qu'il valait mieux me retirer dans ma chambre. J'ai pris mon Discman et j'ai mis mes écouteurs pour ne pas les entendre se disputer. J'ai repiqué l'idée dans un téléfilm qui raconte l'histoire d'enfants dont les parents divorcent. En ce moment, le CD que je préfère, c'est le dernier Britney Spears. D'accord, c'est un peu nunuche, et je n'oserais jamais l'avouer à Lilly, mais j'aimerais bien être Britney Spears. J'ai même rêvé une fois que *j'étais* Britney. Je m'apprêtais à chanter dans l'auditorium d'Albert-Einstein, je portais une petite robe rose hyper courte et Josh Richter venait m'encourager juste avant mon entrée en scène.

C'est quand même bizarre, non ? Le plus drôle, c'est que je sais que je ne pourrais jamais raconter ce rêve à Lilly. À tous les coups, elle se lancerait dans une interprétation freudienne, comme quoi la robe rose est un symbole phallique et qu'être Britney prouve à quel point j'ai une mauvaise opinion de moi-même. En revanche, je suis sûre que Tina Hakim Baba adorerait l'entendre, elle, et qu'en plus, elle voudrait savoir si Josh Richter était ou non en pantalon de cuir.

Je ne crois pas l'avoir déjà dit, mais ce n'est franchement pas facile d'écrire avec mes nouveaux ongles, parce qu'ils sont super longs.

Plus j'y pense, plus je me demande si ce n'est pas effectivement Grand-Mère qui a vendu la mèche à Carol Fernandez. Quand je suis allée la voir aujourd'hui, pour ma leçon de princesse, j'étais encore complètement sous le choc et je pleurais toutes les larmes de mon corps. Elle n'a pas du tout compati. Au contraire, même. Elle m'a demandé pourquoi je pleurais et, quand je lui ai expliqué, elle s'est contentée de hausser les sourcils – en fait, ce ne sont pas vraiment des sourcils, parce qu'elle les épile. C'est juste un trait de crayon, qu'elle dessine tous les matins. Personnellement, je ne vois pas l'intérêt, mais si ça lui plaît –, et elle a dit : « C'est la vie. »

Sauf que, dans la vie, il n'y a pas beaucoup de filles qui découvrent leur portrait à la une du *Post*, à moins d'avoir gagné à la loterie ou d'être sortie avec le président. *Moi,* je n'ai fait que naître.

Je ne pense pas que « c'est la vie ». Je pense que ça craint, oui.

Grand-Mère m'a raconté qu'elle avait reçu plusieurs appels de journalistes qui voulaient m'interviewer, dont Leeza Gibbons et Barbara Walters, et qu'il faudrait peut-être que je donne une conférence de presse. Elle m'a dit qu'elle en avait parlé au directeur du *Plaza*, et qu'il avait réservé une salle exprès pour moi, avec un podium, un pichet d'eau, un verre et des plantes vertes.

J'ai bondi. Comment avait-elle pu faire ça ! « Grand-Mère ! j'ai hurlé. Je ne veux pas parler à Barbara Walters ! Je ne veux pas qu'elle aille raconter ma vie à la Terre entière ! »

Grand-Mère a pris la mouche et a répondu : « Très bien. Mais si tu refuses de rencontrer les médias, sache qu'ils se débrouilleront pour obtenir leurs informations tout seuls – ce qui signifie qu'ils continueront à t'attendre à la sortie de l'école, qu'ils iront voir tes amis, qu'ils passeront au supermarché où tu fais tes courses ou à la boutique qui loue ces cassettes vidéo que tu aimes tant. »

Grand-Mère est contre les vidéos. Elle dit que si Dieu avait voulu qu'on regarde des films chez soi, Il n'aurait pas inventé les cinémas.

Puis elle a invoqué mon sens des responsabilités civiques. Elle dit que mon passage à *Riche et Célèbre*, l'émission de Barbara Walters, relancerait le tourisme à Genovia.

Bien sûr que je ne veux que le bien de Genovia. Mais je veux aussi le bien de Mia Thermopolis. Et passer à *Riche et Célèbre* ne peut PAS être bien pour moi.

Grand-Mère semble tenir beaucoup à cette histoire de tourisme. C'est pour ça que je me demande si maman n'a finalement pas raison : peut-être que Grand-Mère *a parlé* à Carol Fernandez.

Qui sait ?

Je viens de retirer mes écouteurs. Ils se disputent toujours à côté.

J'ai bien l'impression que la nuit va être longue.

Jeudi 16 octobre, en perm

Ce matin, mon portrait était en couverture du *Daily News* et du *New York Newsday*. Il était aussi dans le supplément « métro » du *New York Times*. Comme il s'agit de la photo de classe, ma mère n'est pas très contente. Ça veut dire que c'est ou bien quelqu'un de notre famille à qui elle l'a envoyée – ce qui est mauvais signe pour Grand-Mère –, ou bien quelqu'un d'Albert-Einstein qui l'aurait volée – et dans ce cas, c'est mauvais signe pour Mr. Gianini. Moi, je ne suis pas très contente parce que la photo de classe a été prise avant que Paolo s'occupe de mes cheveux, et j'ai vraiment l'air d'une fille qui passe à la télé pour raconter son expérience d'enfant battu ou sa vie dans une secte.

Quand Hans m'a déposée devant l'école, à 9 heures, il y avait encore plus de journalistes qu'hier. J'imagine que les chaînes d'information du matin avaient besoin de se mettre quelque chose sous la dent. D'habitude, elles ont le choix entre un accident de la route – du genre un camion chargé de poulets vivants qui se renverse sur le bas-côté – et l'arrestation d'un dément qui a pris en otages sa femme et ses enfants pendant trois jours. Aujourd'hui, c'est moi, leur sujet.

Mais comme je me doutais plus ou moins qu'ils seraient là, je m'étais préparée. Violant délibérément les diktats de Grand-Mère en ce qui concerne la mode, j'avais mis mes Doc Martens avec des lacets neufs (au cas où je serais obligée de donner un coup de pied dans un micro qu'on approcherait un peu trop de moi), et tous mes pin's de Greenpeace. Que ma célébrité serve au moins à quelque chose.

La manœuvre a été la même qu'hier : Lars m'a prise par le bras et on a foncé tous les deux entre les caméras de télé et les micros. Pendant ce temps-là, les journalistes criaient : « Amelia, avez-vous l'intention de suivre l'exemple de la princesse Diana et de régner sur tous les cœurs ? », « Amelia, qui préférez-vous ? Leonardo di Caprio ou le prince William ? » et « Amelia, quels sont vos sentiments sur l'agroalimentaire ? »

J'ai failli répondre à cette question, mais au moment où je me retournais pour parler, Lars a refermé la porte de l'école derrière moi.

CE QUE JE DOIS FAIRE :
1. Réfléchir à un moyen de redevenir amie avec Lilly.
2. Cesser de me plaindre.

3. Cesser de mentir *et/ou* mieux mentir.
4. Essayer de voir le bon côté des choses.
5. Commencer à être :
    A. autonome
    B. indépendante
    C. mûre
6. Ne plus penser à Josh Richter.
7. Ne plus penser à Michael Moscovitz.
8. Avoir de meilleures notes.
9. M'autoréaliser.

Toujours jeudi

Aujourd'hui, en maths, Mr. Gianini a essayé de nous expliquer ce qu'on appelle « le repère cartésien ». Personne ne l'écoutait à cause des camionnettes de la télé, garées devant l'école. On était tous debout, à la fenêtre, et on criait aux journalistes : « Vous avez tué la princesse Diana ! Rendez-nous la princesse Diana ! »

Mr. Gianini nous a demandé de nous rasseoir, mais en vain. Lilly, elle, était folle de rage de voir que tout le monde s'était ligué contre les journalistes et que personne n'avait voulu manifester avec elle devant chez les Ho et chanter son slogan : « À bas les racistes ! »

Quand il a compris qu'il n'arriverait à rien avec nous, Mr. Gianini nous a proposé d'avoir une petite discussion pour savoir si l'on pensait vraiment que les médias étaient responsables de la mort de Diana, ou si ce n'était pas plutôt la faute du chauffeur qui, paraît-il, aurait trop bu. Quelqu'un a dit que c'était absolument faux, que le chauffeur n'avait pas bu, mais avait été empoisonné, et que c'était un complot organisé par les Services secrets britanniques. À ce moment-là, Mr. Gianini nous a priés de revenir à la réalité.

Mais Lana Weinberger a voulu savoir quand j'avais appris que j'étais princesse. Je n'en revenais pas qu'elle s'adresse à moi normalement. Ça m'a complètement déstabilisée, et j'ai répondu : « Je ne sais pas, il y a deux semaines à peu près. » Elle a alors déclaré que si elle apprenait qu'elle était princesse, elle irait à Disneyworld. Je lui ai fait remarquer que ce ne serait pas possible, parce qu'elle manquerait les répétitions des pom-pom girls, et elle m'a dit qu'elle ne comprenait pas pourquoi, moi, je n'allais pas à Disneyworld, vu que je n'avais aucune activité extrascolaire. Lilly est alors intervenue. Elle a parlé de la Disneylisation de l'Amérique et a dit que Walt Disney était un fasciste. On s'est tous demandé ensuite si c'était vrai que son corps était congelé sous le château d'Anaheim, mais Mr. Gianini nous a priés, cette fois, de revenir au repère cartésien.

Le système des coordonnées cartésiennes divise un plan en 4 parties appelées « quadrants ».

Jeudi, pendant l'étude dirigée

À la cantine (j'ai déjeuné avec Tina Hakim Baba, Lars et Wahim), Tina m'a raconté qu'en Arabie Saoudite, où son père est né, les filles doivent porter ce qu'on appelle un « chadrah ». C'est une espèce de couverture qu'elles portent sur la tête et qui descend jusqu'aux pieds avec juste une petite fente à la hauteur des yeux. Le *chadrah* sert à les protéger soi-disant du regard lubrique des hommes, mais Tina m'a dit que ses cousines sont en jeans et tee-shirt en dessous, et qu'elles attendent que leurs parents aient tourné le dos pour le retirer et aller traîner avec les garçons, tout comme nous.

Enfin, pas vraiment tout comme nous, puisque, Tina et moi, on ne traîne pas vraiment avec des garçons.

Zut, c'est faux. J'ai oublié que Tina allait au bal de l'école avec Dave Farouq el-Abar.

Grrrrr. Qu'est-ce qui cloche chez moi ? Pourquoi je ne plais à aucun garçon ?

Bref, Tina me parlait des *chadrahs* quand, tout à coup, Lana Weinberger a posé son plateau à côté du mien.

Je ne plaisante pas. *Lana Weinberger.*

J'ai évidemment pensé qu'elle allait me sortir la facture du pressing pour son tee-shirt, ou renverser le flacon de Tabasco sur nos salades, mais elle a juste demandé d'un air jovial : « Je peux m'asseoir, les filles ? »

À ce moment-là, un autre plateau est venu se placer à côté de celui de Tina, avec deux doubles *cheeseburgers*, une frite géante, deux milk-shakes au chocolat, un bol de chili, un paquet de Doritos, une salade avec de la vinaigrette aux fines herbes, un sachet de biscuits à la vanille, une pomme et un grand Coca. Quand j'ai levé les yeux pour voir qui pouvait bien ingérer autant de matières grasses, j'ai vu Josh Richter qui s'asseyait en face de moi.

Je plaisante encore moins. *Josh Richter.*

Il m'a dit : « Salut », et il a commencé à manger.

J'ai regardé Tina, Tina m'a regardée, puis on s'est tournées toutes les deux vers nos gardes du corps. Mais ils étaient en train de discuter de l'efficacité des balles en caoutchouc en cas d'émeute et de se demander s'il ne valait pas mieux arroser tout simplement à la lance les manifestants.

Du coup, on s'est retournées vers Lana et Josh.

Les gens charismatiques, comme Lana et Josh, ne vont jamais nulle part seuls. Ils traînent toujours derrière eux une cour d'admirateurs et de fidèles. La cour de Lana consiste en une bande de filles, qui sont pour la plupart des pom-pom girls, comme elle. Elles sont jolies, ont de longs cheveux, de la poitrine et tout le reste. Bref, elles ressemblent à Lana.

La cour de Josh, elle, consiste en une bande de garçons de terminale qui sont avec lui dans l'équipe d'aviron. Ils sont costauds, super beaux, et ils mangent de la viande en quantité excessive, tout comme Josh.

Les garçons qui font partie de la cour de Josh ont posé leurs plateaux à côté de celui de Josh, et les filles qui font partie de la cour de Lana ont fait de même à côté de Lana. Résultat : notre table, où il n'y avait jusqu'à présent que deux filles bizarres et leurs gardes du corps, était honorée de la présence des plus beaux élèves du lycée Albert-Einstein – et peut-être même de tout Manhattan.

J'ai jeté un coup d'œil à Lilly. Ses yeux sortaient de leurs orbites, comme quand elle voit quelque chose qui pourrait être un sujet intéressant pour son émission.

Lana s'est penchée vers moi et, tout en picorant les grains de maïs de sa salade, elle a demandé avec un air désinvolte : « Qu'est-ce que tu fais ce week-end, Mia ? Tu vas au bal de l'école ? »

C'était la première fois que Lana m'appelait Mia et non Amelia.

J'ai répondu : « Euh... Je ne sais pas... » Je ne pouvais pas faire plus brillant comme réponse.

Lana a continué : « Les parents de Josh ne sont pas

là, et on pensait se retrouver tous chez lui, après le bal. Tu veux venir ? »

J'ai répété : « Euh... Je ne sais pas... », et Lana s'est tournée vers Josh et a dit : « Tu ne trouves pas, Josh, que Mia devrait venir ? »

Josh, qui se servait des Doritos pour manger son chili, a répondu la bouche pleine : « Ouais, bien sûr, qu'elle vienne. »

Lana s'est exclamée : « Ça va être *cool* ! C'est tellement *génial* chez Josh. Il y a six chambres, qui donnent toutes sur Park Avenue. Et il y a même un Jacuzzi dans la salle de bains de ses parents – pas vrai, Josh ? »

Josh a commencé à répondre : « Ouais, et c'est... », mais Pierce, un des membres de sa cour, un rameur de 1,84 m, l'a interrompu : « Hé, Richter, tu te souviens quand Bonham-Allen est tombée dans les pommes dans le jacuzzi de ta mère ? C'était trop *top* ! »

Lana a gloussé : « Ah oui ! Elle s'était enfilé toute une bouteille de Bailey's ! Tu te rappelles, Josh ? Quel numéro, celle-là ! Et tu te rappelles qu'elle n'arrêtait pas de vomir, après ? »

Pierce a renchéri : « Ça, pour vomir, on peut dire qu'elle a vomi. Il y en avait partout ! »

Lana s'est tournée vers Tina et moi et nous a expliqué qu'ils avaient dû appeler le Samu. « Ils lui ont fait un lavage d'estomac. Si Josh ne les avait pas appelés, elle serait peut-être morte. »

On a tous regardé Josh. Il a pris un air modeste et a dit : « Ce n'était pas drôle. »

Lana a aussitôt cessé de glousser. « Oui, tu as raison », a-t-elle déclaré en redevenant sérieuse, puisque Josh décrétait que l'incident n'était pas drôle.

Comme je ne savais pas quoi dire, j'ai fait : « Ouah. »

Lana a mangé une feuille de laitue, elle a bu une gorgée d'eau et m'a demandé : « Alors ? Tu viens ou pas ? »

J'ai répondu : « Je suis désolée, mais je ne peux pas. »

Les amies de Lana, qui parlaient entre elles, se sont immédiatement tues et m'ont dévisagée. Les copains de Josh, eux, ont continué de manger.

« Tu ne peux *pas* ? » s'est exclamée Lana en ouvrant de grands yeux étonnés.

J'ai répété : « Non, je ne peux pas.

— Comment ça, tu ne peux pas ? » a insisté Lana.

J'ai envisagé de mentir. J'aurais pu raconter à Lana que le Premier ministre d'Islande m'avait invitée à dîner, par exemple, ou bien que je devais aller baptiser un paquebot. J'aurais pu invoquer n'importe quelle excuse. Mais pour une fois, pour une fois dans ma stupide vie, j'ai décidé de dire la vérité et j'ai répondu : « Je ne peux pas, parce que ma mère n'aimerait pas que j'aille à ce genre de fêtes. »

Pourquoi, mais pourquoi donc j'ai dit une chose pareille ? Pourquoi je n'ai pas menti ? En répondant comme je l'ai fait, j'allais passer pour une fille anormale. Pire, une abrutie. Une dégénérée.

Je ne sais pas ce qui m'a poussée à dire la vérité. Ce n'était *même* pas la vraie vérité. C'était *une* vérité, mais pas *toute* la vérité. Sûr que ma mère ne me laisserait jamais aller à une fête chez un garçon en l'absence de ses parents. Même accompagnée par un garde du corps. Pourtant, ce n'était pas la vraie raison. La vraie raison, c'est que je ne saurais pas *comment* me comporter dans ce genre de fêtes. On m'a raconté ce qui s'y passait. Il y a des *tas de chambres* où on s'enferme pour se peloter et s'embrasser. Mais attention, ce n'est pas juste un petit bisou. C'est un vrai baiser, avec la langue. Et on fait peut-être même PLUS que s'embrasser. Parfois, on va jusqu'au bout. Cela dit, je ne peux pas affirmer à 100 % qu'on va jusqu'au bout, parce que aucune de mes amies ne fréquente ce genre de fêtes. On ne nous a jamais invitées.

En plus, il paraît que tout le monde boit. Un, je ne bois pas, et deux, je ne vois pas qui aurait envie de me peloter. Qu'est-ce que je ferais alors dans cette fête ?

Lana m'a regardée, puis elle s'est tournée vers ses amies et a éclaté de rire. Elle était pliée en deux tellement elle riait.

Je ne pouvais pas vraiment lui en vouloir.

Elle a quand même fini par reprendre son souffle et a dit : « Tu ne parles pas sérieusement ? »

J'ai compris à ce moment-là qu'elle venait de découvrir une nouvelle raison de se moquer de moi. Je m'en fichais un peu, en réalité, mais j'étais triste pour Tina Hakim Baba. Depuis l'arrivée de Lana à notre table, elle n'avait rien dit. Et tout à coup, à cause de moi, elle allait être exposée à une pluie de critiques et de moqueries.

J'ai regardé Lana et j'ai répondu : « Non, je ne plaisante pas. »

Lana a vite retrouvé son air hautain et a dit avec dédain : « Mais enfin, tu n'es pas censée dire la *vérité*. »

Voyant que je ne comprenais pas de quoi elle parlait, elle a ajouté : « À ta mère. *Personne* ne dit la vérité à sa mère. Tu n'as qu'à lui raconter que tu vas dormir chez une copine. Ce que tu peux être *bête* ! »

Elle voulait que je mente ? À ma mère ? Ça se voit qu'elle ne la connaissait pas. *Personne* ne ment à ma mère. C'est impossible. En tout cas, pas pour aller à une fête où tout le monde boit et se pelote.

Aussi, j'ai déclaré : « Écoute, c'est très gentil de ta part de m'inviter, mais franchement, je ne pense pas venir. En plus, je ne bois pas... »

Encore une erreur de ma part.

Lana m'a toisée des pieds à la tête comme si je venais de lui avouer que je n'aimais pas *Buffy contre les vampires*. Elle a dit : « Tu ne bois *pas* ? »

En fait, si, ça m'est déjà arrivé. À Miragnac. Grand-Mère et papa boivent du vin à table, et ils m'en ont fait goûter. Mais ils ne boivent pas pour se soûler, ils boivent parce que c'est bon pour accompagner un repas. Il paraît que le foie gras est meilleur avec un verre de vin. Comme je ne mange pas de foie gras, je ne peux que les croire sur parole. En revanche, je peux vous dire, pour avoir essayé, que le fromage de chèvre est nettement meilleur avec du vin qu'avec du Coca.

Ce qui est sûr, en tout cas, c'est que je ne boirais jamais toute une bouteille, même si c'était un pari. Et même si Josh Richter me le demandait.

Du coup, j'ai haussé les épaules et j'ai répondu : « Non. Je respecte mon corps et je préfère ne pas l'intoxiquer. »

Lana a eu une moue de dégoût. À ce moment-là, Josh a dit tout en mâchant une bouchée de son *cheeseburger* : « Je comprends ça. »

Lana est restée stupéfaite. Moi aussi, d'ailleurs. Josh Richter approuvait quelque chose que *je* venais de dire ? Il était tombé sur la tête ou quoi ?

Apparemment, non. Il avait l'air très sérieux. Plus que sérieux, même. En fait, je lui trouvais la même expression que le jour où il m'avait dit : « Salut », à la parfumerie, comme si, avec ses yeux bleus électriques, il pouvait lire dans mon âme... Comme s'il avait *déjà* lu dans mon âme...

Mais Lana n'a sans doute pas senti que son petit ami lisait dans mon âme, parce qu'elle a dit :

220

« Excuse-moi, Josh, mais tu es quand même celui qui boit le plus de *toute* l'école. »

Josh l'a fixée de ses yeux hypnotiques et a répondu : « Dans ce cas, peut-être que je ferais mieux d'arrêter. »

Lana s'est remise à rire et s'est écriée : « Ben voyons ! Quand les poules auront des dents ! »

Ça n'a pas fait rire Josh. Mais alors, pas du tout. Il a continué de regarder Lana en silence. Et moi, ça m'a fichu la trouille. Heureusement que ce n'est pas *moi* qu'il regardait comme ça. Je crois que j'aurais été pétrifiée de terreur.

Je me suis levée d'un bond et j'ai attrapé mon plateau. Tina m'a immédiatement imitée.

J'ai dit : « Salut, tout le monde », et, Tina et moi, on s'est sauvées.

Au moment où on rangeait nos plateaux, Tina a murmuré : « De quel genre de fêtes elle parlait ? » J'ai répondu que je n'en avais aucune idée. Mais il y a une chose dont j'étais sûre et certaine : pour une fois, je n'aurais pas voulu être Lana Weinberger.

Jeudi, pendant le cours de français

Quand je suis allée chercher mon classeur de français dans mon casier après le déjeuner, Josh était là, assis par terre, contre la porte de son casier. Dès qu'il m'a vue, il s'est levé et a dit : « Salut. »

Puis il m'a souri. Un grand sourire qui dévoilait des dents parfaites d'une blancheur immaculée. J'ai dû détourner les yeux tellement elles étaient blanches et parfaites.

J'ai répondu : « Salut », mais j'étais super gênée. Je venais quand même d'assister à une dispute entre Lana et lui. Il devait sans doute l'attendre, pour faire la paix, et ils s'embrasseraient, certainement avec la langue même. Comme je ne tenais pas spécialement à assister à leur réconciliation, je me suis dépêchée de sortir mon classeur.

Mais Josh s'est mis à me parler. Il a dit : « Tu sais, je suis complètement d'accord avec ce que tu disais, tout à l'heure, à table, sur le fait de respecter son corps et tout ça. Je trouve que c'est hyper cool comme attitude. »

J'ai senti que je rougissais. Je me suis concentrée de toutes mes forces pour ne pas lâcher mon classeur en le sortant du casier. Qu'est-ce que je regrettais de ne pas avoir les cheveux longs ; au moins, ils auraient pu cacher mes joues en feu.

J'ai pris ma respiration et j'ai dit : « Hmm, hmm. » Bonjour la réponse intelligente.

Quand Josh m'a demandé si j'allais au bal samedi soir avec quelqu'un, je n'ai pas trouvé mieux que laisser tomber mon classeur. En me baissant pour le ramasser, j'ai fait une réponse encore plus intelligente : « Euh... »

J'étais à quatre pattes en train de récupérer les

feuilles éparpillées tout autour de moi, quand j'ai vu deux jambes dans un pantalon de flanelle grise qui se pliaient devant moi. Puis c'est le visage de Josh que j'ai vu.

Il m'a tendu une feuille et m'a dit : « Tiens. »

J'ai répondu : « Merci », et j'ai commis l'erreur de ma vie : j'ai regardé ses yeux bleus.

D'une voix faible, parce que c'est l'effet que me font ses yeux, j'ai ajouté : « Non, je ne vais au bal avec personne. »

La cloche a sonné à ce moment-là.

Josh s'est relevé. Il m'a dit : « À tout à l'heure », et il est parti.

Je suis encore sous le choc.

Josh Richter m'a adressé la parole.

JOSH RICHTER M'A ADRESSÉ LA PAROLE.

Pour la première fois depuis un mois, je me fiche d'être nulle en maths. Je me fiche que ma mère sorte avec un de mes profs. Je me fiche d'être l'héritière du trône de Genovia. Et je me fiche que ma meilleure amie ne me parle plus.

Je crois que Josh Richter m'aime bien.

DEVOIRS :

Maths ??? Je ne sais plus !!!

Anglais ??? Demander à Shameeka.

Histoire-géo ??? Demander à Lilly. Ah non, impossible. Lilly ne me parle plus.

Français ???
Biologie ???

Je perds la tête simplement parce que je plais peut-être à un garçon. Je me dégoûte.

Jeudi soir

Grand-Mère m'a dit : « Bien sûr que ce garçon t'aime bien. Pourquoi ne t'apprécierait-il pas ? Grâce à Paolo et à moi, tu es devenue très jolie. »

Merci, Grand-Mère. Comme si aucun garçon ne pouvait m'apprécier pour *moi*, et non pas parce que, du jour au lendemain, je suis princesse et que ma coupe de cheveux a coûté 200 dollars.

Je crois que je la hais.

Sans rire. Je sais que c'est mal de haïr les gens, mais je hais vraiment ma grand-mère. Du moins, je la déteste. Non seulement parce qu'elle est futile et ne pense qu'à elle, mais parce qu'elle peut être méchante.

Ce qu'elle a fait, ce soir, par exemple, c'est de la pure méchanceté.

Quand je suis arrivée pour ma leçon de princesse, elle m'a annoncé qu'elle m'emmenait dîner en ville. Elle voulait me montrer comment me comporter avec les médias. Sauf qu'il n'y avait aucun journaliste devant le *Plaza*, à l'exception d'un gamin de *Tiger*

Beat, le magazine d'une école du Bronx. J'en ai conclu que tous les vrais journalistes étaient partis dîner. (En plus, ce ne doit pas être drôle pour eux de traquer quelqu'un quand cette personne est prête à leur accorder du temps. C'est seulement quand on s'y attend le moins qu'ils vous sautent dessus, et obtiennent ce qu'ils cherchent. Enfin, je crois.)

Bref, j'étais plutôt contente de ne pas être harcelée pour une fois par les journalistes et les flashs des photographes. C'est vrai, en ce moment, j'ai l'impression d'être éblouie partout où je vais.

Au moment de monter dans la voiture, Grand-Mère a dit : « Attends-moi une minute », et elle est retournée à l'hôtel. J'ai pensé qu'elle avait oublié son diadème ou je ne sais quoi, mais quand elle est revenue, je n'ai vu aucun changement à sa tenue.

À notre arrivée au *Four Seasons*, le restaurant que Grand-Mère avait choisi, j'ai vu en revanche des tas de journalistes qui attendaient devant l'entrée. Au début, j'ai cru qu'une star y dînait, comme Madonna ou Shaquille O'Neal, mais dès que Hans s'est garé, ils se sont tous précipités autour de la voiture en criant : « Princesse Amelia, quel effet cela fait-il de grandir dans une famille monoparentale et de découvrir brusquement que l'ex de votre mère est à la tête de trois cents millions de dollars ? » et « Princesse Amelia, quelle marque de baskets portez-vous ? »

J'ai complètement oublié ma peur des affrontements tellement j'étais folle de rage. Je me suis tournée vers Grand-Mère et j'ai dit : « Comment savent-ils qu'on venait dîner ici ? »

Grand-Mère ne m'a pas répondu. Elle a cherché ses cigarettes dans son sac à main et a dit : « Où donc ai-je mis mon briquet ? »

Mais je ne l'ai pas lâchée et j'ai dit : « C'est toi qui les as prévenus, hein ? C'est toi qui les as appelés pour leur dire qu'on dînait au *Four Seasons* ! »

Grand-Mère a répondu : « Ne sois pas ridicule, voyons. Comment aurais-je eu le temps de tous les appeler. »

J'ai rétorqué : « Tu n'avais pas besoin de tous les appeler. Un seul suffit. Les autres ont suivi. Grand-Mère, *pourquoi* ? »

Grand-Mère a allumé sa cigarette. Je ne supporte pas quand elle fume dans la voiture. « Cela fait partie de ton rôle de princesse, Amelia, a-t-elle dit entre deux bouffées. Tu dois apprendre à vivre avec la presse. Pourquoi t'emportes-tu ainsi ? »

Je l'ai regardée et j'ai dit très calmement : « C'est toi aussi qui as parlé à Carol Fernandez ? »

Grand-Mère a répondu : « Bien sûr », et elle a haussé les épaules.

J'ai hurlé : « Comment as-tu pu faire une chose pareille, Grand-Mère ! Papa pense que c'est Mr. Gianini ! Maman et lui se sont disputés hier parce que maman te soupçonnait et qu'il refusait de la croire ! »

Grand-Mère a soufflé la fumée par ses narines et a répliqué : « Philippe est incroyablement naïf. »

À ce moment-là, j'ai déclaré : « Je lui dirai. Je lui dirai la vérité. »

Mais Grand-Mère a agité la main, comme pour dire : « *Et alors ? Que veux-tu que cela me fasse ?* »

« Je vais *vraiment* lui dire, Grand-Mère, ai-je insisté. Et il sera fou de rage contre toi. »

Grand-Mère a secoué la tête. « Je ne crois pas. Tu avais besoin d'entraînement, ma chérie. Cet article dans le *Post* n'est qu'un début. Bientôt, tu seras en couverture de *Vogue*, et alors... »

J'ai hurlé : « Grand-Mère ! Je ne veux pas être en couverture de *Vogue* ! Tu n'as pas encore compris ? Je veux juste aller à l'école comme n'importe quelle fille de mon âge ! »

Grand-Mère a paru légèrement étonnée. Elle a dit : « Très bien, ma chérie, très bien. Tu n'es pas obligée de *hurler*. »

Je ne sais pas si elle a bien compris mes raisons, mais quand on est sorties du restaurant, les journalistes avaient disparu. J'en ai conclu qu'elle m'avait au moins entendue.

Lorsque je suis arrivée à la maison, Mr. Gianini était ENCORE là. Du coup, j'ai dû m'enfermer dans ma chambre pour appeler mon père. J'ai dit : « Papa, c'est Grand-Mère, et pas Mr. Gianini, qui a vendu la mèche à Carol Fernandez. » Il a répondu : « Je sais », d'une toute petite voix.

J'en croyais à peine mes oreilles. « Tu le *savais*, et tu n'as rien dit ? »

Il a répondu : « Mia, ta grand-mère et moi avons une relation très compliquée. »

Ce qu'il voulait dire, c'est qu'il a peur d'elle. Je ne peux pas vraiment lui en vouloir, étant donné qu'elle l'enfermait dans le donjon du palais quand il était petit.

Aussi, j'ai déclaré : « Tu pourrais peut-être t'excuser auprès de maman pour ce que tu as dit sur Mr. Gianini. »

Il a encore répondu : « Je sais », d'une toute petite voix, et j'ai demandé s'il allait vraiment le faire.

Il a dit : « Mia.... », sauf que, cette fois, il n'avait plus du tout une petite voix. Il paraissait exaspéré. Du coup, j'ai préféré ne pas insister, et j'ai raccroché.

Je suis allée dans le salon et Mr. Gianini m'a aidée à faire mes devoirs. Mais je pensais trop à Josh Richter pour l'écouter.

Je comprends pourquoi ma mère aime bien Mr. G. Il est plutôt cool, en fait, et je suis sûre qu'il n'est pas du genre à accaparer la télécommande quand il regarde la télé, comme certains des ex de ma mère. Et il ne s'intéresse pas qu'aux sports, lui.

Une demi-heure avant que j'aille me coucher, mon père a appelé. Il voulait parler à maman. Elle est allée dans sa chambre et, quand elle en est ressortie, elle avait un petit air satisfait, qui semblait dire : « *Je vous l'avais bien dit.* »

J'aimerais tellement pouvoir raconter à Lilly que Josh Richter m'a parlé.

Vendredi 17 octobre, pendant le cours d'anglais

JOSH ET LANA ONT CASSÉ !!!

Je ne raconte pas de blagues. On ne parle que de ça, à l'école. Ils ont cassé hier soir, après l'entraînement de Josh. Ils dînaient tous les deux au *Hard Rock Café*, et Josh a demandé à Lana de lui rendre la bague qu'il lui avait offerte !!! Quelle humiliation pour Lana !

Même à ma pire ennemie, je ne souhaiterais pas une chose pareille.

Ce matin, Lana n'attendait pas Josh près de son casier. Et quand elle est arrivée en cours de maths, elle avait les yeux rouges, elle n'était pas coiffée (je me demande même si elle n'avait pas les cheveux sales), et ses collants faisaient des poches aux genoux. Je ne pensais pas la voir un jour aussi négligée !!! Avant que le cours commence, elle a appelé la boutique *Bergdorf*, de son téléphone portable, pour savoir si elle pouvait ramener la robe qu'elle comptait porter au bal, demain soir. Ensuite, elle a passé toute l'heure à barrer au marqueur noir « *Mrs. Josh Richter* » sur les étiquettes de ses livres et de ses cahiers.

Quelle horreur. J'étais tellement distraite que j'ai

été incapable de mettre en facteur mes nombres entiers.

J'AIMERAIS :
1. Porter des soutiens-gorge taille 95 A.
2. Être bonne en maths.
3. Appartenir à un groupe de rock connu.
4. Être toujours amie avec Lilly Moscovitz.
5. Être la petite amie de Josh Richter.

Vendredi, plus tard

Si je vous raconte ce qui vient de se passer, vous n'allez pas me croire.

Je rangeais mon livre de maths dans mon casier quand Josh Richter est arrivé et qu'il m'a demandé, l'air de rien : « Au fait, Mia, avec qui tu vas au bal, demain soir ? »

Inutile de dire que le simple fait qu'il m'adresse la parole m'a mise dans tous mes états. J'ai même cru que j'allais tomber dans les pommes. Et qu'il me pose en plus une question qu'on pouvait comprendre comme le prélude à une invitation, j'ai failli avoir un haut-le-cœur. Sans rire. Je me sentais vraiment mal, mais dans le bon sens.

Du moins, je crois.

Bref, j'ai réussi à répondre : « Euh... avec personne », et il a dit (tenez-vous bien) : « Si on y allait ensemble ? »

JOSH RICHTER M'A PROPOSÉ D'ALLER AU BAL AVEC LUI !!!!!

J'étais dans un tel état de choc que je suis restée interloquée pendant une bonne minute. J'ai eu peur de me mettre à suffoquer, comme quand j'ai regardé un documentaire à la télé sur la transformation de la viande de bœuf en hamburger. Je me suis forcée à respirer calmement en levant les yeux vers lui. (Josh est vraiment très grand !)

À ce moment-là, il s'est passé un truc bizarre. J'ai entendu une toute petite voix en moi qui disait : « Il te propose d'aller au bal avec lui parce que tu es la princesse de Genovia. »

Je le jure. C'est ce que j'ai pensé, pendant une seconde.

Et puis, j'ai entendu une très grosse voix répondre : « ET ALORS ? »

C'est vrai, quoi. Peut-être qu'il m'a proposé de m'accompagner demain soir au bal parce qu'il me respecte en tant qu'être humain, et qu'il a envie de mieux me connaître, et peut-être aussi qu'il... m'aime bien.

Ce sont des choses qui arrivent.

C'est pourquoi j'ai écouté la grosse voix, et j'ai répondu, comme si ça m'était complètement égal : « Si tu veux, oui. Ce serait marrant. »

Josh a dit qu'il passerait me prendre chez moi. Je

crois qu'il a aussi parlé d'aller manger un morceau quelque part, mais je ne l'écoutais pas. Parce que, au même moment, la grosse voix était en train de me dire : « Josh Richter t'a proposé d'aller au bal avec lui. JOSH RICHTER T'A PROPOSÉ D'ALLER AU BAL AVEC LUI !!! »

Je me demande si je ne suis pas morte et au paradis. Mon rêve s'est réalisé : Josh Richter a lu dans mon âme. Il a lu dans mon âme, et il a vu qui j'étais vraiment, il a vu quel être se cachait au fond de moi.

Ensuite, la cloche a sonné. Josh est parti et, moi, je suis restée là, jusqu'à ce que Lars me fasse redescendre sur terre en me tapotant sur l'épaule.

Heureusement que Lars était là. Sinon, jamais je n'aurais su que Josh doit passer me prendre demain soir à 7 heures. Il va falloir que j'apprenne à rester calme la prochaine fois qu'on a rendez-vous.

À FAIRE (ENFIN, JE CROIS, PUISQUE JE NE SUIS JAMAIS SORTIE AVEC UN GARÇON ET QUE JE NE SAIS PAS CE QU'IL FAUT FAIRE) :
1. Me trouver une robe.
2. Me laver les cheveux.
3. Me faire les ongles (et arrêter de ronger les faux).

Mais pour qui se prend Lilly Moscovitz ? Un, elle décide de ne plus m'adresser la parole. Et deux, quand elle daigne enfin me parler, c'est pour critiquer. De quel droit, d'abord, se permet-elle de descendre en flèche le garçon qui m'accompagne au bal, demain soir ? Surtout quand *elle* y va avec Boris Pelkowski. *Boris Pelkowski.* O.K., c'est peut-être un génie en musique, mais c'est toujours Boris Pelkowski.

Lilly m'a dit : « Au moins, Boris n'agit pas par dépit amoureux. »

Je rêve ou quoi ? Josh Richter n'agit *pas* par dépit amoureux. Ça faisait seize heures qu'il avait cassé avec Lana quand il m'a proposé d'aller au bal avec lui.

Lilly a ensuite ajouté : « Par ailleurs, Boris ne se drogue pas. »

Pour quelqu'un qui se dit intelligent, je trouve qu'elle écoute beaucoup les rumeurs. Quand je lui ai demandé si elle avait *déjà* vu Josh se droguer, elle a haussé les épaules et m'a regardée d'un air sarcastique.

En tout cas, elle n'a *aucune* preuve que Josh se drogue. D'accord, il traîne souvent avec ceux qui touchent à ce genre de choses. Et alors ? Ce n'est pas parce que Tina Hakim Baba traîne souvent avec une princesse qu'elle est princesse pour autant !

Quand je l'ai fait remarquer à Lilly, elle n'a pas apprécié. Elle m'a dit que je cherchais des excuses à Josh. Elle a dit : « Chaque fois que tu cherches des excuses à quelqu'un, Mia, cela signifie que tu es inquiète. »

Je ne suis *pas* inquiète. Je vais au bal de l'école avec le garçon le plus mignon et le plus raffiné de toute l'école, et rien ni personne ne me gâchera ce plaisir.

Mais je dois avouer que ça me fait bizarre de voir Lana aussi triste, et de voir que Josh s'en fiche complètement. Aujourd'hui, au réfectoire, Josh et ses copains ont déjeuné avec Tina et moi, et Lana et ses copines ont déjeuné à une autre table. C'était vraiment une situation bizarre. En plus, Josh et ses copains ne nous ont pratiquement pas adressé la parole, à Tina et à moi. Ils parlaient entre eux. Apparemment, ça ne gênait pas Tina. Moi, si. Surtout quand je savais que Lana évitait autant que possible de regarder de notre côté.

Tina n'a fait aucun commentaire sur Josh quand je lui ai annoncé la nouvelle. Elle m'a seulement dit que, ce soir, quand je viendrais dormir chez elle, on essaierait différentes tenues et différentes coiffures, pour savoir ce qui nous va le mieux. Je ne vois pas très bien quelle autre coiffure je pourrais avoir, mais on pourra toujours faire des essais sur Tina. En fait, Tina est presque plus excitée que moi. En tout cas, elle est bien plus enthousiaste que Lilly. Tout ce que Lilly a trouvé à me dire, c'est : « Et où est-ce qu'il compte t'emmener dîner ? Au *Harley-Davidson Café* ? »

J'ai répondu : « Non. À la *Tavern on the Green*. »

Et Lilly a lâché du bout des lèvres : « Quelle imagination ! »

J'imagine que son grand musicien l'invite dans un restaurant du Village.

Quant à Michael, que j'ai trouvé plutôt silencieux, il s'est contenté de demander à Lars s'il m'accompagnait au bal.

Cela dit, maintenant que j'y pense, je trouve que Josh n'est pas très sympa avec Lana. Peut-être qu'il ne devrait pas s'afficher avec une autre fille juste après avoir cassé avec elle – du moins, pas là où tout le monde s'attendait à les voir ensemble. Vous comprenez ce que je veux dire ? Du coup, je me sens un peu mal.

Mais pas suffisamment pour refuser d'aller au bal avec lui.

RÉSOLUTIONS :

1. Être plus gentille avec tout le monde, même avec Lana Weinberger.

2. Ne plus me ronger les ongles, même s'ils sont faux.

3. Dire la vérité dans mon journal.

4. Cesser de regarder de vieux feuilletons à la télé et utiliser mon temps plus intelligemment, pour faire

des maths, par exemple, ou protéger l'environne-
ment.

Vendredi soir

Comme je passe la nuit chez Tina, Grand-Mère m'a
laissée partir plus tôt, aujourd'hui. Finalement, mon
esclandre d'hier au sujet de la presse a porté ses fruits,
car pas une seule fois elle n'a suggéré que je devrais
rencontrer les journalistes. Il n'y a qu'une chose qui
l'intéressait : choisir ma tenue pour demain soir. Elle
a appelé la boutique Chanel et a pris rendez-vous
pour demain. Quand je lui ai fait remarquer que ce
serait peut-être un peu court comme délai, et que ça
risquait de coûter une fortune, elle m'a répondu
qu'elle s'en fichait. Il s'agit de ma première sortie
dans le monde en tant que représentante de Genovia, et je dois « être éblouissante » (ce sont ses mots,
pas les miens).

J'ai essayé de lui dire que c'était juste un petit bal
de rien du tout, organisé au sein de l'école, et pas une
grande cérémonie avec tout le tralala, mais elle n'a
rien voulu savoir. Son problème, c'était de trouver des
chaussures assorties à ma robe.

Je me rends compte que les filles ont des tas de
préoccupations auxquelles je n'avais jamais songé.
Par exemple, porter des chaussures assorties à sa
robe. Je ne savais pas que c'était si important.

En tout cas, Tina Hakim Baba semble au courant, elle. Si vous voyiez sa chambre ! Elle doit être abonnée à tous les magazines féminins qui existent sur Terre. Ils sont rangés en ordre sur les étagères de sa chambre qui, soit dit en passant, est immense et rose, comme le reste de l'appartement. Celui-ci occupe tout le dernier étage de l'immeuble. Il suffit d'appuyer sur le bouton PH de l'ascenseur et, à l'arrivée, les portes s'ouvrent sur le hall d'entrée en marbre des Hakim Baba. J'ai vérifié : il y a effectivement une vraie fontaine, mais on n'est pas censé y jeter des pièces de monnaie.

Je crois que je n'ai jamais vu un appartement aussi grand. Vu que les Hakim Baba ont une bonne, une cuisinière, une gouvernante et un chauffeur, et qu'ils vivent tous là, vous imaginez le nombre de pièces que ça doit faire, sans compter que Tina a trois petites sœurs et un petit frère, et que chacun a *sa* chambre.

Et ce n'est pas tout. Tina a *sa* télé, avec *sa* Play Station. Je mène en comparaison une vie bien monastique.

Il y en a qui ont de la chance.

J'ai remarqué aussi que Tina n'était pas du tout la même chez elle. À l'école, elle est timide et on n'entend jamais le son de sa voix. Mais chez elle, elle parle tout le temps et elle est super expansive. Ses parents sont sympa, aussi. Mr. Hakim Baba est vraiment drôle. Il a eu une crise cardiaque l'an dernier, et depuis il n'a plus le droit de manger que des légumes et du riz. Il doit perdre encore huit kilos. Pendant toute la soirée, il n'a pas arrêté de me pincer le bras et de dire : « Comment faites-vous pour rester aussi mince ? » Quand je lui ai expliqué que je suivais un régime strictement végétarien, il a pris un air abattu et a demandé à la cuisinière de préparer un dîner végétarien. On a mangé du couscous et un goulasch de légumes. C'était délicieux.

Mrs. Hakim Baba est super belle. Ce n'est pas le même genre de beauté que ma mère, mais quand même. D'abord, elle est anglaise et très blonde. À mon avis, elle s'ennuie un peu ici, surtout qu'elle ne travaille pas. Avant, elle était mannequin, mais elle a arrêté quand elle s'est mariée. Du coup, elle n'a plus l'occasion de rencontrer tous les gens intéressants qu'elle était amenée à fréquenter à l'époque où elle défilait. Elle a passé une fois la nuit dans le même hôtel que le prince Charles et la princesse Diana. Elle nous a dit qu'ils faisaient chambre à part. Et c'était pendant leur lune de miel !

Pas étonnant que ça n'ait pas marché entre eux.

Comme Mrs. Hakim Baba est aussi grande que moi, j'ai calculé qu'elle mesurait 12 cm de plus que Mr. Hakim Baba. Mais je crois que Mr. Hakim Baba s'en fiche.

Les petites sœurs et le petit frère de Tina sont adorables. Après avoir consulté tous les magazines de mode de Tina pour voir comment les mannequins se coiffaient, on a fait des essais sur ses petites sœurs. C'était trop drôle. On a mis aussi des barrettes en forme de papillon dans les cheveux de son petit frère et on lui a fait les ongles. Il était super excité et, dès qu'on l'a libéré, il a enfilé son déguisement de Batman et a couru dans tout l'appartement en criant. Je le trouvais mignon, mais apparemment Mr. et Mrs. Hakim Baba n'étaient pas du même avis, parce qu'ils ont demandé à la gouvernante de le coucher juste après dîner.

Ensuite, Tina m'a montré comment elle allait s'habiller demain soir. Sa robe vient de chez *Nicole Miller*. Elle est magnifique, toute vaporeuse et blanche. On dirait de l'écume. En fait, Tina ressemble bien plus à une princesse que moi.

Et puis, ça a été l'heure de *Lilly ne mâche pas ses mots*. L'émission de Lilly passe tous les vendredis à 21 heures. Ce soir, c'était l'épisode consacré aux Ho. Il a été filmé avant que Lilly renonce à boycotter leur boutique parce que personne, à l'école, ne s'intéressait à sa campagne. Je trouve que Lilly a fait un vrai travail de journaliste. Je le dis honnêtement, puisque je n'ai pas participé à l'émission. Si un jour *Lilly ne mâche pas ses mots* passe sur une chaîne hertzienne, je suis sûre qu'elle battra les records de l'audimat.

Juste avant la fin de l'épisode, Lilly est apparue à l'écran. Elle était assise sur son lit, dans sa chambre, et elle a expliqué que le racisme est une force du mal que nous devons tous combattre. Même si payer cinq cents de plus pour un lait de soja représente une somme ridicule aux yeux de la plupart d'entre nous, pour les vraies victimes du racisme, comme les Arméniens, les Rwandais et les Ougandais, c'est le premier pas qui mène au génocide. Lilly a conclu en disant qu'elle espérait que son action contre les Ho avait apporté un petit peu plus de justice en ce monde.

Tout cela me paraît compliqué, mais quand j'ai vu Lilly et que je l'ai entendue parler, j'ai pensé qu'elle me manquait, surtout quand elle a agité ses pieds dans ses chaussons fourrés, exprès pour narguer Norman. Tina est gentille, je m'entends bien avec elle, mais ce n'est pas pareil. Je connais Lilly depuis la maternelle. Ce n'est pas évident de tirer un trait sur une aussi longue amitié.

On a lu très tard, Tina et moi, et que des livres d'amour. C'est incroyable : il n'y en a pas un seul où le garçon ne casse pas avec une fille prétentieuse pour sortir ensuite avec l'héroïne. Généralement, il attend le bon moment, comme l'été ou un week-end, pour lui dire qu'il l'aime. Les seuls livres où le garçon sort tout de suite avec l'héroïne, c'est parce qu'il se sert d'elle pour se venger.

Tina m'a confié que, si elle adorait lire ce genre d'histoires, elle ne les considérait quand même pas comme un guide dans la vie. Elle a raison. Combien de fois dans sa vie quelqu'un devient amnésique ? Ou depuis quand un jeune terroriste européen prend-il une fille en otage dans le vestiaire du lycée ? Je suis sûre que, si ça arrivait, la fille porterait ce jour-là des sous-vêtements dépareillés dont les élastiques sont détendus, et certainement pas un caraco en soie comme l'héroïne du roman.

Tina vient d'éteindre, parce qu'elle est fatiguée. Moi aussi, cela dit. La journée a été longue.

Samedi 18 octobre

Quand je suis rentrée à la maison, la première chose que j'ai faite, c'est de vérifier que Josh n'avait pas appelé pour se décommander.

Il ne l'a pas fait.

Mr. Gianini était là. Ça devient une habitude, sauf qu'aujourd'hui, il n'était pas en caleçon. Lorsqu'il m'a entendue demander à maman si un certain Josh n'avait pas appelé, il a dit : « Pas Josh Richter, quand même ? »

J'ai aussitôt vu rouge, parce qu'il avait l'air... Je ne sais pas. Choqué, je crois.

J'ai répondu : « Si, Josh Richter. On va au bal de l'école ensemble, ce soir. »

Mr. Gianini a haussé les sourcils et a dit : « Qu'est-il arrivé à Lana Weinberger ? »

Ça craint un maximum quand l'un de vos parents sort avec un professeur de votre bahut. J'ai rétorqué : « Ils ont cassé. »

Ma mère suivait de près notre petit échange – ce qui est assez inhabituel chez elle, vu qu'elle vit dans son propre monde la plupart du temps. Elle m'a demandé : « Qui est ce Josh Richter ? »

Je l'ai regardée et j'ai répondu : « Le garçon le plus mignon et le plus raffiné de toute l'école. »

Mr. Gianini a ricané et a dit : « Et toutes les filles lui courent après. »

Ma mère a paru étonnée. Elle s'est exclamée : « Et c'est à *Mia* qu'il a proposé d'aller au bal ? »

Inutile de dire que ce n'était guère flatteur pour moi. Quand votre propre mère s'étonne parce que le garçon le plus mignon et le plus raffiné de toute l'école vous choisit, vous, pour aller au bal, vous pouvez être sûre qu'il y a de l'orage dans l'air.

J'ai répondu : « Oui », et Mr. Gianini a déclaré : « Je n'aime pas ça. » Ma mère lui a demandé pourquoi, et il a répondu : « Parce que je connais Josh Richter. »

Du coup, ma mère a dit : « Ah... Ça ne me plaît pas trop. »

Sans me laisser le temps de prendre la défense de Josh, Mr. Gianini a ajouté : « Ce garçon roule à cent à l'heure. » Je n'ai pas compris ce qu'il voulait dire.

Du moins, jusqu'à ce que ma mère fasse remarquer que, dans la mesure où, moi, je roulais à dix à l'heure (DIX !), elle allait demander à mon père son avis « sur la question ».

Son avis sur quoi ? Qu'est-ce que je suis ? Une voi-

ture, avec une courroie de ventilateur défectueuse ?
Et qu'est-ce que ça signifie « rouler à cent à
l'heure » ?

« Qu'il est rapide, Mia », a traduit Mr. Gianini.

Rapide ? RAPIDE ? Dans quelle époque vit-on ?
Dans les années 50 ? Et Josh Richter s'est brusquement transformé en James Dean dans *La Fureur de
vivre* ?

Tout en composant le numéro du *Plaza*, ma mère
a dit : « Tu n'es qu'en seconde, Mia. Tu ne devrais pas
sortir avec un garçon de terminale. »

Ce n'est pas juste ! Un garçon me demande ENFIN
de sortir avec lui, et mes parents refusent ?

J'ai appuyé sur la touche « haut-parleur » du téléphone pour entendre ce que mes parents disaient. Et
voilà ce qu'ils ont dit : je suis trop jeune pour sortir
avec un garçon ; et comme cette histoire de princesse
m'a manifestement perturbée, ce n'est pas la peine
qu'un garçon me perturbe davantage. Ils ont ensuite
planifié le restant de ma vie (interdiction de sortir
avant 18 ans, dortoir de filles à l'Université, etc.),
jusqu'à ce que l'interphone sonne et que Mr. G. aille
répondre. Quand il a demandé qui c'était, j'ai aussitôt reconnu la voix qui répondait : « Clarisse Marie
Renaldo. Et vous, qui êtes-vous ? »

À l'autre bout de la pièce, maman a lâché le téléphone. C'était Grand-Mère. Grand-Mère allait monter !

Jamais je n'aurais pensé qu'un jour je serais heureuse de la voir. Quand je l'ai vue dans l'encadrement de la porte, prête à m'emmener faire des courses, j'ai failli lui sauter au cou – et l'embrasser sur les deux joues. À la place, j'ai dit : « Grand-Mère, ils ne veulent pas me laisser aller au bal ! »

J'avais oublié que Grand-Mère n'était jamais venue ici. Et j'avais oublié que Mr. Gianini était là. Je ne pensais qu'à une chose : mes parents refusaient que je sorte avec Josh.

Mais j'étais sûre que Grand-Mère allait arranger le coup.

Et elle l'a fait !

Elle est entrée en trombe et a jeté un coup d'œil méprisant à Mr. G. « C'est *lui* ? » disaient ses yeux. J'ai acquiescé. Elle a poussé un soupir, puis, quand elle a entendu la voix de papa au téléphone, elle s'est immédiatement avancée et a ordonné à ma mère : « Donnez-moi ce téléphone ! » Ma mère lui a tendu le combiné. On aurait dit une petite fille qui se fait attraper par un contrôleur au moment où elle passe par-dessus le tourniquet du métro.

« Mère ? » s'est exclamé mon père, à l'autre bout du fil. Apparemment, il était dans le même état de choc que ma mère. « C'est toi ? Qu'est-ce que *tu* fais là ? »

Pour quelqu'un qui prétend ne jamais se servir de la technologie moderne, on peut dire que Grand-Mère sait manier un haut-parleur. Elle a appuyé sur le bouton « off », a attrapé le combiné et a dit :

« Écoute-moi bien, Philippe. Ta fille va au bal avec son prétendant. Je suis venue en limousine jusqu'ici pour l'emmener s'acheter une nouvelle robe. Si tu n'es pas d'accord, sache que... »

Grand-Mère est alors passée au français, et je peux vous assurer que ce n'était pas très joli-joli, ce qu'elle disait. Heureusement que ma mère et Mr. Gianini ne comprenaient pas. Ils la regardaient tous les deux. Ma mère semblait folle de rage. Mr. G. avait l'air dans ses petits souliers.

Une fois que Grand-Mère a dit à mon père où il pouvait aller se faire pendre, elle a raccroché puis a balayé le loft du regard. Il faut que vous sachiez que Grand-Mère sait très mal cacher ses sentiments, aussi je n'ai pas été très étonnée de l'entendre dire : « C'est *ici* que la princesse de Genovia a été élevée ? Dans ce *trou à rats* ? »

Je crois que, si elle avait allumé un pétard sous le nez de ma mère, elle n'aurait pas pu la rendre plus furieuse.

Ma mère s'est levée d'un bond et a répondu : « Je vous interdis, Clarisse, de me dire comment élever ma fille ! Philippe et moi avons déjà décidé qu'elle ne sortirait pas avec ce garçon. Vous n'avez pas le droit de venir ici et... »

Grand-Mère ne l'a pas laissée finir. Elle s'est tournée vers moi et a dit, très calmement : « Amelia, va chercher ton manteau. »

Je suis allée dans ma chambre. Quand je suis revenue, ma mère était rouge écarlate tellement elle bouillait de colère, et Mr. Gianini regardait ses pieds. Mais ni l'un ni l'autre n'ont émis la moindre parole quand on est parties, Grand-Mère et moi.

Une fois dans la rue, j'étais tellement excitée que je faisais des bonds. Je me suis exclamée : « Grand-Mère ! Qu'est-ce que *tu* leur as dit ? Comment as-tu fait pour les convaincre ? »

Grand-Mère s'est contentée de rire de son rire de sorcière et a répondu : « J'ai mes méthodes. »

Je préfère ne pas imaginer.

Samedi, plus tard

Voilà. Je porte ma nouvelle robe, mes nouvelles chaussures, mes nouveaux collants, j'ai les ongles faits, les jambes et les aisselles épilées, je suis coiffée, maquillée, il est 7 heures et Josh n'est toujours pas là. Je me demande s'il ne s'est pas moqué de moi, comme dans *Carrie*. Je n'ai pas vu le film, parce que ça fait trop peur, mais Michael Moscovitz a loué la cassette et il nous l'a raconté, à Lilly et à moi : c'est l'histoire d'une fille pas très jolie que le séducteur de l'école invite au bal de fin d'année juste pour lui renverser un baquet de sang de porc sur la tête – sauf qu'il ne sait pas que Carrie a des pouvoirs paranormaux – ; à la fin, Carrie tue tout le monde en ville, dont la première femme de Steven Spielberg et la mère dans *Huit, ça suffit.*

Le problème, c'est que je n'ai pas de pouvoirs paranormaux. Si Josh et ses copains s'amusent à me renverser un baquet de sang sur la tête, je ne pourrai pas les tuer. Je pourrais faire appel à la Garde nationale de Genovia. Mais ça risque d'être difficile, vu que Genovia n'a ni armée de l'air ni marine de guerre. Comment la Garde nationale arriverait-elle jusqu'ici ? Il lui faudrait voyager sur une compagnie régulière, et ça coûte UNE FORTUNE d'acheter les billets à la dernière minute. Je doute que mon père accepte de puiser dans les fonds publics pour une telle dépense – d'autant plus qu'il y a de fortes chances pour qu'il prenne ma demande à la légère.

Mais si Josh Richter me pose un lapin, je peux vous assurer que je ne réagirai pas *à la légère.* Je me suis fait épiler les JAMBES à la cire exprès pour lui. C'est clair ? Et si vous croyez que ça ne fait pas mal, imaginez ce que c'est pour les AISSELLES, que je me suis fait AUSSI épiler pour lui. Je peux vous dire que la cire chaude, ça fait SUPER MAL. J'ai même failli pleurer tellement j'avais mal. Alors, n'allez pas me raconter qu'on ne peut pas faire appel à la Garde nationale de Genovia s'il me pose un lapin.

À tous les coups, mon père pense que Josh va me poser un lapin. Il est assis à côté, à la table de la cuisine, et fait semblant de lire le programme télé. Mais j'ai bien vu qu'il vérifiait l'heure à sa montre tout le temps. Maman aussi. Comme elle ne porte pas de montre, elle jette des petits coups d'œil furtifs à la pendule de la cuisine.

Lars aussi est là. Il est le seul à ne pas regarder l'heure. Il compte ses munitions pour savoir s'il en a assez. Je parie que mon père lui a dit de tirer sur Josh à la moindre entourloupe.

Mon père a en effet accepté que je sorte avec Josh à condition que Lars nous accompagne. Cela dit, je m'en doutais. Mais j'ai fait mine d'être folle de rage, juste pour que mon père ne croie pas s'en sortir aussi facilement. Il s'est mis dans un sacré pétrin avec Grand-Mère. Pendant que je faisais mes essayages, Grand-Mère m'a raconté que papa avait toujours eu peur de s'engager, et que la raison pour laquelle il ne voulait pas que je sorte avec Josh, c'est parce qu'il ne supporterait pas que Josh me largue comme lui-même a largué des tas de filles dans le monde entier.

Assume-toi, voyons, papa !

De toute façon, Josh ne peut pas me larguer, vu qu'on n'est pas encore sortis ensemble.

Et s'il ne rapplique pas vite fait, tout ce que je peux dire, c'est : TANT PIS POUR LUI. Je n'ai jamais été autant en beauté. Cette vieille Coco Chanel s'est vraiment surpassée. Ma robe est hyper SEXY. Elle est en soie bleu pâle, avec le haut froissé et replié en accordéon – ce qui cache ma poitrine inexistante –, et elle retombe toute droite jusqu'à mes escarpins, qui sont aussi en soie bleu pâle. Je trouve que je ressemble un peu à un glaçon, mais d'après les vendeuses de chez Chanel, c'est le look du nouveau millénaire. Les glaçons sont à la mode.

Le seul problème, c'est que je ne peux pas caresser Fat Louie, sinon je risque d'être couverte de poils orange. J'aurais dû m'acheter un de ces rouleaux pour brosses adhésives la dernière fois que je suis allée au supermarché. Tant pis. Fat Louie est couché à côté moi, sur le futon, et il a l'air tout triste parce que je ne joue pas avec lui. J'ai rangé mes chaussettes au cas où il se mettrait en tête de me punir en en mangeant une.

Mon père vient de regarder l'heure et de déclarer : « 19 h 15. On ne peut pas dire que ce garçon est ponctuel. »

J'ai essayé de rester calme et j'ai répondu de ma voix la plus princière : « Il y a sans doute des embouteillages. »

Mon père a hoché la tête et a dit : « Sans doute, oui », mais d'un air pas embêté du tout. Et puis, il a ajouté : « On peut toujours aller voir *La Belle et la Bête*, si tu veux, Mia. Je suis sûr que je pourrais... »

J'ai répondu : « Papa ! Je n'irai PAS voir *La Belle et la Bête* avec toi ce soir ! »

Cette fois, il a eu l'air embêté. Un peu triste même. Je l'ai senti quand il a dit : « Avant, tu adorais *La Belle et la Bête*... »

Heureusement, l'interphone a sonné à ce moment-là. Ma mère est allée répondre. L'autre condition posée par mon père pour m'autoriser à sortir, c'est que Josh les rencontre tous les deux, maman et lui. Je me demande s'il a envisagé aussi de le soumettre à un interrogatoire en bonne et due forme.

Je vais devoir refermer mon journal et le laisser ici, parce qu'il ne rentre pas dans mon « réticule ». C'est le nom du petit sac tout plat que je porte.

Zut ! J'ai les mains moites ! J'aurais dû écouter Grand-mère quand elle m'a suggéré de prendre une paire de gants vénitiens.

Samedi soir, dans les toilettes pour dames de la « Tavern on the Green »

O.K., j'ai menti. J'ai emporté mon journal. C'est-à-dire que j'ai demandé à Lars de le prendre pour moi. D'accord, l'attaché-case qu'il trimballe partout avec lui est rempli de silencieux, de grenades et de plein d'autres armes, mais je savais qu'il y aurait une petite place pour mon cahier.

Et j'avais raison.

Bref, je suis dans les toilettes pour dames de la *Tavern on the Green*. Elles ne sont pas aussi jolies que celles du *Plaza*. Comme il n'y a pas de tabouret pour s'asseoir, je me suis installée sur les toilettes. Le couvercle rabattu, évidemment. D'où je suis, je vois des tas de pieds de grosses femmes qui vont et viennent de l'autre côté de la porte. J'ai remarqué qu'il y avait beaucoup de grosses femmes ici. La plupart assistent au mariage d'une Italienne aux cheveux très noirs qui ferait bien de se faire épiler les sourcils, et d'un rouquin tout maigre du nom de Fergus. Fergus ne s'est pas gêné pour me regarder quand je suis entrée dans le restaurant. Je ne plaisante pas. Mon premier homme marié, même s'il n'est marié que depuis une heure et a l'air à peine plus âgé que moi. Je vous le dis comme je le pense : ma robe fait un malheur !

Le dîner, en revanche, est nettement moins bien que je l'imaginais. Ce n'est pas une question de savoir quelle fourchette utiliser, ou de quel côté pencher son assiette. Grâce à Grand-Mère, je sais tout ça. Non. C'est Josh.

Attention. Comprenez-moi bien. Il est superbe dans son smoking (il m'a dit qu'il lui appartenait, que ce n'était pas un vêtement de location). Il l'a acheté l'an dernier, pour accompagner la fille avec qui il sortait avant Lana à tous les grands raouts de la ville. Josh m'a dit que c'était la fille du type qui a inventé les sacs en plastique dans lesquels on met les légumes, chez le primeur. Sauf qu'il est le premier à avoir eu l'idée d'imprimer sur les sacs : OUVRIR ICI, pour que les gens sachent de quel côté ouvrir leur pochette. D'après Josh, ces deux petits mots lui ont valu des milliards de dollars.

Je ne sais pas pourquoi il m'a raconté ça. Est-ce que je suis censée être impressionnée par ce qu'a fait le père de son ex-petite amie ? Je trouve qu'il aurait pu s'en dispenser, si vous voulez mon avis.

Mais bon. Josh a été parfait avec mes parents. Quand il est arrivé, il m'a offert un petit bouquet de fleurs (des minuscules roses blanches attachées ensemble par un ruban rose ; elles sont magnifiques ; il a dû payer ça *au moins* dix dollars – mais je ne sais pas pourquoi, je n'ai pas pu m'empêcher de penser qu'il les avait choisies au départ pour quelqu'un d'autre), puis il a serré la main de mon père en disant : « Enchanté, Votre Altesse. » Évidemment, ma mère a éclaté de rire. Elle me fait honte, parfois.

Josh s'est ensuite tourné vers elle et a dit : « Vous êtes la mère de Mia ? Je pensais que vous étiez sa sœur » – ce qui est totalement absurde, mais ma mère a dû être flattée, parce qu'elle a ROUGI quand il lui a serré la main, à son tour. Il faut croire que je ne suis pas la seule fille de la famille Thermopolis à tomber sous le charme des yeux bleus de Josh Richter.

Mon père s'est éclairci la gorge et a posé des tas de questions à Josh : quel genre de voiture il avait (la BMW de son père), où on avait l'intention d'aller (c'est malin), et à quelle heure on serait de retour (« à temps pour le petit déjeuner », a répondu Josh). Voyant que ça ne faisait pas rire mon père, Josh a ajouté : « À quelle heure voulez-vous que je ramène Mia, sire ? »

SIRE ! Josh Richter a appelé mon père « SIRE » !

Mon père a jeté un coup d'œil à Lars et a répondu :

« 1 heure du matin au plus tard » – ce que je trouvais assez sympa de sa part, vu que, normalement, je n'ai pas le droit de rentrer après 11 heures le week-end. Bien sûr, puisque Lars m'accompagne et qu'il ne peut rien m'arriver, il aurait pu me laisser rentrer plus tard, mais comme Grand-Mère m'a expliqué qu'une princesse doit toujours être prête à faire des compromis, je n'ai rien dit.

Mon père a ensuite demandé à Josh dans quelle université il comptait s'inscrire l'année prochaine (il n'a pas encore décidé, mais ce sera de toute façon une grande université), et ce qu'il envisageait d'étudier (les affaires). Ma mère est intervenue et a voulu savoir ce qu'il reprochait aux études artistiques. Josh a répondu qu'il voulait passer un diplôme qui lui assurerait un salaire minimum de 80 000 dollars par an. Quand j'ai entendu ma mère répliquer qu'il y avait des choses plus importantes dans la vie que l'argent, j'ai lancé : « Vous avez vu l'heure ! », et j'ai poussé Josh vers la porte.

On est descendus tous les trois, Josh, Lars et moi, et Josh m'a tenu la portière de la voiture pour que je m'assoie à l'avant à côté de lui. Lars a proposé de conduire pour que, Josh et moi, on fasse plus ample connaissance, à l'arrière. Je trouvais que c'était gentil de la part de Lars, mais je me suis vite rendu compte qu'on n'avait pas grand-chose à se dire, Josh et moi. Une fois que Josh m'a complimentée sur ma robe et que j'ai répondu que lui aussi était très beau dans son smoking, on s'est tus.

Je ne rigole pas. J'étais franchement gênée ! D'accord, je ne sors pas souvent avec des garçons, mais le peu de fois où ça m'est arrivé, je n'ai jamais rencontré ce problème. Michael Moscovitz, par exemple, parle tout le temps. Alors pourquoi Josh ne me disait-il RIEN ? À un moment, j'ai même songé lui demander qui il choisirait entre Winona Ryder et Nicole Kidman, si c'était la fin du monde, et puis je me suis dit que je ne le connaissais peut-être pas assez pour lui poser ce genre de questions.

Josh a quand même fini par briser le silence en me demandant si c'était vrai que ma mère sortait avec Mr. Gianini. Je savais bien qu'un jour ou l'autre, ça se saurait. Peut-être pas aussi vite que mon histoire de princesse, mais bon...

J'ai répondu : « Oui, c'est vrai », et Josh a demandé des détails.

Je ne sais pas pourquoi, mais je n'ai pas réussi à lui raconter que j'avais vu Mr. G. en caleçon dans ma cuisine. C'était comme si... Je ne sais pas. Je n'y arrivais pas, c'est tout. Bizarre, hein ? Je l'ai raconté à Michael Moscovitz sans qu'il me le demande. Mais à Josh, je ne pouvais pas, même s'il avait regardé au plus profond de mon âme et tout le reste. Curieux, non ?

On est restés de nouveau silencieux pendant un moment, puis on a fini par arriver à la *Tavern on the Green*. Lars a confié la voiture au portier et, Josh et moi, on est entrés (Lars a promis de ne pas manger à notre table ; il nous a dit qu'il préférait se tenir près de la porte pour surveiller les allées et venues). Tous les garçons du club d'aviron et leurs petites amies étaient là. J'ai d'abord été étonnée de les voir et ensuite soulagée. J'avoue que je me voyais mal passer encore une heure avec Josh sans rien avoir à lui dire...

Au bout de la longue table à laquelle dînaient les amis de Josh, il y avait deux places vides, pour Josh et moi.

Je dois dire que tout le monde a été très gentil avec moi. Après m'avoir dit que ma robe était magnifique, les filles m'ont demandé comment c'était d'être princesse, quel effet ça faisait de découvrir sa photo à la une du *Post*, si je portais une couronne. Bref, ce genre de questions. Elles sont toutes plus âgées que moi – certaines sont en terminale –, et elles ont l'air assez mûr. En tout cas, aucune ne s'est permis la moindre réflexion sur le fait que je n'ai pas de poitrine, comme Lana n'aurait pas manqué de le faire si elle avait été là.

Mais dans ce cas, c'est moi qui n'aurais pas été là.

Une fois assis, Josh a commandé du champagne. Je n'en revenais pas. Il y avait déjà trois bouteilles vides sur la table. Il m'a dit que son père lui avait passé sa carte American Express. Je ne comprends pas. Les serveurs n'ont-ils pas remarqué qu'il n'avait que dix-huit ans et que la plupart des gens autour de la table étaient encore plus jeunes ?

Je ne comprends pas non plus comment il fait pour boire autant. Si Lars n'avait pas décidé de prendre le volant, est-ce qu'il aurait conduit la BMW de son père à moitié soûl ? Ce n'est pas un comportement très responsable. Et Josh est le major de sa promotion !

Ensuite, sans demander l'avis de personne, il a passé la commande : filet mignon pour tout le monde. D'accord, c'est sympa de s'en être occupé, mais il est hors de question que je mange de la viande, même pour le plus beau garçon du monde.

De toute façon, il n'a même pas remarqué que je n'y avais pas touché ! Du coup, je me suis rabattue sur la salade et le pain pour ne pas mourir de faim.

Peut-être que je pourrais me glisser discrètement jusqu'à l'entrée et demander à Lars d'aller m'acheter une ou deux barres de céréales ?

On verra.

Ce qui me fait bizarre aussi, c'est que plus Josh boit, plus il me touche. Il n'arrête pas, par exemple, de mettre sa main sur ma jambe. La première fois, j'ai cru qu'il ne l'avait pas fait exprès, mais il y a eu au moins quatre fois. Il m'a même pincée, la dernière fois !

Je ne crois pas qu'il soit soûl, mais il est en tout cas beaucoup plus familier avec moi que dans la voiture.

Peut-être que la présence de Lars le gênait ? Qui sait ?

Il faut que j'y retourne. Finalement, je regrette que Josh ne m'ait pas dit que ses amis dîneraient avec nous. J'aurais invité Tina Hakim Baba et son copain – ou même Lilly et Boris. Au moins, j'aurais eu quelqu'un avec qui m'amuser.

Bon. J'y vais.

Samedi, très tard, dans les vestiaires des filles d'Albert-Einstein

Pourquoi ?
Pourquoi ??
Pourquoi ???

Je n'arrive pas à y croire. Je n'arrive pas à croire que ça a pu m'arriver à MOI !

POURQUOI ? POURQUOI MOI ? POURQUOI EST-CE QUE C'EST TOUJOURS À MOI que ce genre de choses arrivent ?????

Je ne me rappelle plus ce que Grand-Mère m'a dit quand on se retrouve contraint et forcé à faire quelque chose qu'on n'a pas envie de faire. Parce que je suis bel et bien dans cette situation. Ah oui, je me souviens : il faut respirer par le nez, puis par la bouche. Par le nez, puis par la bouche, par le nez, puis par la bouche, par le...

COMMENT A-T-IL OSÉ ME FAIRE ÇA ???

Si je ne me retenais pas, je lui arracherais les yeux ! Et d'abord, pour qui se prend-il ? Vous savez ce qu'il m'a fait ? Vous voulez que je vous dise ce qu'il m'a fait ? Je vais vous le dire.

Après avoir vidé NEUF bouteilles de champagne – ce qui fait pratiquement une bouteille par personne, puisque je n'ai bu que deux gorgées –, Josh et ses copains ont finalement décidé qu'il était temps d'aller au bal de l'école. Un peu qu'il était temps ! Le bal avait commencé depuis une heure au moins !

On est donc sortis et on a attendu que le portier aille chercher la voiture. À ce moment-là, je pensais que tout se passerait bien : Josh avait glissé un bras autour de mes épaules – ce qui était assez agréable avec ma robe sans manches. J'ai un petit châle, mais c'est juste un voile très fin, aux couleurs chatoyantes. Bref, c'était un sentiment tout à fait délicieux, ce bras autour de mes épaules, qui me tenait chaud. En plus, c'est un très beau bras, musclé et tout. Le seul problème, c'est que Josh ne sent pas très bon. Rien à voir avec Michael Moscovitz. Michael sent toujours le savon, lui. À mon avis, Josh avait dû vider trente litres de *Drakkar noir* dans sa baignoire, parce que, si le *Drakkar noir* sent bon quand on en met un peu, à forte dose, ça pue. J'avais même du mal à respirer. Mais enfin. Je me disais : « Ça va, ça ne se passe pas trop mal. D'accord, il n'a pas respecté le fait que je sois végétarienne, mais tout le monde a le droit de se tromper, non ? Quand on arrivera au bal, il regardera de nouveau au fond de mon âme avec ses yeux bleus électriques, et tout ira bien. »

Si j'avais su !

Premièrement, on a presque failli ne pas pouvoir atteindre l'école, tellement il y avait de circulation. Au début, je ne comprenais pas pourquoi. D'accord, on était samedi, mais quand même ! Et d'abord, que faisaient toutes ces voitures devant Albert-Einstein ? Ce n'était qu'un petit bal d'école, après tout. Et la plupart des jeunes qui vivent à New York n'ont pas de voiture. Albert-Einstein est probablement le seul établissement de toute la ville où certains élèves ont le permis.

C'est quand j'ai vu les camionnettes des différentes chaînes de télé garées un peu partout, les projecteurs qui éclairaient l'entrée du lycée, et les journalistes qui fumaient ou parlaient dans leurs téléphones portables que j'ai compris.

C'était moi qu'ils attendaient.

Dès que Lars les a vus, il s'est mis à jurer dans une langue qui n'était ni du français ni de l'anglais. Mais rien qu'à son intonation, j'ai deviné que c'était assez grossier. Je me suis penchée en avant et je lui ai demandé : « Comment savent-ils que je devais venir ? Est-ce que Grand-Mère les aurait prévenus ? »

En même temps, je n'arrivais pas à croire que Grand-Mère soit de nouveau responsable de leur présence. Pas cette fois. Pas après la conversation qu'on avait eue. J'avais été très claire avec elle. Je lui étais

tombée dessus comme un flic sur un joueur de bon-
neteau. Non, ça ne pouvait pas être elle. J'en étais
sûre. Jamais elle n'aurait osé appeler les journalistes
sans ma permission.

Mais s'ils étaient tous là, ça voulait dire que
QUELQU'UN les avait prévenus. Et si ce n'était pas
Grand-Mère, qui ça pouvait bien être alors ?

À côté de moi, Josh n'avait pas l'air du tout troublé par les projecteurs et les caméras. Il m'a dit : « Et
alors ? Tu dois être habituée, maintenant. »

Ben voyons. Je suis tellement habituée qu'à la seule
pensée de sortir de la voiture, même au bras du garçon le plus mignon de toute l'école, j'ai eu un haut-
le-cœur.

Josh a dit : « Allez, ne t'inquiète pas. On va courir
jusqu'à l'entrée de l'école pendant que Lars ira garer
la voiture. »

Lars a aussitôt répliqué : « Une minute. *Vous* allez
garer la voiture pendant que, la princesse et *moi*, on
court jusqu'à l'école. »

Mais Josh avait déjà ouvert la portière. Il m'a pris
la main et a dit : « Allez ! On ne vit qu'une fois ! »

Et moi, comme une idiote, je l'ai laissé faire.

Oui. Je l'ai laissé faire parce que sa main était si
douce dans la mienne, si chaude. Je me sentais en
sécurité. Que pouvait-il m'arriver ? J'allais être
éblouie par les flashs des photographes ? Et alors. On
courrait tous les deux, comme il venait de le dire.
Tout se passerait bien.

J'ai dit à Lars : « C'est bon, Lars. Allez garer la voiture. Josh et moi, on va se débrouiller. »

Lars a répondu : « Non, princesse. Attendez... »

Ce sont les dernières paroles de Lars que j'ai entendues – du moins, pendant un moment –, parce que, Josh et moi, on était déjà dehors et que Josh avait claqué la portière derrière nous.

Les journalistes ont aussitôt écrasé leurs cigarettes, les photographes ont sorti leurs objectifs et ils se sont tous précipités sur nous en criant : « C'est elle ! C'est elle ! »

Josh m'a entraînée dans sa course et on a monté les marches du lycée quatre à quatre. Je n'arrêtais pas de rire. Pour la première fois, je trouvais ça drôle. Les flashs crépitaient autour de nous et tout ce que je parvenais à voir, c'étaient les marches sous mes pieds, et l'ourlet de ma robe que je soulevais, pour ne pas marcher dessus. Je faisais complètement confiance à Josh. À ses doigts qui serraient ma main.

Aussi, quand il s'est brusquement arrêté, j'ai pensé qu'on était arrivés à la porte de l'école. Et qu'il allait se dépêcher de l'ouvrir. Je sais que c'est bête, mais c'est ce que j'ai pensé. J'ai relevé la tête et j'ai vu la porte. On était juste devant. Derrière nous, sur les marches, les journalistes m'appelaient et prenaient des photos. Il y a même un débile mental qui a crié : « Embrassez-la ! Embrassez-la ! » Inutile de vous dire que je ne savais plus où me mettre.

Je suis donc restée comme une idiote à attendre

que Josh ouvre la porte au lieu de faire ce qui aurait été bien plus intelligent : l'ouvrir moi-même et entrer dans l'école, où j'aurais été en sécurité et débarrassée des photographes et des journalistes qui continuaient de crier : « Embrassez-la ! Embrassez-la ! »

Et d'un seul coup, sans que je comprenne ce qui m'arrivait, Josh m'a attirée contre lui et a écrasé sa bouche contre la mienne.

Je vous le dis tout net, c'est exactement ce que j'ai ressenti : une sensation d'écrasement. Les photographes nous ont aussitôt mitraillés. Mais ça n'avait rien à voir avec ce qu'on raconte dans les livres de Tina où, quand le garçon embrasse la fille, la fille voit des feux d'artifice et des tas de trucs qui brillent derrière ses paupières. Il y avait bien des lumières qui m'éblouissaient, mais ce n'étaient pas des feux d'artifice : c'étaient les flashs des appareils photo. Parce que les reporters s'empressaient tous de prendre des photos du premier baiser de la princesse Mia.

Je ne plaisante pas. Comme si ça ne suffisait pas déjà que ce soit mon premier baiser.

Autre chose encore. Dans les livres de Tina, quand la fille reçoit son premier baiser, elle éprouve comme une vague de chaleur qui envahit tout son corps. Elle a l'impression que le garçon l'atteint jusqu'au plus profond de son âme. Ce n'est pas du tout ce que j'ai éprouvé. Moi, j'ai juste été gênée. Et je n'ai pas trouvé ça très agréable non plus. En fait, j'ai trouvé ça bizarre. C'est vrai. C'était bizarre d'être à côté de Josh et de sentir d'un seul coup sa bouche qui s'écrasait contre la mienne. Depuis le temps qu'il est pour moi le garçon le plus mignon de la Terre, j'aurais pu ressentir QUELQUE CHOSE quand même !

Mais non. J'ai juste été gênée.

C'était comme pour le trajet en voiture du restaurant à l'école. J'avais envie que ça se termine. Je n'arrêtais pas de me dire : « Quand est-ce qu'il va arrêter ? Et est-ce que je fais ce que je dois faire ? Dans les films, ils bougent tout le temps leurs têtes. Est-ce que je devrais bouger la tête ? Et s'il me fourre sa langue dans la bouche, comme je l'ai vu faire avec Lana ? Je ne peux quand même pas laisser les journalistes me prendre en photo avec la langue d'un type dans la bouche ! Mon père me tuerait ! »

Pile au moment où je commençais à en avoir franchement assez, où je pensais que j'allais mourir de honte, là, sur les marches d'Albert-Einstein, Josh a relevé la tête. Il a fait un signe aux journalistes, puis il a ouvert la porte du lycée et m'a poussée à l'intérieur.

Où toutes les personnes que je connais avaient les yeux braqués sur nous.

Il y avait Tina et Dave, son ami de Trinity. Lilly et Boris – et pour une fois, Boris n'avait pas rentré son sweat-shirt dans son pantalon. À vrai dire, il était presque séduisant, dans le genre génie en musique à l'allure un peu bizarre. Lilly aussi était très belle. Elle portait une robe blanche à paillettes et avait mis des roses blanches dans ses cheveux. Il y avait Shameeka et King Su, avec leurs cavaliers, et des tas d'autres élèves que je connaissais probablement mais que j'étais incapable d'identifier sans leur uniforme d'école. Et tous me regardaient d'un air stupéfait.

Et enfin, j'ai vu Mr. G. Il se tenait près de la porte du réfectoire, où le bal avait lieu, et il avait l'air encore plus stupéfait que les autres.

Mais peut-être pas autant que moi. De toutes les personnes présentes dans l'école à ce moment-là, c'était moi la plus stupéfaite. Josh Richter venait de m'embrasser. JOSH RICHTER venait de m'embrasser. Josh Richter venait de m'embrasser, MOI.

Est-ce que j'ai dit qu'il m'avait embrassée SUR LA BOUCHE ?

Et qu'il l'avait fait devant TOUS LES JOURNA-LISTES ?

Je suis restée immobile, pendant que tout le monde me dévisageait. J'entendais les cris des journalistes de l'autre côté de la porte, et les *boum, boum, boum* de la sono, dans le réfectoire, qui jouait un rythme cubain en hommage aux étudiants latino de l'école, et brusquement, j'ai pensé :

C'était un coup monté.

Il a proposé de t'accompagner au bal uniquement pour avoir sa photo dans le journal.

C'est lui qui a prévenu la presse, ce soir.

Il a probablement cassé avec Lana juste pour pou-voir dire à ses copains qu'il sortait avec une fille qui valait trois cents millions de dollars. Il ne t'avait jamais remarquée avant que tu fasses la une du *Post*. Lilly avait raison : quand il t'a souri, à la parfumerie, c'était bien une erreur de connexion dans ses neurones. Il doit même penser qu'il a plus de chances d'intégrer Harvard s'il est le petit ami de la princesse de Genovia.

Et moi, comme une idiote, je suis tombée dans le panneau.

Bravo.

Lilly dit que je ne m'affirme pas suffisamment. Ses parents pensent que j'ai tendance à intérioriser mes sentiments tellement j'ai peur de m'affronter aux autres.

Ma mère pense la même chose. C'est pour ça, d'ailleurs, qu'elle m'a offert ce journal, dans l'espoir que ce que je n'ose pas dire, je l'écrirais.

Peut-être que si je n'avais pas découvert que j'étais princesse, je serais restée comme ça. C'est-à-dire timide, craintive, refusant toute confrontation. Et peut-être aussi que je n'aurais pas agi comme j'ai agi.

Je me suis tournée vers Josh et j'ai demandé : « Pourquoi tu as fait ça ? »

Il brossait les pans de son smoking et cherchait dans ses poches les billets pour entrer au bal. Il m'a regardée et a répondu : « De quoi tu parles ? »

J'ai dit : « Pourquoi tu m'as embrassée devant tout le monde ? »

Une fois qu'il a trouvé les billets dans son portefeuille, il a répondu : « Je ne sais pas. Tu ne les as pas entendus ? Ils me demandaient tous de t'embrasser. Alors, je l'ai fait. Pourquoi ? »

Je l'ai fixé droit dans les yeux et j'ai dit : « Je n'ai pas apprécié. »

Josh a paru étonné. « Tu n'as pas apprécié ? Tu veux dire que tu n'as pas aimé ? »

J'ai répondu : « Non. Je n'ai pas aimé. Je n'ai pas aimé du tout. Et je vais te dire pourquoi. Tu ne m'as pas embrassée parce que tu en avais envie, mais seulement parce que je suis la princesse de Genovia. »

Josh m'a dévisagée comme si je divaguais et s'est exclamé : « N'importe quoi ! Je t'aime bien. Je t'aime beaucoup, même. »

J'ai répliqué : « Comment peux-tu dire que tu m'aimes ? Tu ne me connais même pas ! Moi qui pensais que tu m'avais proposé d'aller au bal avec toi pour qu'on fasse connaissance ! Tu n'as même pas essayé ! Tout ce que tu voulais, c'était ta photo dans les journaux ! »

Josh a éclaté de rire, mais j'ai remarqué qu'il évitait de me regarder dans les yeux quand il a répondu : « Qu'est-ce que tu veux dire par "je ne te connais pas" ? Bien sûr que je te connais. Tu... »

Je ne lui ai pas laissé le temps de finir et j'ai dit : « Non, tu ne me connais pas. Sinon tu ne m'aurais pas commandé de viande au restaurant. »

J'ai entendu un murmure d'approbation parmi mes amis. Je suis sûre qu'ils pensaient, eux aussi, que

Josh avait commis une grave erreur. Il a dû les entendre, parce qu'il s'est presque tourné vers eux pour me répondre : « La belle affaire ! J'ai osé commander de la viande pour mademoiselle. C'était du *filet mignon*, bon sang ! »

Lilly s'est avancée et a dit en serrant les dents : « Mia est végétarienne, espèce de débile profond. »

Apparemment, Josh n'a pas été particulièrement troublé par cette information. Il s'est contenté de hausser les épaules, puis il a dit : « On danse ? »

Il rêvait ou quoi ? Je n'avais absolument pas l'intention de danser avec lui. Je ne voulais plus entendre parler de Josh Richter, plus jamais. Comment pouvait-il penser, après ce que je venais de lui dire, que j'avais *encore* envie de danser avec lui ? C'était vraiment un débile profond. Comment avais-je pu croire qu'il avait lu dans mon âme ???

J'étais tellement dégoûtée que j'ai fait ce que n'importe quelle fille aurait fait à ma place : je lui ai tourné le dos et je suis partie.

Mais comme je ne pouvais pas ressortir, à cause des journalistes qui attendaient dehors et qui ne se seraient pas gênés pour me prendre en gros plan en train de pleurer, je me suis dirigée vers les vestiaires.

Je pense que Josh a compris que je venais de le laisser tomber. Au même moment, ses amis s'engouffraient dans le hall du lycée. Josh les a regardés, puis il a lâché : « Tout ça pour un baiser. »

Je me suis immédiatement retournée et j'ai riposté :

« Ce n'était pas juste un baiser ! C'est peut-être l'impression que tu as voulu donner, mais toi et moi, on sait très bien de quoi il s'agissait : d'un événement médiatique ! Que tu as planifié depuis que tu as vu ma photo dans le *Post*. Merci, Josh, merci beaucoup, mais sache que je peux me débrouiller toute seule pour faire ma publicité ! Je n'ai *pas* besoin de toi ! »

Puis, après avoir tendu la main vers Lars pour qu'il me passe mon cahier, je suis allée m'enfermer dans les vestiaires des filles.

Où je suis en ce moment.

Vous vous rendez compte ? Mon premier baiser – mon tout premier baiser –, et la semaine prochaine, il sera dans tous les magazines pour ados du pays. Et peut-être même du monde entier ! Qui sait si je ne serai pas en couverture de *Majesty*, dont le seul propos est de relater les faits et gestes des têtes couronnées d'Angleterre et des autres pays d'Europe. Le mois dernier, *Majesty* a publié un article sur la garde-robe de Sophie, la femme du prince Edward, en numérotant chacune de ses tenues de un à dix. Ça s'appelait « *Je n'ai plus rien à me mettre* ». J'imagine que, dans peu de temps, je serai sa nouvelle cible, et qu'on y parlera de ma garde-robe et de mes petits amis, aussi. Quelle légende sera inscrite sous la photo de Josh et de moi : « *Une princesse amoureuse* » ?

Berk.

Parce que le comble, c'est que je ne suis PAS amoureuse de Josh Richter. J'aurais bien aimé avoir un fiancé – d'accord, j'aurais ADORÉ. Mais je n'en ai pas. Parfois, je me demande s'il n'y a pas quelque chose qui ne tourne pas rond, finalement, chez moi.

Ce qui est certain, en tout cas, c'est que je préfère ne pas avoir de fiancé du tout que d'en avoir un qui s'intéresse à moi pour mon argent ou parce que mon père est prince, et non parce qu'il m'aime.

Cela dit, maintenant que tout le monde sait que je suis princesse, ça va être difficile de savoir quels garçons m'aiment pour moi et quels garçons m'aiment pour ma couronne. Heureusement que j'ai démasqué Josh avant que les choses n'aillent trop loin avec lui.

Dire que je l'ai trouvé séduisant. Quel hypocrite ! Il avait tout calculé ! Il a fait du mal à Lana et a voulu ensuite se servir de moi. Et je l'ai suivi, je l'ai laissé me mener par le bout du nez.

Qu'est-ce que je vais devenir ? Quand mon père verra la photo, il sera fou de rage. Comment lui expliquer que je n'y suis pour rien ? Peut-être que si j'avais envoyé un coup de poing à Josh devant tous les photographes, il aurait cru à mon innocence.

Peut-être pas, finalement.

À cause de Josh, je n'aurai plus jamais le droit de sortir, plus jamais, et pendant tout le restant de ma vie.

Oh, oh. Je vois des chaussures de l'autre côté de la porte. Quelqu'un me parle.

C'est Tina. Elle veut savoir si je vais bien. Elle n'est pas toute seule.

Je viens de reconnaître les pieds ! Ce sont ceux de Lilly ! Lilly et Tina veulent savoir si je vais bien !

Lilly est en fait en train de me parler. Et pour une fois, elle ne me critique pas. Au contraire, elle me parle même gentiment. Elle est désolée, dit-elle, de s'être moquée de ma coupe de cheveux. Elle sait qu'elle cherche tout le temps à tout contrôler, c'est un trouble de la personnalité qui se traduit par des accès d'autoritarisme... Elle ajoute qu'elle veut faire des efforts pour arrêter de dire aux autres, et surtout à moi, comment ils doivent se comporter.

Ouah ! Lilly admet qu'elle a tort ! Je n'en reviens pas ! JE N'EN REVIENS PAS !

Tina et Lilly me demandent de sortir et de passer la soirée avec elles. J'ai répondu que je ne voulais pas. De quoi j'aurai l'air toute seule, alors qu'elles sont toutes en compagnie d'un garçon ?

Mais Lilly est en train de dire que ce n'est pas un problème : « Michael est là. Et il est seul, lui aussi. »

Quoi ? Michael Moscovitz est venu au bal du lycée ??? Impossible ! Il ne va jamais nulle part, sauf à des conférences sur la physique quantique et sur d'autres sujets aussi incompréhensibles !!!

Il faut que j'aille voir ça de plus près. Je sors.

À plus tard.

Je viens de me réveiller avec la sensation d'avoir fait un rêve très étrange.

Lilly et moi étions réconciliées ; Tina et elle étaient devenues amies ; sans son violon, Boris Pelkowski n'était pas si pénible que ça ; Mr. Gianini m'annonçait que ma moyenne en maths passait de D à B ; je dansais un slow avec Michael Moscovitz ; et comme l'Iran avait attaqué l'Afghanistan, tous les journaux et magazines en avaient fait leur une et publié des photos de la guerre, et non pas de Josh en train de m'embrasser.

Mais ce n'est pas un rêve. Ce n'est pas un rêve du tout ! Tout cela s'est vraiment passé.

D'abord, j'ai été tirée du sommeil par une sensation de mouillé, et quand j'ai ouvert les yeux, j'ai vu que je dormais sur un matelas par terre, dans la chambre de Lilly. Pavlov, le chien de Michael, me léchait la figure. J'étais même couverte de bave.

Mais je m'en fiche. Pavlov peut baver autant qu'il veut sur moi ! J'ai retrouvé ma meilleure amie ! J'ai augmenté ma moyenne en maths ! Mon père ne va pas me tuer pour m'être laissé embrasser par Josh Richter !

Oh, et puis je crois que Michael Moscovitz m'aime bien !

Je suis tellement heureuse que j'ai du mal à écrire.

Quand j'ai fini par sortir du vestiaire des filles, la

nuit dernière, avec Lilly et Tina, j'étais à des lieues de penser qu'autant de bonheur m'attendait. Il faut dire que j'étais sacrément déprimée.

Lilly m'a raconté : après que j'ai humilié Josh devant tout le monde et que je me suis enfermée dans les vestiaires, il est allé retrouver ses copains dans le réfectoire, et il n'avait pas l'air du tout inquiet pour moi. Lilly ne sait pas très bien ce qui s'est passé ensuite, parce que Mr. G., qui, lui, s'inquiétait de moi, leur a demandé, à Tina et à elle, d'aller me chercher (n'est-ce pas adorable de sa part ?). À mon avis, Lars a dû faire à Josh l'une de ses prises spéciales qui paralysent l'adversaire. Quand je l'ai vu, il était à moitié affalé sur un coin de table. Comme il ne bougeait pas, je me suis dit que c'était peut-être aussi à cause de tout le champagne qu'il avait bu.

Bref, Lilly, Tina et moi avons rejoint Boris et Dave – qui est super sympa, même s'il va à Trinity –, Shameeka et Ling Su et leurs deux cavaliers, à la table qu'ils avaient réservée.

Quelques secondes après, Michael a surgi à l'improviste, frais comme un gardon – elle est drôle, cette expression, non ? C'est Michael qui me l'a apprise. Il portait le smoking que sa mère lui a acheté pour la bar-mitsva de son cousin Steve.

Il s'est assis à côté de moi et m'a demandé si j'allais bien. Ensuite, on a tous plaisanté sur les pom-pom girls qui, même dans le cadre d'un bal, ne pouvaient pas s'empêcher de porter toutes la même tenue (une robe noire de chez Donna Karan), puis quelqu'un s'est mis à parler de *Star Trek : Deep Space Nine*, et a voulu savoir si, à notre avis, le réplicateur de café servait du vrai café. Michael a expliqué que les produits utilisés dans ce genre d'appareil provenaient des décharges et des eaux usées. Il était donc tout à fait possible, lorsqu'on commandait un café, qu'il soit fait à partir d'urine, dont on avait extrait les germes et les impuretés. Alors qu'on poussait tous des cris de dégoût, la musique a changé et on a entendu le début d'un slow. Tout le monde s'est levé et a gagné la piste.

Tout le monde, sauf Michael et moi, bien sûr.

Mais ça ne m'embêtait pas, parce que, Michael et moi, on a toujours des tas de choses à se raconter – pas comme avec Josh. On a continué à parler de réplicateur et de *Star Trek*. Au moment où je demandais à Michael s'il préférait les épisodes avec le capitaine Kirk ou le capitaine Picard, Mr. Gianini est arrivé et a voulu savoir si j'allais bien.

J'ai répondu oui, et Mr. G. s'est déclaré soulagé. À mon tour, a-t-il dit, je serais sans doute soulagée d'apprendre que ma moyenne en maths était passée de D à B. Il m'a félicitée et m'a encouragée à continuer dans cette voie.

J'ai aussitôt répliqué que c'était grâce à Michael, qui m'avait conseillé de ne plus noter mes formules de maths n'importe où, et de bien inscrire les unités sous les unités, et les dizaines sous les dizaines quand je faisais mes opérations. Michael est devenu tout rouge et a dit qu'il n'était pour rien dans mes progrès en mathématiques. Mais Mr. G. ne l'a pas entendu, parce qu'un des surveillants est venu le prévenir qu'une bande de garçons faisaient du grabuge du côté de la buvette, et il est parti pour les rappeler à l'ordre.

Après le slow, les élèves qui s'occupaient de la sono ont mis un rock, et tout le monde est revenu s'asseoir à la table. Je ne me souviens plus comment on en est arrivés à parler de l'émission de télé de Lilly. Je crois que Lilly a annoncé qu'elle allait devoir l'interrompre, parce qu'elle n'avait plus les moyens de la produire. Tina a immédiatement proposé de l'aider. Elle a expliqué que ses parents lui donnaient 50 dollars d'argent de poche par semaine. Au lieu de les dépenser en romans d'amour, elle a décidé d'emprunter les livres à la bibliothèque municipale et de se servir de cet argent pour promouvoir *Lilly ne mâche pas ses mots*. Lilly m'a demandé si cela m'embêtait d'être le sujet de sa prochaine émission, qu'elle intitulera « La nouvelle monarchie : une princesse pas comme les autres ». J'ai accepté de lui donner l'exclusivité de ma première interview publique à condition qu'elle me laisse exprimer mes sentiments sur l'industrie agroalimentaire.

Il y a eu un autre slow, et tout le monde est reparti danser, encore une fois, à l'exception de Michael et de moi. Je m'apprêtais à lui demander qui il choisirait pour passer l'éternité si une guerre nucléaire anéantissait le restant de la population : Buffy le vampire ou Sabrina la sorcière, quand il m'a proposé d'aller danser !

J'étais tellement surprise que j'ai répondu, oui, sans réfléchir à ce que je disais. Une seconde plus tard, je dansais pour la première fois avec un homme qui n'était pas mon père !

Et c'était un *slow* !

Le slow est une danse étrange. En fait, on ne danse même pas. On se tient plutôt debout, les bras autour de son cavalier, et on déplace le poids de son corps d'un pied sur l'autre en rythme avec la musique. Et on n'est pas censé parler non plus – du moins, personne autour de nous ne parlait. Je crois savoir pourquoi : on est tellement occupé à analyser ce qu'on ressent que c'est difficile de penser à quelque chose à dire. Par exemple, Michael *sent* tellement bon – comme le savon Ivoire que maman utilise – et j'étais tellement bien dans ses bras... J'adore la robe que Grand-Mère m'a choisie, mais j'avais un peu froid. Du coup, c'était super agréable d'être tout contre Michael, et j'étais incapable de trouver un sujet de conversation.

Je suppose que Michael devait éprouver la même chose. Lui qui n'arrêtait pas de parler à table, une fois qu'on a commencé à danser, il est devenu muet comme une carpe.

Cela dit, dès que le slow s'est terminé, il s'est remis à me parler. Il m'a demandé si j'avais soif et a proposé d'aller me chercher un verre de thé glacé. Pour quelqu'un qui a la réputation de ne jamais participer à aucune activité de l'école – à part les réunions du Club Informatique –, il rattrapait le temps perdu.

Et toute la soirée s'est passée comme ça : on restait assis et on parlait pendant les rocks, et on allait danser dès qu'il y avait un slow.

Pour tout dire, je ne sais pas ce que j'ai préféré : parler avec Michael ou danser avec lui. Les deux étaient... intéressants.

Une fois le bal fini, on est tous montés dans la limousine que Mr. Hakim Baba avait envoyée pour Tina et Dave (les journalistes avaient déserté les alentours de l'école depuis la nouvelle du bombardement de l'Afghanistan par l'Iran ; à mon avis, ils faisaient le pied de grue devant l'ambassade iranienne). J'ai appelé ma mère pour lui dire où j'étais et je lui ai demandé si je pouvais dormir chez Lilly, puisqu'on venait tous de décider d'aller chez les Moscovitz. Elle a accepté sans me poser de questions, et j'en ai conclu qu'elle avait dû avoir Mr. G. au bout du fil, et qu'il lui avait fait un compte rendu des événements de la soirée. Est-ce qu'il lui avait parlé aussi de ma moyenne en maths ?

Finalement, je trouve qu'il aurait pu me mettre B+. C'est vrai, quoi. Je l'ai plutôt soutenu dans sa relation avec ma mère. Ce genre de loyauté mérite d'être récompensée.

Mr. et Mrs. Moscovitz ont eu l'air surpris quand ils

nous ont vus débarquer tous les dix – enfin, douze, si on compte Lars et Wahim. Mais je crois qu'ils étaient surtout étonnés de voir Michael ; ils n'avaient pas remarqué qu'il était sorti de sa chambre. Ils nous ont laissés nous installer dans le salon, où on a joué à *Menace sur Sunnydale* jusqu'à ce que le père de Lilly et de Michael surgisse en pyjama et déclare qu'il était temps que tout le monde rentre chez soi, parce qu'il avait rendez-vous très tôt le lendemain matin avec son professeur de taïchi.

On s'est dit au revoir et tout le monde s'est entassé dans l'ascenseur à l'exception des Moscovitz et de moi. Même Lars est rentré au *Plaza* – une fois que je suis enfermée dans un lieu pour la nuit, il n'est plus responsable de moi. Je lui ai fait promettre de ne rien raconter à mon père sur cette histoire de baiser avec Josh. Il m'a assuré qu'il n'en ferait rien, mais avec les hommes, on ne sait jamais : ils ont un code entre eux un peu bizarre, parfois. Je m'en suis souvenue quand j'ai vu Lars et Michael se taper dans la main au moment de se quitter.

Mais ce qui m'a peut-être le plus étonnée, parmi tous les événements de la nuit dernière, c'est quand j'ai découvert pourquoi Michael s'enferme aussi souvent dans sa chambre. À un moment, il m'a demandé si ça m'intéressait de savoir à quoi il occupait son temps. Mais avant, il m'a fait jurer de n'en parler à personne, pas même à Lilly. Je me demande d'ailleurs si je devrais l'écrire dans mon journal. Quelqu'un pourrait le trouver et le lire. En tout cas, tout ce que je peux dire, c'est que Lilly perd son temps à vénérer Boris Pelkowski : un génie de la musique vit sous son toit.

Quand je pense que Michael n'a jamais pris un seul cours ! Il a appris tout seul à jouer de la guitare – et il écrit les paroles et la musique de toutes ses chansons. Celle qu'il m'a jouée hier soir s'appelle *Un grand verre d'eau*. Ça parle d'une fille très grande et assez jolie qui ne sait pas qu'un garçon l'aime. Je suis sûre qu'un jour, elle sera n° 1 au hit-parade. Qui sait si Michael Moscovitz ne sera pas plus célèbre que Puff Daddy ?

Ce n'est qu'après le départ de tout le monde que je me suis rendu compte à quel point j'étais fatiguée. Il faut dire qu'il s'en est passé, des choses, au cours de cette journée. J'ai quand même cassé avec un garçon avec qui je ne suis sortie que quelques heures. Ce genre d'expérience peut être émotionnellement très épuisant.

Mais ça ne m'a pas empêchée de me réveiller tôt, ce matin, comme chaque fois que je passe la nuit chez Lilly. Pavlov est couché contre moi et j'écoute le bruit de la circulation dans la 5e Avenue. Cela dit, on ne l'entend pas trop, parce que les Moscovitz ont fait installer des doubles vitrages à toutes leurs fenêtres.

Tout bien réfléchi, je trouve que j'ai beaucoup de chance. Dire que la vie me paraissait sinistre il y a quelques heures. C'est drôle comme les choses peuvent changer.

J'entends du bruit dans la cuisine. Maya doit être arrivée. Je vais me lever pour l'aider à préparer le petit déjeuner.

Je ne sais pas pourquoi, mais JE SUIS SUPER HEUREUSE.

Finalement, il suffit de pas grand-chose.

Dimanche soir

Grand-Mère est passée aujourd'hui à la maison avec papa. Papa voulait savoir si tout s'était bien passé hier soir, au bal. J'en ai déduit que Lars ne lui avait rien dit ! *J'adore* mon garde du corps. Grand-Mère m'a annoncé qu'elle partait pour une semaine, et que je serais donc dispensée de nos leçons de princesse pendant son absence (OUI ! vous avez bien lu : pas de leçons de princesse pendant une semaine, c'est-à-dire huit jours !). Grand-Mère doit aller rendre visite à quelqu'un du nom de Baden-Baden. Il fait sans doute partie de la famille de ce type avec qui elle sort de temps en temps, un certain Boutros-Boutros quelque chose.

Même *ma grand-mère* a un fiancé.

Bref, papa et elle ont débarqué sans prévenir. Si vous aviez vu la tête de ma mère ! J'ai cru qu'elle allait vomir. Surtout que Grand-Mère ne s'est pas gênée pour lui dire que le ménage laissait à désirer (j'ai été trop occupée ces derniers temps pour le faire).

Histoire de détourner l'attention de Grand-Mère, je lui ai proposé de la raccompagner à sa limousine, et en chemin, je lui ai raconté ce qui s'était passé avec Josh. Grand-Mère a paru très intéressée. Ça ne m'étonne pas. Mon récit comportait tous les ingrédients qu'elle aime : les médias, des garçons mignons et des cœurs qui battent la chamade.

Au moment où on se disait au revoir, juste à côté de la limousine, l'Aveugle est passé avec sa canne. Il s'est arrêté au coin de la rue et a attendu sa prochaine victime. Grand-Mère l'a vu et m'a dit : « Amelia, va donc aider ce pauvre jeune homme à traverser la rue. »

Comme je savais très bien de quoi il retournait, j'ai répondu : « Certainement pas. »

Grand-Mère m'a regardée d'un air choqué et s'est exclamée : « Amelia ! Une princesse doit toujours faire preuve de bonté et de charité envers les pauvres gens. À présent, dépêche-toi d'aller aider ce malheureux. »

J'ai répété : « Certainement pas, Grand-Mère. Mais si, toi, tu estimes qu'il a besoin d'aide, vas-y, ne te gêne pas. »

Prise au piège, Grand-Mère a redressé les épaules, bien décidée à me montrer qu'*elle* était charitable, et elle s'est approchée de l'Aveugle. D'une voix exagérément douce, elle a dit : « Permettez-moi de vous aider, jeune homme... »

L'Aveugle lui a attrapé le bras. J'imagine qu'il a apprécié ce qu'il tâtait, parce qu'il a répondu : « Merci beaucoup, madame. Vous êtes bien aimable », et Grand-Mère et lui sont descendus du trottoir.

Je jure que je ne pensais pas que l'Aveugle peloterait Grand-Mère, sinon je ne l'aurais pas poussée à l'aider à traverser la rue. Grand-Mère n'est pas de toute première jeunesse, si vous voyez ce que je veux dire. Pour moi, aucun homme, même aveugle, n'aurait osé peloter ma grand-mère.

Pourtant, l'instant d'après, j'ai entendu Grand-Mère crier à pleins poumons. Son chauffeur et un voisin ont accouru à son secours.

Mais Grand-Mère n'avait besoin du secours de personne. Elle a frappé l'Aveugle au visage avec son sac à main. À mon avis, elle a dû frapper assez fort, parce que les lunettes noires de l'Aveugle ont volé dans les airs. À ce moment-là, j'ai eu la réponse à une question qui me turlupinait : oui, l'Aveugle voyait.

Et je vais vous dire : ça m'étonnerait qu'on le croise de nouveau dans les parages.

Après toute cette agitation, c'était presque un bonheur de rentrer à la maison et de faire des maths pendant le reste de la journée. Je crois que j'avais besoin de calme et de sérénité.

« Pour l'éditeur, le principe est d'utiliser des papiers composés de fibres natu-
relles, renouvelables, recyclables et fabriquées à partir de bois issus de forêts qui
adoptent un système d'aménagement durable. En outre, l'éditeur attend de ses
fournisseurs de papier qu'ils s'inscrivent dans une démarche de certification
environnementale reconnue. »

Composition Jouve - 53100 Mayenne
Nº 297436k
Achevé d'imprimer en Espagne par LIBERDÚPLEX
Sant Llorenç d'Hortons (08791)

32.10.2623.0/02 - ISBN : 978-2-01-322623-3
Loi nº 49-956 du 16 juillet 1949 sur les publications destinées à la jeunesse
Dépôt légal: octobre 2008